17218
H

MEMOIRES

POUR SERVIR

A L'HISTOIRE

DES

HOMMES

ILLUSTRES.

TOME XXV.

MEMOIRES

POUR SERVIR
A L'HISTOIRE
DES
HOMMES
ILLUSTRES
DANS LA REPUBLIQUE DES LETTRES.
AVEC
UN CATALOGUE RAISONNÉ
de leurs Ouvrages.
TOME XXV.

A PARIS,

Chez B R I A S S O N, Libraire, ruë S. Jacques,
à la Science.

M. DCC. XXXIV.
Avec Approbation & Privilege du Roy.

TABLE ALPHABETIQUE
des Auteurs.

TABLE ALPHABETIQUE.

Fin de la Table Alphabetique.

MEMOIRES

MEMOIRES

POUR SERVIR

A L'HISTOIRE

DES

HOMMES

ILLUSTRES

DANS LA REPUBLIQUE des Lettres ;

Avec un Catalogue raisonné
de leurs Ouvrages.

GUILLAUME DE CATEL.

 UILLAUME *de Catel* G. DE
naquit à *Touloufe* l'an CATEL.
1560. de *Jean de Catel*,
Confeiller au Parlement
de cette ville, d'une des
plus anciennes & des plus illuftres
familles du Pays, originaire d'E-
coffe, & de *Jaquette de la Marnie*.

Tome XXV. A

Après avoir fait ses premieres études dans le College de *Toulouse* appellé de *l'Esquille*, on l'envoya à
Paris pour les y continuer. *Gilbert
Genebrard* le reçut chez lui, & il
profita beaucoup des instructions &
des conversations de ce grand homme.

De retour dans sa patrie, il étudia en Droit sous *François Roaldés*,
qui y professoit cette Science. Après
quoi, son pere le fit recevoir Conseiller au Parlement de *Toulouse* en sa
place.

L'application qu'il donna aux fonctions de cette Charge, ne l'empêcha pas de cultiver les Belles-Lettres, & de faire de grandes recherches sur l'histoire de son pays, qu'il
auroit poussées plus loin, si la mort
ne l'en avoit empêché.

Il mourut le 5 Octobre 1626. âgé
de 66 ans, & fut enterré dans l'E-
glise de *S. Etienne*, Cathedrale de
Toulouse.

Il avoit épousé *Françoise Seguier*,
de l'illustre famille de ce nom, dont
il n'a eu que deux filles mariées,
l'aînée à M. *de Bertier*, & la cadette

à M. *de Puymiſſon*, tous deux Conſeillers au Parlement de *Touloſe*.

Catalogue de ſes Ouvrages.

1. *Hiſtoire des Comtes de Toloſe, avec quelques Traitez & Chroniques anciennes concernant la même Hiſtoire. Toloſe 1623. in-fol.* Cette Hiſtoire va juſqu'à l'année 1271. que le Comté de *Touloufe* paſſa au Roi par le decès du Comte *Alphonſe* & de *Jeanne* ſa femme, ſuivant le traité fait à *Paris* au mois d'Avril 1228. entre le Roi S. *Louis* & le Comte *Raymond le jeune*. Le P. *le Long* s'eſt trompé en diſant que ce fut cette année que ce Comté fut uni à la Couronne ; puiſqu'il ne le fut que 90 ans après, c'eſt-à-dire en 1361. par des Lettres Patentes du Roi *Jean*, que *Catel* rapporte à la p. 398. de ſon hiſtoire. Les pieces jointes à l'hiſtoire des Comtes de *Touloufe*, ſont 1°. *Les Comtes de Toloſe avec leurs Portraits tirez d'un vieux livre Manuſcrit Gaſcon.* 2°. Un *Sommaire Recueil de la Création, & érection de la Comté de Toloſe, enſemble de la vie, faits, vaillances, geſtes & trépas des Comtes d'icelle : Extrait des Regiſtres de la Mai-*

G. DE
CATEL.

son de Ville de Tolose. 3°. *Comites To-*
losani Fratris Bernardi Guidonis Ordi-
nis Prædicatorum , Inquisitoris Hæreti-
cæ pravitatis , in regno Franciæ per A-
postolicam sedem deputati. Ce Religieux , qui vivoit du temps du Pape *Jean XXII.* fut depuis Evêque de
Lodeve. 4°. *Chronicon Magistri Guil-*
lielmi de Podio-Laurentii (Puy-Lau-
rent) Cet Auteur étoit Chapelain de
Raymond le jeune , & vivoit en 1245.
sa Chronique , quoiqu'écrite d'un
stile fort rude , est cependant esti-
mable par les faits qu'elle contient.
5°. *Præclara Francorum facinora seu*
Chronicon ab anno D. 1202. *ad ann.*
1311. *Incerto Autore.* 6°. *Aliud Chro-*
nicon Autoris Anonymi. 7°. *Chronicon*
ex veteri Martyrologio MSto Ecclesiæ
S. Pauli Narbonensis. » Catel est le
» premier, qui a donné la Methode
» de prouver l'histoire par des Char-
» tres , & c'est à lui que l'histoire de
» *Toulouse* & de Languedoc doivent
» leurs premiers & leurs plus grands
» éclaircissemens (*La Faille , Préface*
de son Histoire de Toulouse.) Le même
à la page 54 du tome 1ᵉʳ. de son Histoire dit » qu'on auroit pu croire

G. DE CATEL.

» qu'après cette hiftoire de Comtes
» de *Toulouſe*, il n'y auroit plus rien
» de nouveau à dire ſur ce ſujet ;
» néanmoins M. *de Marca*, qui a
» écrit depuis ſon hiftoire de Bearn,
» a pretendu que cet Auteur étoit
» tombé en beaucoup de méprifes,
» non ſeulement en ce qu'il a omis
» quelques-uns de ces Comtes ; mais
» auſſi parce qu'il en a confondu
» quelques-uns, avec les Ducs de
» Septimanie, qui n'ont point poſ-
» ſedé ce Comté avant *Pons I.*

2. *Memoires de l'Hiſtoire du Languedoc, curieuſement & fidellement recueillis de divers Auteurs Grecs, Latins, François, Eſpagnols, & de pluſieurs Titres & Chartres, tirées des Archives des villes & Communautez de la même Province, & autres lieux Circonvoiſins. Toulouſe* 1633. *in-fol. Catel* ſe diſpoſoit à donner la derniere perfection à ces Memoires, lorſqu'il fut ſurpris par la mort ; & ils ont été publiés par les ſoins de ſon Neveu, dans l'état où il les avoit laiſſés. La 5e partie qui devoit traiter des Archevêques & des Evêques, n'eſt point achevée.

*V. Son Eloge à la tête de ses Mé-
moires de l'Histoire du Languedoc.*

ANDRE' ROSSOTTI.

ANDRE' *Rossotti*, naquit vers
l'an 1610. à *Mondovi* en Piemont.

Après avoir fait ses études, il entra à *Pignerol* dans l'ordre des Feuil-
lans le 30 Septembre 1627. & y ré-
çut, suivant la coûtume, le nouveau nom d'*André de S. Joseph.*

Lorsqu'il y eut fait profession, on
l'envoya à *Rome*, où il étudia en Philosophie & en Théologie ; & il a demeuré dans cette ville la meilleure
partie de sa vie. Destiné à professer
& à prêcher, deux choses qui l'occuperent longtemps, il ne negligea
pas les Belles-Lettres, & ses Ouvrages sont des preuves de l'application
qu'il y donna.

Le Cardinal *Adrien Ceva* le choisit pour son Théologien ; il gouverna aussi quelques Monasteres de
son ordre en qualité de Prieur, &
la Province de *Rome* en qualité de
Visiteur General.

Il mourut dans ſa patrie l'an 1667. A. Rosâgé d'environ 57 ans. SOTTI.

Catalogue de ſes Ouvrages.

1. *La Caduta di Davide. In Roma* 1641. *in*-12.

2. *Maria Vergine Coſtante. In Roma* 1641. *in*-12. Cet Ouvrage, qui eſt peu de choſe, lui a fait trouver place dans la *Bibliotheca Mariana Hippolyti-Maraccii.*

3. *Ammano Lamentante. In Roma* 1641. *in*-12.

4. *Giacobbe Ripatriante, con applicationi Hiſtoriche, Morali, e Politiche. In Roma* 1646. *in*-12.

5. *Il Filiſteo abbatuto, con applicatione. In Roma* 1653. *in*-12.

6. *Le Peripetie della Corte rappreſentate nelle vite de' Favoriti; Cioè Tomaſo Volſeio, detto il Cardinale Eboracenſe, libro* 1°. *In Roma* 1652. *in*-12. *Tomaſo Cromvello. In Roma* 1655. *in*-12. *Barda, favorito dell' Imperatore di Conſtantinopoli, libro* 3°. *In Roma* 1658. *in*-12.

7. *Conſtellationi feſteggianti all' apparire della nuova ſtella de' Magi. In Roma in*-12. En vers.

A iiij

A. Ros-
sotti.

8. *Peregrinatione de' Magi.* In Roma 1649. *in-*12. En vers.

9. *Epinicio alle Sacre Reliquie de' Santi Martiri Sebastiano, & altri, che riposano nel Cemeterio di Calisto.* In Roma 1651. *in-*12. En vers.

10. *La Virtu trionfante, & il vitio depresso, Dialoghi Morali.* In Genoa 1661. *in-*12. Il marque dans sa Bibliotheque des Ecrivains du Piemont, qu'on a trouvé à redire à deux choses, qu'il a avancées dans ces Dialogues; la 1e. est que *Luther* s'étoit pendu lui-même, sur quoi il avoue que la plûpart des Auteurs ne disent rien de semblable, mais il se retranche sur l'autorité de Thomas Bozius, qui l'a assuré dans le 23 livre de son Ouvrage *de signis Ecclesiæ.* La 2e est que tous les Papes, legitimement élus, obtiennent la penitence finale par les merites de *S. Pierre.* Il faut rapporter la remarque qu'il fait sur ce sujet dans ses propres termes. *Quæstio hæc,* dit-il, *dependet ab alia, scilicet: si unus homo possit alteri primam gratiam mereri. Cui respondeo cum Vulpes. 3. part. Disp.* 26.

Art. 5. *hominem juſtum in via, vel* A. Ros=
Sanctum in Patria, poſſe peccatori non SOTTI.
ſolum de congruo, ſed etiam de condigno
promereri primum gratiæ auxilium effi-
cax excitantis & adjuvantis illum ad
infallibiliter obtinendam à Deo gra-
tiam juſtificantem. Hanc concluſionem
probat optimis fundamentis, & contra-
ria ſolvit argumenta.

11. *Axiomata veræ & Sacræ Phi-*
loſophiæ, divinæ ſcripturæ, Sanctorum
Patrum ſententiis, & Doctorum Dictis
illuſtrata. Genuæ 1660. *in-*12.

12. *Syllabus ſcriptorum Pedemontii*
ſeu de ſcriptoribus Pedemontanis. In
quo brevis Librorum, Patriæ, generis,
& nonnumquam Vitæ notitia traditur.
Additi ſunt ſcriptores Sabaudi, Mon-
ferratenſes, & Comitatus Nicienſis;
cum Appendice. Montis regali 1667.
*in-*4°. *pp.* 556. ſans les Tables. *Roſ-*
ſotti mourut pendant l'impreſſion de
cet Ouvrage, qu'il faiſoit faire lui-
même à *Mondovi. François Auguſtin*
della Chieza avoit déja donné un
Catalogue des Ecrivains Piemontois
ſous ce titre : *Catalogo di tutti li ſcrit-*
tori Piemonteſi, & altri da i ſtati dell'
Altezza di Savoia. In Torino 1614.

A. Ros-
sotti.

in-4°. Mais l'Ouvrage de *Rossoti* est plus ample, & contient beaucoup plus d'Auteurs. Il seroit cependant à souhaitter qu'il se fût étendu davantage sur la vie de ceux dont il parle, & qu'il eût fait de plus grandes recherches sur leurs Ouvrages.

V. *Cet Ouvrage, où il y a un article qui le regarde. Caroli de Visch Bibliotheca scriptorum Ordinis Cisterciensis. Cistercii reflorescentis Chronologica historia, autore Carolo Josepho Morotio. Bibliotheca Aprosiana.* p. 389.

PIERRE MORIN.

P. Mo-
rin.

PIERRE *Morin* naquit à *Paris* l'an 1531. Son Pere, qui étoit un homme de Robbe, le destinant à la même profession, le fit étudier en Droit dans sa jeunesse. Mais s'étant dans la suite dégoûté de cette étude, il se tourna du côté d'une autre qui lui parut plus conforme à son genie. Après avoir bien appris les langues savantes, il se mit à lire les Auteurs profanes tant Grecs que Latins, & passa ensuite à l'Ecri-

ture Sainte, les Peres & l'Antiquité Ecclesiastique.

L'Italie étoit alors le Théatre des
gens de Lettres. Il y alla, & passa
quelque temps à *Venise* auprès de
Paul Manuce. Il fut ensuite appellé
en 1555. à *Vicence*, pour y enseigner
la langue Gréque & la Cosmographie.

Après quelque séjour en cette ville, il fut attiré par un de ses amis à
Ferrare, & y vêcut quelque temps
auprès du Cardinal de *Ferrare*, frere
du Duc *Hercule*, jusqu'à ce que son
pere le rappella à *Paris* l'an 1559.

Il avoit fort envie de voir *Rome*,
avant que de quitter l'Italie, mais
les instances de son pere ne lui per-
mirent pas de satisfaire ses desirs. On
avoit dessein de le marier, & de le
rengager dans le Palais, mais *Pierre
Morin* refusa l'un & l'autre de ces
engagemens.

La mort de son pere arrivée quelque temps après, l'ayant laissé libre
de disposer de lui-même, il retourna en Italie, à la sollicitation des
amis qu'il y avoit, & se rendit à
Rome la derniere année du Pontificat de *Pie IV.* c'est-à-dire en 1565.

Il en fortit pour faire un voyage de
devotion à *Lorete*, d'où il alla à *Venife*, à *Vicence*, & enfuite à *Verone*,
où il demeura quelque temps auprès
du Cardinal *Navagerio*, Evêque de
cette ville.

Il fut appellé enfuite à *Reggio*,
& il y profeffa les Belles-Lettres,
pendant les années 1571. & 1572.
comme il paroît par les difcours qu'il
prononça dans le College de cette
ville.

Un livre de l'Elocution, & des
figures de Rhetorique, qu'il compofa alors à la follicitation du Cardinal *Charles Borromée*, qui avoit de
la confideration pour lui, lui plut
tellement, qu'il l'engagea à venir à
Rome, pour y tenir fa place dans l'A-
cademie du Vatican.

Il y alla en 1575. & y demeura
jufqu'à la fin de fa vie, occupé à
remplir les fonctions de l'emploi de
Scribe de l'Imprimerie du Vatican,
& à compofer quelques Ouvrages.

Il y mourut l'an 1608. âgé de 77
ans.

C'étoit un homme d'une humeur
égale, franc, fimple, fincere, doux,

civil, agréable, & de bonnes mœurs, P. Mo-
qui aimoit le bien, & haïssoit la four- RIN.
be & la supercherie. Il ne portoit envie à personne, meprisoit les honneurs & les richesses, & n'avoit d'autre passion que l'étude. Il avoit beaucoup de Critique, un jugement fort
sain, & une memoire merveilleuse.
Il savoit en perfection les langues
Latine, Gréque & Hebraïque, &
n'ignoroit pas l'Arabe, le Syriaque
& le Chaldaïque. *Colomiés* ne le con-
noissoit pas apparemment, puisqu'il
ne lui a point donné de place dans
sa *Gallia Orientalis.* Il parloit Italien, comme un Italien même. Il
étoit très-habile dans les Belles-Lettres, savoit parfaitement les Poëtes
& les Orateurs Grecs & Latins, &
employoit fort à propos leurs sen-
tences; du reste très-zelé pour le
bien de l'Eglise & de la République
des Lettres, & plein de Religion &
de Pieté. C'est le caractere qu'en
donne M. *du Pin.* Mais il en a trop
dit, quand il a avancé qu'il n'y avoit
point eû en ce temps-là d'homme
de Lettres, qui eût plus d'érudition
& de beauté d'esprit. Parler ainsi,

P. Mo- c'est ne guéres connoître les perfon-
RIN. nes d'esprit & d'érudition qui vivoient alors à *Rome*.

Il avoit envoyé ses Ecrits à M.
Proust, fils de sa sœur pour les faire
imprimer ; celui-ci ayant negligé
de le faire, ils tomberent après sa
mort entre les mains du P. *Quetif*,
Jacobin, qui les donna au public
sous ce titre.

*Petri Morini, Parisiensis, Presby-
teri & Theologi, Vaticanique olim
Scholastici & Secretarii, Vaticanæ
Typographiæ Præpositi, Opuscula &
Epistolæ, nunc primum e tenebris ex
fide MSS. Authoris in lucem prodeunt,
opera & studio F. Jacobi Quetif. Paris. 1675. in-12.* Je crains que l'Editeur n'ait un peu enflé dans ce titre
les qualités de l'Auteur, qu'il donnoit au Public. Quoi qu'il en soit,
voici les Ouvrages qu'on trouve dans
ce Recueil.

1. *Epistola ad Nicolaum Proust Des-
carneaux Nepotem suum, de vita &
Scriptis suis.*

2. *De recto scientiarum usu libri tres.*
Cet écrit est daté de l'an 1578. *Morin* témoigne dans la lettre préce-

dente, qu'il aimoit alors beaucoup P. Mo-
à compofer, mais qu'il en fut de- RIN.
tourné dans la fuite par d'autres occupations.

3. *Paranefis, five Exhortatio ad
Græcos.* Cette exhortation, qui eft
divifée en deux parties, avoit été
faite pour fervir de Préface au Concile de *Florence.*

4. *Orationes Aufpicales à P. Morino, publico Profeffore, Regii Lepidi
habitæ.* Ces trois difcours font des
années 1571. & 1572.

5. *Orationes Publicæ in Conventu
Ordinum Galliæ generali Blefis habitæ; à P. Morino juffu Gregorii Papæ
XIII. Latine reddita.* Ces trois difcours font 1°. *Regis Chrift. Henrici
III. die 6 Decembris* 1576. *habita.*
II. *Renati de Biragues Franciæ Cancellarii eadem die habita.* III. *Petri
d'Efpinac Archiepifcopi Lugdunenfis
nomine Cleri Gallicani die* 17 *Januarii*
1577. *habita.*

6. *S. Bafilii Magni & S. Joannis
Chryfoftomi Orationes & Conciones ex
Græco Latine reddita. P. Morino Interprete.* C'eft une traduction du Difcours de *S. Bafile* fur les 40 Martyrs,

P. Mo-
RIN.

& de douze Sermons choisis de *S.*
Chrysostome.

7. *Epistolæ.* Elles sont curieuses &
savantes. *Morin* avoit encore composé quelques petits Traitez, qui se
sont perdus.

Il fut d'ailleurs employé par les
Papes *Gregoire XIII.* & *Sixte V.* à revoir le texte de la Bible Gréque des
Septante, la Version Latine de cette
Bible, & le texte Latin de la Vul-
gate; & ce fut ce travail qui l'occupa principalement pendant son séjour
à *Rome.* Ces trois Versions parurent
sous ces titres.

Biblia Græca, seu Vetus Testamen-
tum juxta septuaginta, Pii V. & Gre-
gorii XIII. summorum Pontificum ela-
boratum jussu, & Autoritate Sixti V.
editum, studio & opera Antonii Cardi-
nalis Carafæ, juvantibus diverso tem-
pore multis viris doctissimis, cum va-
riis lectionibus ex antiquis Codicibus &
ex veteribus Interpretibus, Aquila,
Symmacho, & Theodotione, à Petro
Morino collectis, cum ejus Præfatione.
Romæ 1587. *in-fol.*

Vetus Testamentum secundum septua-
ginta Latine redditum, & ex autorita-
te

te Sixti V. editum ; cum annotationi- P. Mo-
bus & fcholiis, ftudio & cura Flaminii RIN.
Nobilii, cum ipfius Præfatione. Juvan-
tibus Antonio Agellio, Lælio, Bartho-
lomæo Valverda & Petro Morino. Ro-
mæ 1588. *in-fol.*

Biblia Sacra vulgatæ Editionis ad
Concilii Tridentini præfcriptum emen-
data, & à Sixto V. P. M. recognita
& approbata ; tribus tomis diftinɛta.
Romæ, ex Typographia Vaticana 1590.
in-fol. La plûpart des Savans qui ont
contribué à l'édition des verfions
précedentes, ont auffi eu part à celle-ci ; cependant il s'y eft trouvé des
fautes confiderables, qui ont obligé
à la fupprimer, & à en donner une
autre plus correɛte ; c'eft ce qui fait
qu'elle eft fi rare, & que le prix en
augmente tous les jours. A la vente
de la Bibliotheque de M. *des Ma-*
rets, elle ne fut vendue que 250 livres. Quelques années après, c'eft-
à-dire en 1725. à la vente de celle
de M. *Du Fay*, elle le fut 704 livres.
Enfin en 1728. à la vente de celle
de M. *Colbert*, elle fut pouffée jufqu'à 1250 livres. La nouvelle édition qui parut fous le Pape *Clement*

Tome XXV. B

VIII. & qu'on confond quelquefois avec la premiere, parut à *Rome* en 1592. *in-fol.*

Il a aussi eû part aux deux Collections suivantes, par le soin qu'il prit d'en collationner plusieurs pieces sur les MSS.

Epistolæ Decretales Summorum Pontificum, usque ad Gregorium VII. Romæ 1591. *in-fol.* 3 *vol.*

Concilia generalia Ecclesiæ Catholicæ, Græce & Latine, Pauli V. autoritate edita. Romæ 1608. *in-fol.* 4 *vol.*

V. *Sa Lettre de Vita & scriptis suis. La Preface de ses Opuscules par le P. Quetif. Du Pin, Bibliotheque des Auteurs Ecclesiastiques.*

PHILIPPE LABBE.

PHILIPPE *Labbe* naquit à *Bourges* le 10 Juillet 1607. d'une bonne famille de cette ville.

Après avoir fait sa Philosophie, il entra dans la Compagnie de *Jesus* le 28 Septembre 1623. à l'âge de seize ans.

Il enseigna ensuite dans le Colle-

ge de *Bourges* les Humanitez, la Rhe- **P. LAB-**
torique & la Philoſophie. Après **BE.**
quoi il paſſa à la Théologie Morale ,
qu'il profeſſa pendant cinq ans, tant
dans le même College , que dans
celui de *Paris* , où il fut appellé.

Il demeura toûjours depuis dans
cette ville , où s'étant formé de
grands projets , pour l'avantage de
la République des Lettres , il employa tout ſon temps à les mettre en
exécution. C'eſt à quoi s'eſt paſſé
tout le reſte de ſa vie.

Il mourut à *Paris* le 25 Mars 1667.
dans ſa 60 année.

Il y a trop de malignité, & trop
peu d'équité dans ce qu'on lit ſur
ſon ſujet dans le ſecond tome des
Mélanges d'Hiſtoire & de Litterature,
du prétendu *Vigneul-Marville* p. 10.
» Le Pere *Labbe* , y dit-on , étoit un
» fort bon homme , quoiqu'aſſez in-
» ferieur aux Ecrivains celebres de
» ſon temps, il ne laiſſoit pas de
» bien ſervir en ſecond. On a vû un
» grand nombre d'Ouvrages , je ne
» dirai pas tout-à-fait de lui , mais
» de toutes ſortes de perſonnes ſous
» ſon nom. Les autres enfantoient ,

P. Lab-
be.

» & lui comme Parain nommoit l'en-
» fant, & lui donnoit un beguin &
» des langes. Aussi a-t-il été accusé
» d'être un peu Pirate ; mais il faut
» de ces gens-là dans la République
» des Lettres, aussi bien que sur
» Mer. Ce n'étoit pas par necessité,
» que le P. *Labbe* détrousseoit les sa-
» vans ; mais par amusement, à peu
» près comme *S. Augustin* étant Eco-
» lier, déroboit les poires de ses voi-
» sins, seulement pour se donner le
» plaisir de dérober chez autrui ce
» qu'il n'auroit pas voulu ramasser
» dans sa Maison.

Il est vrai que la plûpart des Ouvrages que le P. *Labbe* a donnés au
public, ne lui ont coûté que la peine de les ramasser, & de les mettre
en corps ; mais on ne peut pas lui
attribuer pour cela le nom de Pirate, ou de Plagiaire, qui ne convient
qu'à ceux qui s'attribuent les productions d'autrui ; le Public au contraire lui est redevable de la peine
qu'il a prise de lui donner des pieces, qu'il n'auroit peut-être jamais
vûes sans lui. Au reste on ne peut
nier qu'il n'eût une Mémoire prodi-

gieufe, & une érudition fort variée ; P. LABE. ce qui joint à un travail infatigable lui a fait publier tant d'Ouvrages.

Catalogue de fes Ouvrages.

1. *Regulæ Accentuum & Spirituum Græcorum novo ordine in faciliores & difficiliores pro captu Scholafticorum diftributæ, quibus additæ funt nonnullæ obfervationes omnibus Græca linguæ ftudiofis utiliffimæ. Item Dialecti apud Oratores ufurpatæ à Poëticis fejunctæ. Poftremis editionibus acceffit Syntaxeos Græcæ facillima Methodus ; cum quibufdam Profodiæ Regulis de finalibus & crementis nominum atque verborum ad ufum accentuum accommodatis atque contractis. Parif.* 1635. *in-*12. C'eft la 1e édition, qui a été fuivie d'un grand nombre d'autres, & entre autres d'une faite à *Paris* l'an 1655. *in-*8°. où l'Auteur a fait beaucoup d'additions & de changemens.

2. *Concordia facræ ac prophanæ Chronologiæ annorum* 5691. *ab Orbe Condito ad annum Chrifti* 1638. *per fæcula Mundana, Romana, Chriftiana, & feptem Mundi ætates, cum Canonibus Ifagogicis. Item Auctuarium Concordiæ feu Demonftratio de anno, Men-*

P. LAB-
BE.

se, die Dominica Passionis, cum quin-
quaginta Excursionum Sylva Chronolo-
gica, & successionum veteris Testamenti
Thesauro. Paris. 1638. *in-*12. La differtation sur l'année &c. de la passion
de J. C. a été imprimée séparément
à *Paris* l'an 1661. *in-*4°.

3. *Elogium funebre Caroli de Cre-*
quy, Ducis de Lesdiguieres. Paris.
1638. *in-*4°.

4. *Elenchus Prosodicus Latino-Græ-*
cus, ex ampliore (qui Operarum Ty-
pographicarum incuria maximam par-
tem periit) concisus, addito ad vulga-
rem Smetium altero dictionum cum ali-
quot prolegomenis, & recta pronuntia-
tionis certissima amussi. Paris. 1639.
*in-*12. Le P. *Labbe* a joint à ce volume : *Tyrocinium Græcæ Poëseos, cum*
Dialecticis Poëticis, & Smetio, ut vo-
cant, Græco, aliisque eodem spectanti-
bus.

5. *Traduction nouvelle du Marty-*
rologe Romain, distribué pour tous les
jours de l'année, suivant la nouvelle
réformation du Calendrier, mis en lu-
miere par le commandement des Papes
Gregoire XIII. & Urbain VIII. Paris
1643. *in-*4°. Il y a à la fin un *Recueil*

des fautes plus ſignalées, qui étoient P. LAB-
dans les Verſions anciennes. ‒ BE.

6. *Hagiologium Franco-Galliæ ex‑*
cerptum ex antiquo Martyrologio MS.
Abbatiæ S. Laurentii Bituricenſis, nec‑
non ſacra Galliarum Topographia ex
Martyrologio Romano, cum interpre‑
tatione vernacula. Pariſ. 1643. *in*-4°.

7. *Pharus Galliæ antiquæ, ex Cæ‑*
ſare, Hirtio, Strabone, Plinio, Pto‑
lemæo, Itinerariis, Notitiis &c. cum
Interpretatione vernacula. Molinis
1644. *in*-12. Comme le P. *Labbe* at‑
taquoit dans ce livre les notes que
Sanſon avoit faites ſur la carte des
Gaules du temps de *Ceſar*, il fut cri‑
tiqué à ſon tour par cet habile Géo‑
graphe, qui trouva dans les deux
premieres lettres de l'Alphabet, de
quoi le convaincre de bien des fau‑
tes, & même de l'avoir ſouvent co‑
pié. Cela engagea le P. *Labbe* à re‑
toucher ſon Ouvrage dans le deſſein
d'en donner une nouvelle édition,
qui cependant n'a pas paru; il s'eſt
contenté d'en détacher une feuille
volante qu'il publia l'année ſuivante
ſous ce titre.

8. *Courte Notice de l'ancienne Gau‑*

P. LAB- le , *tirée du* Pharus Galliæ antiquæ.

DE. 1645.

9. *Eruditæ pronuntiationis Catholici Indices; una cum Differtatiunculis Profodicis &c. Parif. 1645. in-8°.*

10. *Les Tableaux Methodiques de la Geographie Royale , prefentez au Roi Louis XIV. Paris 1646. in-fol. It. 2ᵉ. Edition enrichie de quelques obferva-tions. Paris 1647. in-12.*

11. *La Geographie Royale , avec le tableau des Villes, & des Provinces du Royaume de France , & une table très-exacte. Paris 1646. in-8°. It. Seconde édition revûe & augmentée. Paris 1652. in-8°. It. Revûe de nouveau & au-gmentée de plus de la 3ᵉ partie en divers endroits , principalement des Conquestes du Roi. Paris 1662. in-12.*

12. *Galliæ Synodorum Conciliorum-que brevis & accurata Historia , cum Indice Geographico Conciliorum om-nium , Generalium, Nationalium , Pro-vincialium &c. quæ in 37 Tomis Edi-tionis Regiæ , aliifque fcriptoribus Ec-clefiasticæ Historiæ reperiri potuerunt , cum Interpretatione vernacula. Parif. 1646. in-fol.*

13. *Historiæ Sacræ Prodromus, Geo-graphiæ*

*graphiæ Ecclesiasticæ primam delinea-
tionem exhibens. Paris.* 1646. *in-fol.*

14. *Heroicæ Poëseos deliciæ ad unius
Virgilii imitationem, ex summis Poëtis,
Actio Syncero Sannazario, Hierony-
mo Vida, Georgio Buchanano, Petro
Bembo, Andrea Naugerio, Baltha-
fare Castillionio, Marco Antonio Flaminio, Hier. Fracastorio, Jacobo Sa-
doleto, Angelo Politiano, Scævola
Sammarthano, Maphæo Barberino,
Dionysio Petavio, Daniele Heinfio
aliisque selecta, recensita atque emendata. Parif.* 1646. *in-*12.

15. *Lector Sacræ scripturæ ad rectam
Pronuntiationis amussim eruditus; cum
gemino Indice difficiliorum Vocabulo-
rum, quæ in Sacris Bibliis negotium
etiam doctioribus facessere nonnumquam
solent. Parif.* 1646. *in-*8°. Il avoit
paru pour la premiere fois à *Paris*
l'an 1639. *in-*12.

16. *Trias Epistolica SS. PP. Eucherii ad Valerianum, Augustini ad
Licentium, Hieronymi ad Heliodo-
rum, & R. P. Edmundi Campiani
Opuscula. Parif.* 1646. *in-*24. C'eſt
le P. *Labbe*, qui a eu ſoin de cette
édition.

Tome XXV. C

17. *Histoire du Berry abbregée dans l'Eloge Panegyrique de la ville de Bourges, Capitale du Pays.* Paris 1647. *in*-12. L'auteur vouloit donner l'Histoire génerale du Berry, dont ce n'est ici qu'un Essay, mais il n'a pas executé ce dessein. Après l'Eloge divisé en deux parties, on trouve 1°. *Blazons des Armoiries de plusieurs familles nobles de la ville de Bourges & Duché de Berry,* 2°. un *Appendix* contenant plusieurs pieces Latines anciennes, qui ont rapport à l'histoire de *Bourges.*

18. *Abregé de la Sphere reduit par une methode très-courte, & très-aisée en douze petits Chapitres; avec quelques advis très-importans.* Paris 1647. *in*-12.

19. *Discours Historique du P. L. J. touchant le mariage contesté d'Ansbert le Senateur, & de Blitilde, fille de Clotaire I. Roi de France, Ayeuls de Saint Arnoul, duquel sont descendues la seconde, & troisiéme lignées de nos Roys.* Paris 1647. *in*-4°.

20. *Ser. Principi Ludovico Borbonio, Duci Anguiano, de expugnata captaque Dunkerka, tetrasticha Epi-*

grammata feptem cum duobus exafti- P. LA**Ï**-
chis. Eidem Principi antiqua Gallià BE.
revivifcens illuftres triumphos gratula-
tur, ominatur, brevi Elegidio. Accef-
fit Epitaphium Ser. ejus Parentis Hen-
rici Borbonii, Principis Condæi. Pa-
rif. 1647. *in-*12. *& in-*4°.

21. *De Byzantinæ Hiftoriæ fcriptori-*
bus publicam in lucem è Typographia
Regia Luparæa emittendis, ad omnes
per orbem eruditos Protrepticon ; ubi
Catalogus fcriptorum hiftoriæ illius,
fervato ordine temporis, exhibetur.
Parif. 1648. *in-fol.*

22. *Pouillé Royal, contenant les*
Benefices à la Nomination ou Collation
du Roi. Enfemble les Maladeries,
Hopitaux, & Maifons-Dieu, appar-
tenant au Grand-Aumônier, à l'or-
dinaire des lieux, aux Abbez, Prieurs,
& autres particuliers. Paris 1648. *in-*
4°.

23. *Catalogue des Archevez & E-*
vechez foumis au Patriarchat, Pri-
matie, & Metropole de Bourges. Avec
le Pouillé des Abbayes, Prieurez,
Monafteres &c. qui font dans l'encein-
te du Diocefe de Bourges & de ceux de
fes fuffragans. Paris 1648. *in-*4°.

24. *Sacrarum Elegiarum deliciæ.*
Parif. 1648. *in-*12. On trouve entre
autres dans ce Récueil formé par le
P. *Labbe*, *Pia Desideria Hermanni*
Hugonis, *Heroum Epistolæ Jacobi Bi-*
dermanni, *Christus patiens Caroli*
Malapertii, *Alexias Francisci Ræ-*
mundi, *Oliva Pacis Jacobi van de*
Walle, *Votum Sidronii de Hocische*,
tous six Jesuites.

25. *Matthiæ Casimiri Sarbievii Soc.*
Jes. Lyricorum libri IV. *Epodon liber*
unus, alterque Epigrammatum. Parif.
1648. *in-*12. Le P. *Labbe* a pris foin
de faire imprimer à *Paris* ces Poëfies, qui l'avoient d'abord été à *Cra-*
covie en 1628. & à *Anvers* en 1634.

26. *Enchiridium Prosodicum emen-*
data pronuntiationis certissima amussis;
cum analectis Philologicis atque Ety-
mologicis, in quibus recondita plurima
explicantur de dubiis quibusdam dictio-
nibus, & hactenus apud Eruditos con-
troversiis. Parif. 1648. *in-*12. It. *Hac*
editione multis partibus auctum. Parif.
1661. *in-*8°. Le P. *Labbe* avoit une
facilité merveilleuse à multiplier les
titres de fes livres; on a de lui quinze ou feize traitez de Grammaire,

qu'il auroit pu renfermer aifement P. LABE
en deux ou trois volumes medio- BE.
cres.

27. *Tirocinium lingua Græcæ pri-*
migenias voces five Radices novo ordi-
ne facilique Methodo in Centurias de-
cadafque diftributas complexum ; Poë-
ticis , Barbaris , propriis , aut alioquin
minus ufitatis in feparatum Indicem
rejectis. Parif. 1648. *in-*12. *It. nova*
editio additis de novo quatuor partibus
auctior. Parif. 1661. *iu-*12.

28. *Methode aifée pour apprendre*
la Chronologie Sacrée & profane de-
puis Adam jufqu'à notre temps , en
foixante vers artificiels , tirez de l'A-
bregé Royal de l'Alliance Chronologi-
que. Paris 1649. *in-*12. & en une
feuille volante.

29. *La Clef d'Or de l'Hiftoire de*
France , ou Tableaux Génealogiques de
la Maifon Royale de France , tant en
ligne directe qu'en Collaterale , au nom-
bre de trente & plus , avec des remar-
ques fingulieres pour l'hiftoire & la
Chronologie. Paris 1649. *in-*12. *It.*
2ᵉ. *Edition augmentée des Tableaux*
Genealogiques des fix Pairies Laiques.
Paris 1652. *in-*12.

30. *Généalogie de la Maison Royale de France, & de ses branches &
rameaux, expliquée en quatre grandes
feuilles.* Paris 1649.

31. *L'Année Sainte des Catholiques, ou sont representez fidellement
les Saints & les Saintes plus rémar-
quables dans l'Eglise, avec le siecle,
l'année, le mois & le jour de leur bienheureux decès. Suit le Journal Historique pour connoître le temps du decès
de plusieurs personnes eminentes en vertu, pieté & Sainteté, qui n'ont point
été Canonisez, ni béatifiez par les Sou-
verains Pontifes; & même de quelques
Saints & bienheureux moins celebres,
qui ne sont point encore dans le Mar-
tyrologe Romain. De plus le Journal
de la mort des Rois de France, & l'a-
vant-propos aux Lecteurs Catholiques, touchant la différence de l'année
Sainte, & du Calendrier des Heures
de Port-Royal.* Paris 1650. in-8°.

32. *Le Calendrier des Heures sur-
nommées à la Janseniste, revû & cor-
rigé par François de Saint-Romain,
Prêtre Catholique.* Paris 1650. in-8°.
Le P. *Labbe* s'est caché ici sous le
nom de *Saint-Romain.*

33. *Regia Epitome Hiſtoriæ Sacræ* P. LAB*ac Prophanæ, ab orbe condito, per an-* BE. *nos quinquies mille & ſeptingentos qua-tuor, uſque ad annum Chriſti* 1651. *complexa Technicos verſus centum ac nonaginta ſeptem, cum Tetraſtichis tribus, & brevi omnium explicatione per ſectiones* 33 *deducta. Pariſ.* 1651. *in-*12. *& in-fol. expanſo.*

34. *Chronologiæ diſcendæ nova, facilis & expeditiſſima Methodus verſibus Technicis ſexaginta comprehenſa, ab Adamo ad Ludovicum* XIV. *ex Regia Epitome Concordiæ Chronologicæ. Pariſ.* 1651. *in-*12. *& in-fol. expanſo.*

35. *Chronicon Dolenſis Cænobii, ſeu Burgi-Dolenſis Abbatiæ, quondam in Biturigum Provincia celeberrimæ, incerto Autore, cum aliquot excerptis ex altero Codice MS. B. Mariæ Dolenſis, ab Anonymo ejuſdem loci Religioſo conſcriptis. Pariſ.* 1651. *in-*4°.

36. *Notitia dignitatum omnium, tam Civilium quam Militarium Imperii Romani, in partibus Orientis & Occidentis; cum aliis opuſculis ejuſdem argumenti. Pariſ. è Typographia Regia* 1651. *in-*12.

37. *L'Abregé Royal de l'Alliance Chronologique de l'Histoire Sacrée & Profane. Avec le Lignage d'Outremer, les Affises de Jerusalem & un Recueil Historique de pieces anciennes. Paris* 1651. *in*-4°.

38. *Eloges Historiques des Rois de France depuis Pharamond jusques au Roi très - Chrétien Louis XIV. avec l'Histoire très - exacte des Chanceliers, Gardes des Sceaux, anciens Notaires & Secretaires, & le Melange de plusieurs pieces rares & anciennes, pour servir à l'Histoire Ecclesiastique & Civile. Tome second de l'Alliance Chronologique. Paris* 1651. *&* 1664. *in*-4°. Le *Melange Curieux* est une petite partie d'un Ouvrage que le P. *Labbe* avoit entrepris, & qui a été annoncé dans la Bibliotheque Parisienne de l'année 1650. du P. *Jacob*, mais qu'il n'a pas achevé.

39. *Triumphus Catholicæ Veritatis adversus Novatores, sive Jansenius damnatus à Conciliis, Pontificibus, Episcopis, Universitatibus, Doctoribus Theologis, atque ordinibus Religiosis. Parif.* 1651. *in*-8°.

40. Le *Blason Royal des Armoiries*

des Rois , Reines , Dauphins , fils , & P. LAI-
filles de la Maiſon Royale de France , BE.
*accompagné d'un Recueil des Armoiries
de pluſieurs grandes & anciennes familles de ce Royame. Paris* 1652. *in-*
12. Ajouté à la ſuite des *Tableaux
Généalogiques de la Maiſon Royale de
France* dans l'édition de cette année.

41. *In mortem trium eruditiſſimorum
è Societate Jeſu Virorum , Nicolai
Cauſſini Trecenſis , Jacobi Sirmondi
Ricomagenſis , Dionyſii Petavii Aure-
lianenſis , Pariſiis maximo cum erudi-
torum omnium luctu intra ſeſquiannum
ereptorum , Epigrammata totidem. Pariſ.* 1652. *in*-4°. Le P. *Cauſſin* mourut le 2 Juillet 1651. le P. *Sirmond*
le 7 Octobre de la même année , &
le P. *Petau* le 11 Decembre 1652.

42. *Joannis Deſpauterii Proſodia
illuſtrata , aucta , emendata , faciliſque
compendio atque ordine in partes tributa duodecim. Pariſ.* 1652. *in*-8°. It.
*In quatuor duntaxat partes digeſta , cum
variis obſervationibus. Pariſ.* 1661.
in-8°.

43. *Jacobi Sirmondi Notæ in Sido-
nii Apollinaris Epiſtolas ac Carmina.*

P. LAB-
BE.

Parif. 1652. *in-*4°. Cette feconde
édition a paru par les foins du P.
Labbe.

44. *Confpectus novæ editionis om-*
nium operum S. Joannis Damafceni in
quatuor tributorum. Parif. 1652. *in-*4°.
Ce projet n'a point eu d'execution.

45. *Specimen novæ Bibliothecæ MSS.*
librorum, five Antiquarum Lectionum
Latinarum & Græcarum in quatuor
partes tributarum. Accedunt ejufdem
fupplementa X. Cum Coronide Libra-
ria, five Bibliotheca Bibliothecarum,
Catalogorum, Indicum &c. Parif.
1653. *in-*4°.

46. *Regia Epitome Hiftoriæ facræ &*
profanæ, in qua Patriarchæ, Judices,
Reges Judæi, Romani, Perfæ, Ægyp-
tii, Franci &c. Summi Pontifices,
Imperatores Romani, Græci, Turcæ,
Concilia generalia, Decem Ecclefiæ
perfecutiones, fæcula Romana & Chri-
ftiana, aliaque plurima ad fanioris
Chronologiæ Canones exacta breviter
repræfentantur. Parif. 1653. & 1654.
*in-*12. & *in-fol. expanfo.*

47. *Elenchus, five Thefaurus Pro-*
fodicus Græco-Latinus, in quo quanti-
tas Græcarum Syllabarum ancipitum

primarum mediarumque nova facilique P. LAB-
methodo declaratur. Pariſ. 1654. *in-*8°. BE.

48. *Bibliotheca Anti-Janſeniana,*
ſive Catalogus piorum eruditorumque
ſcriptorum, qui Corn. Janſenii Epiſc.
Iprenſis & Janſenianorum hæreſes, er-
rores, ineptiaſque oppugnarunt; cum
præludiis hiſtoriæ, & cribratione Far-
raginis Janſeniſticæ. Pariſ. 1654. *in-*4°.

49. *Nicolai Clenardi Grammatica*
Græca à Stephano Moquoto è Soc. J.
ad uſum Collegiorum ejuſdem Soc. jam
olim recognita & auêta, nunc vero pri-
mum in tres partes tributa, meliori
quam antehac digeſta ordine. Pariſ.
1656. *in-*8°.

50. *Euchologium Scholaſticum, ſive*
Chriſtiani adoleſcentis quotidianum E-
xercitium, cum ſeleêtis orationibus.
Accedunt verba vitæ æternæ D. N. J.
C. ore prolata, ſive ſententiæ atque
Axiomata Evangelica ordine Elemen-
tario digeſta, & in decadas diſtributa.
Pariſ. 1656. *in-*12.

51. *Nova Bibliotheca Manuſcripto-*
rum Librorum. Pariſ. 1657. *in-fol.*
deux tomes. Le P. *Labbe* promettoit
d'autres volumes de cette Bibliotheque, mais d'autres occupations l'ont

P. LAB-empêché de remplir sa promesse.
RE.   C'est un Recueil de pieces dont la
plûpart n'avoient pas été encore imprimées.

52. *Aristotelis & Platonis Græcorum
Interpretum typis hactenus editorum
brevis conspectus. Parif.* 1657. *in* 4°.
C'est une partie d'un Ouvrage qu'il
se proposoit de publier sous le titre
d'*Athenæum Philosophicum, sive Bibliotheca Aristotelis ac Platonis Interpretum;* mais qu'il n'a pas eu le temps
d'achever.

53. *Bibliotheca Chronologica Sanctorum Patrum, Theologorum, scripto-
rumque Ecclesiasticorum utriusque Testamenti, brevibus singulorum elogiis
definita ab orbe condito, ad annum
Christianæ Æræ* 1500. *cum Pinacotheca scriptorum Soc. Jesu. Parif.* 1659.
in 24.

54. *Emendatæ Pronuntiatonis Bibliotheca Prosodica in tres partes tributa.
Parif.* 1660. *in* 8°. C'est un Recueil
des Ouvrages qu'il avoit déja publiés sur cette matiere, avec quelques augmentations.

55. *Claudii Galeni Vita, ex propriis operibus collecta, atque intervallis*

quatuor diftincta, *ad V. Cl. Guidonem* P. LAB-
Patinum. Parif. Benard. 1660. *in-8°.* BE.
pag. 83. Comme *Galien* parle feul
dans cet Ouvrage, le P. *Labbe* a jugé à propos de donner une autre vie
du même Auteur, qui fût de fa façon, c'eft ce qu'il a exécuté dans le
livre fuivant.

56. *Claudii Galeni Chronologicum
Elogium*, *à P. Labbeo fcriptum*, *cum
Jacobi Mentellii Doct. Medici Pari-
fienfis ad eundem Epiftola. Parif.* 1660.
in-8°. Jean *Albert Fabricius* a inferé
cet Eloge dans le 3e tome de fa *Bibliotheque Greque p.* 510.

57. *Michaelis Glycæ*, *Siculi*, *Annales à Mundi exordio ufque ad obitum Alexii Comneni Orientis Imperatoris*, *Græce & Latine*, *Interprete
Joanne Leunclavio*, *ex recenfione &
cum acceffionibus & Notis Philippi
Labbe. Parif. Typographia Regia.*
1660. *in-fol.*

58. *De fcriptoribus Ecclefiafticis*,
*quos attigit Cardinalis Robertus Bellar-
minus Philologica & Hiftorica Differ-
tatio. Parif.* 1660. *in-8°. deux tomes.*
Le P. *Labbe* s'eft propofé ici de re-
prendre non feulement *Bellarmin*,

P. LAB-
BE.
mais encore les Heretiques modernes ; ce qu'il fait d'une maniere bien
differente. Car il traite *Bellarmin*
avec toute forte d'honneur & de po-
litesse, & accable les Heretiques de
noms injurieux. Il a inseré à la fin
du premier volume une dissertation,
qu'il a intitulée : *Cenotaphium Joan-*
næ Papiſſæ ab Heterodoxis, Maréſio,
Salmaſio, Congnardo, Callixto, Hot-
tingero, Cookio, Grimo &c. ex Utopia
in Europam nuper revocatæ, everſum
fundituſque exciſum, demonſtratione
Chronica ineluEtabili, contexta e coæ-
taneis d'untaxat unius noni ſæculi ſcrip-
toribus. On trouve à la fin du second
volume les pieces suivantes : *Regia*
Epitome Hiſtoriæ Sacræ & Prophanæ
cum verſibus technicis. Abacus Chro-
nologicus ſcriptorum Eccleſiaſticorum,
quos Bellarminus attigit. Diatriba de
Aimoino Hiſtoriæ Francicæ Autore.

59. *Abacus Chronologicus ſcripto-*
rum Eccleſiaſticorum. in-fol. en trois
feuilles.

60. *Geographiæ Epiſcopalis Brevia-*
rium, expeditiſſima Methodo in capita
duodecim digeſtum. Pariſ. 1661. *in-*24.
A la suite de *Philippi Cluverii Intro-*
duEtio ad Geographiam.

61. *Conciliorum Generalium, Na-* P. LAB-
tionalium, Provincialium, Diœceſano- BE.
rum, cum vitis Epiſtoliſque Romano-
rum Pontificum, Hiſtorica Synopſis,
ampliſſimæ collectionis, quæ ſingulari
ſtudio 14 *aut* 15 *tomis paratur, prima*
delineatio. Pariſ. 1661. *in-*4°.

62. *Les Etymologies de pluſieurs*
mots François, contre les abus de la
ſecte des nouveaux Helleniſtes du Port-
Royal; ſixiéme partie des Racines de la
langue Gréque. Pariſ. 1661. *in-*12.

63. *Petit Dictionaire François-Latin*
des Provinces, Villes, Rivieres, Mon-
tagnes &c. qui ſont exprimées au Ta-
bleau de la France. Paris 1662. *in-*12.

64. *Ludovico XIII. Xenia vere Re-*
gia, Chriſtiani Regis Inſtitutio, Au-
tore Jona Aurelianenſi Epiſcopo, ad
Pippinum Francorum in Aquitania Re-
gem, edita nunc primum in lucem è
Codice MSS. & Antiquis Lectionibus
ſeu Tomo III. *Novæ Bibliothecæ MSS.*
Librorum. Pariſ. 1662. *in-*12.

65. *Anni* 1661. *Bibliographia RR.*
PP. Societatis Jeſu in Regno Franciæ,
libros omnes ab illis eo anno editos di-
ligenter repræſentans; cum Anteceſſione
Librorum Anni 1662. *Pariſ.* 1662.
*in-*4°.

P. LAB-
BE.

66. *Decem librorum à R. P. Philip-*
po Labbe conscriptorum initia, sive
Antecessiones & primitiæ, instar speci-
minis integræ illorum editioni publicam
in lucem præmissæ. Paris. 1662. in-4°.
L'auteur n'a pas veçu assez longtemps
pour donner au public ces dix Ouvrages.

67. *Catalogus Librorum omnium*
quos hactenus in lucem emisit aut sub
prælo habet Philippus Labbe, ab ami-
co collectus atque editus. Paris. 1656.
in-4°. It. *Altera editio cum Appendice*
librorum excusorum ab anno 1657. ad
1662. Paris. 1662. in-4°. Cet ami du
P. *Labbe* n'est autre que lui même.

68. *La grande & petite Methode*
pour apprendre la Chronologie & l'Hi-
stoire. Paris 1664. in-12.

69. *Bibliotheca Bibliothecarum, cu-*
ris secundis auctior. Accedit ejusdem
Bibliotheca Nummaria, cum Mantissa
Antiquariæ suppellectilis. Paris. 1664.
in-4°. It. *Rhotomagi 1672. in-8°.* It.
Avec les additions d'*Antoine*
Teissier à la Bibliotheque des
Bibliotheques. *Geneva* 1686. *in-*
4°. La Bibliotheque des Bibliotheques avoit paru pour la premiere
fois

fois en 1653. à la fuite du *Specimen* P. LAB.
Novæ Bibliotheca MSS. Librorum. LA BE.
Bibliotheca Nummaria a été attribuée
mal à propos par quelques Auteurs
Anglois à *Jean Selden.* Ce qu'il y a
à remarquer dans la *Mantiffa Anti-*
quariæ fuppellectilis , c'eft qu'il y a
une Lacune confiderable depuis le
commencement de la lettre C jufqu'à
la fin de la lettre F , laquelle apparemment a été produite par la perte
de quelques feuilles de l'Ouvrage ,
foit entre les mains de l'Auteur, foit
entre celles de l'Imprimeur.

70. *Lettre fur un paffage de Pline.*
Inferée dans le *Journal des Savans*
du 28 Juin 1666.

71. *Thefaurus Epitaphiorum veterum*
ac recentium felectorum ex Antiquis
Infcriptionibus , omnique *fcriptorum*
genere. Parif. 1666. *in-8°.* On ne
trouve ici que des Epitaphes Latines.

72. *Le Chronologue François ,* ou
l'Abregé Chronologique de l'Hiftoire
Sacrée & Prophane , avec les obfer-
vations neceffaires à l'étude de la Chro-
nologie. Paris 1666. *in-12. cinq volu-*
mes.

Tome XXV. D

73. *Concilii Tridentini Canones &
Decreta; Accessere Principum litteræ
& mandata, Legatorum & Oratorum
Conciones & Orationes, Theologorum
sententiæ & Disputationes, aliaque O-
puscula idem Concilium spectantia:
Edente Philippo Labbe. Paris. 1667.
in-fol.*

74. *Histoire des Rois de France ré-
duite en forme d'Abregé Chronologique. Paris 1667. in-12.*

75. *Philippi Labbe & Philippi
Brietii Concordia Chronologica. Paris.
1670. in-fol. 5 vol.* Les quatre premiers volumes furent imprimés l'an
1656. & finissent à l'an 1200. ou s'est
terminé le travail du P. *Labbe.* Le
P. *Briet* continua l'Ouvrage depuis
l'an 1201. jusqu'en 1600. & y ajouta
un abregé du 17e siecle. Sa continuation est contenue dans le 5e volume. M. l'Abbé *Lenglet* dit qu'il y
a dans cet Ouvrage bien du savoir,
raisonnablement d'obscurité, & une
mediocre utilité.

76. *Sacrosancta Concilia ad Regiam
Editionem exacta quæ nunc quarta par-
te prodit auctior studio Philippi Labbei
& Gabrielis Cossartii S. J. Presbytero-*

rum. Pariſ. 1672. *in-fol.* 17 *vol.* Les
huit premiers volumes de ce grand
Ouvrage étoient imprimés, avec les
commencemens du 9 & du 10, tout
le 12ᵉ & les trois ſuivans, lorſque
le P. *Labbe* mourut. Le P. *Coſſart*
acheva les volumes commencez,
donna le onziéme entier avec des
notes ſemblables à celles du P. *Lab-*
be, & l'Apparat, & mit la derniere
main à tout l'Ouvrage. L'édition du
Louvre, qui avoit precedé celle-ci,
étoit en 37 volumes *in-fol.* & cependant d'un quart moins ample.

    V. *Sonwel ſcriptores Soc. Jeſu. Son*
Eloge à la fin de la Bibliotheque Hiſto-
rique de la France du P. le Long.

P. LAB-
BE.

TORQUATO TASSO.

ORQUATO *Taſſo* appellé vulgairement *le Taſſe*, naquit l'onziéme Mars 1544. à *Sorrento* ville du
Royaume de *Naples*, de *Bernard*
Taſſo, & de *Porcie de Roſſi*.

    Son pere, qui deſcendoit de l'il-
luſtre Maiſon des *Torreggiani*, Seigneurs de *Bergame*, de *Milan*, & de

T. TAS-
SO.

           D ij

T. Tas-
so.

pluſieurs autres villes de Lombardie,
& qui eſt connu par quelques Ouvrages qu'il a donnés au public, étoit
Secretaire de *Ferrand de Sanſeverino*
Prince de *Salerne*, & faiſoit ſon ſéjour ordinaire à *Naples*; mais ayant
été avec ſa femme groſſe de ſix mois
voir *Hippolite de Roſſi* ſa ſœur qui
étoit mariée à *Sorrento*, ce fut là que
ſa femme accoucha de *Torquato*.

Ceux qui ont écrit la vie de ce fameux Poëte, ont voulu y répandre
du merveilleux, lorſqu'ils ont dit
que dès l'âge de ſix mois ſa langue
ſe denoua entierement; & que dès
lors non ſeulement il parloit & pro-
nonçoit les mots d'une maniere claire & diſtincte, mais encore qu'il
penſoit, raiſonnoit, expliquoit ſes
penſées, & repondoit à propos aux
queſtions qu'on lui faiſoit. Particularités qu'on ne peut s'empêcher de
releguer au nombre des fables.

Vers la fin de ſa troiſiéme année,
ſon pere ayant été obligé de ſuivre
en Allemagne le Prince de *Salerne*,
laiſſa ſon fils *Torquato* à *Naples*, &
en commit le ſoin à un homme de
Lettres nommé *Angeluzzo*. Ce voya-

ge fut moins long qu'il ne se l'étoit T. TAS-
imaginé, & il retourna au bout d'un so.
an à *Naples*, où il fut agréablement
surpris de trouver son fils en état de
passer aux Ecoles publiques, quoi
qu'il n'eût pas encore achevé sa quatriéme année.

Il l'envoya donc au College des
Jesuites, établis depuis peu à *Na-*
ples, où il s'appliqua à l'étude avec
une ardeur qu'on ne devoit pas attendre de lui dans un âge si tendre.
Il étoit toûjours levé avant le jour;
& souvent l'impatience où il étoit
d'aller trouver son maître, l'éveil-
loit pendant la nuit; alors il falloit
l'habiller, le laisser étudier à la lam-
pe, & quelquefois même le conduire au College aux flambeaux.
Aussi sçut-il parfaitement le Latin
& plusque mediocrement le Grec à
sa septiéme année; il composoit au
même âge des harangues qu'il reci-
toit publiquement, & des Poësies,
dont le stile ne se sentoit gueres de
la foiblesse de l'âge du Poëte. Tel
fut un sonnet qu'il adressa à sa mere, lorsqu'il fut obligé de sortir de
Naples, pour suivre la fortune de
son pere.

Car le voyage qu'il avoit fait en
Allemagne lui fut funeste. Le Prince de *Salerne* y étoit allé au nom
du peuple de *Naples*, pour s'oppo-
ser à l'établissement de l'Inquisition
que le Viceroy, *Dom Pedre de Tole-
de*, vouloit y introduire ; & le succès de son Ambassade, qui avoit
beaucoup augmenté son crédit parmi les Napolitains, l'avoit perdu entierement dans l'esprit du Viceroy.
Celui-ci n'oublia rien pour le rendre suspect à l'Empereur ; il lui fit
un crime de l'inclination que le peuple avoit pour lui, il lui supposa
des desseins qu'il n'avoit pas, & le
poussa en tant de maniere que ce
Prince fut obligé de penser à se mettre en sureté. Il sortit pour cela de
Naples, dans le dessein de s'aller justifier devant l'Empereur, qui étoit
alors en Espagne. Mais comme il
apprehendoit le crédit du Viceroy,
il s'arrêta à *Rome*, d'où il envoya
Thomas Pagan son Auditeur en E-
spagne, pour demander un sauf-con-
duit. *Charles-Quint* le lui refusa, en
disant qu'il n'y avoit point de traité à faire entre lui & son sujet ; &

ce refus le détermina à ſe retirer en France, après avoir renoncé par un Acte à tous les Fiefs, qu'il ténoit de l'Empereur, pour ſe dégager envers lui du ſerment de fidelité.

Bernard Taſſo voulant accompagner ſon Maître dans ſa mauvaiſe fortune, ne voulut pas laiſſer ſon fils dans un pays qu'il alloit abandonner pour toûjours, & le fit paſſer à *Rome*, pour l'y faire élever.

Le jeune *Taſſo* avoit déja fait ſa premiere communion, quoiqu'âgé ſeulement de huit ans; & il falloit qu'il paſſât déja pour un eſprit mur, puiſqu'il fut compris nommément dans la ſentence qui declara en 1552. rebelle ce Prince, & tous ceux qui l'avoient ſuivi.

A peine fut-il arrivé à *Rome*, que ſon pere fut obligé de ſuivre le Prince de *Salerne* en France. Malgré la paſſion qu'il avoit de l'élever lui-même, il ne voulut pas l'expoſer à un ſi long voyage, & le laiſſa à *Rome* entre les mains de *Maurice Cataneo*, ſon Compatriote, ſon ami & ſon parent, qui étoit Secretaire du Cardinal *Albano*. Pour lui, il demeu-

T. TAS-
SO.

ra quatre ou cinq ans en France,
après lesquels ayant perdu son Maître, il retourna en Italie, & se rendit à la Cour de *Guillaume de Gonzague* Duc de *Mantoue*, qui l'avoit in-
vité avec empressement de s'y rendre, & qui le choisit pour son premier Secretaire.

Ce fut là qu'il apprit la mort de
sa femme, qui étoit demeurée dans
le Royaume de *Naples*; nouvelle
qui le fit resoudre à appeller auprès
de lui son fils, qui étoit le seul en-
fant dont il pût disposer; car sa femme, peu de temps avant que de
mourir, avoit marié sa fille *Cornelie*
avec un Gentilhomme de *Sorrento*,
assez riche, nommé *Martio Serfale.*

Torquato Tasso étoit alors âgé de
12 ans, & à peine fut-il arrivé à
Mantoue, qu'on l'envoya à *Padoue*
avec le jeune Prince *Scipion de Gonzague*, qui étoit à peu près de son
âge, & qui alloit faire ses études
dans cette Université; & ils lierent
dès lors une amitié qui ne finit qu'a-
vec leur vie. Le *Tasse* s'attacha à l'é-
tude avec tant de succès, pendant
cinq ans qu'il fut à *Padoue*, qu'à
l'âge

l'âge de 17 ans il ſoutint des Theſes T. TAS-
publiques de Philoſophie, de Théo- so.
logie & de Droit Civil & Canon.
Ce qu'il y eut de particulier fut que
ſans interrompre ſes études, il donna ſes heures de loiſir au penchant
qu'il avoit pour la Poëſie, & compoſa le Poëme de *Rinaldo* qu'il mit
au jour dans ſa 18ᵉ année.

La réputation qu'il ſe fit par ce
Poëme, & les Critiques qui l'atta-
querent, lui donnerent des occupations qui l'arracherent entierement à
la Juriſprudence; il s'abandonna à
ſon genie, & ne ſongea plus qu'à
faire des vers & qu'à Philoſopher.
Son pere ne s'accommodant point
de ces ſortes d'études, qui lui pa-
roiſſoient vaines & inutiles dans l'é-
tat preſent de ſa fortune, alla un
jour à *Padoue* pour lui en faire une
ſevere reprimande; mais tout cela
fut inutile, & il perſiſta dans la re-
ſolution qu'il avoit priſe de ſe donner entierement aux Muſes.

M. *Ceſi*, Vicelegat de *Boulogne*,
qui fut depuis Cardinal & Legat de
cette ville, l'attira enſuite auprès de
lui, lui faiſant eſperer qu'il trouve-

Tome XXV. E

T. TAS- roit dans ce lieu de quoi se perfec-
50. tionner dans ses études, & *le Tasse*
s'y fit beaucoup d'honneur par les
discours qu'il prononça en public,
particulierement sur la Poësie.

Cependant les discordes civiles,
qui s'eleverent dans cette ville, l'en
degoûterent bientôt ; d'ailleurs *Scipion de Gonzague*, qui étoit toûjours
à *Padoue*, & qui y avoit été élû
Prince de l'Academie des *Eterei*, souhaittoit fort son retour, dans le dessein de l'y faire recevoir. Ces con-
jectures le determinerent à retourner
à *Padoue*, où il entra aussitôt dans
cette Academie, & y prit le nom
de *Pentito*, pour marquer que les
douceurs qu'il goûtoit avec les Muses, lui faisoient regretter le temps
qu'il avoit donné à l'étude du Droit.

Ce fut dans le repos qu'il trouva
en ce lieu, qu'il forma le dessein de
son fameux Poëme de la *Jerusalem
delivrée*, & qu'il commença a y travailler.

En 1565. il quitta *Padoue* pour
aller demeurer à *Ferrare* ; ce qu'il fit
à la sollicitation d'*Alphonse* Duc de
Ferrare, & du Cardinal *Louis* son

frere , qui l'eſtimoient & l'aimoient.
Le Duc le logea dans ſon Palais , &
le mit par ſes liberalités en état de
mener une vie heureuſe & libre de
tout autre ſoin que celui de s'entre-
tenir avec les Muſes. Il penſa même
à le marier avantageuſement , afin
de ſe l'attacher pour toûjours ; mais
il lui trouvoit tant d'éloignement
pour le mariage , qu'il ne jugea pas à
propos de lui en parler ; il ſe contenta de lui en faire parler par ſon
Secretaire , qui étoit un vieux garçon , en qui il avoit beaucoup de
confiance. Celui-ci preſſa fortement
le Taſſe ſur cet article ; mais *le Taſſe*
l'arrêta par ce mot qu'*Epictete* avoit
dit autrefois à un de ſes amis en pa-
reille occaſion : *Je me marieray* , lui
dit-il , *lorſque vous me donnerez une
de vos filles.*

Le Pape *Gregoire XIII.* ayant envoyé l'an 1572. le Cardinal *Louis*
en France en qualité de Legat, *le
Taſſe* l'y accompagna , & y reçut
beaucoup de marques d'eſtime de la
part du Roi *Charles IX.*

De retour à *Ferrare* il compoſa ſon
Aminte , qui fut repreſentée avec

E ij

T. Tas-
so.

beaucoup de fuccès. La joye qu'il en
eut, fut troublée par la perte de fon
pere, qui mourut en 1575. à *Oftiglia*
fur *le Po*, dont le Duc de *Mantoue*
lui avoit donné le Gouvernement,
entre les bras de fon fils, qui y étoit
accouru, à la premiere nouvelle de
fa maladie. Le Duc de *Mantoue* fit
tranfporter fon corps avec beaucoup
de pompe à *Mantoue*, & enfevelir
dans l'Eglife de *S. Gilles*.

Cette mort fut le commencement
des malheurs du *Taffe*. Le temps
avoit à peine remis le calme dans
fon efprit, qu'il fe vit accablé de tous
côtez des chagrins qui ne l'abandonnerent qu'avec la vie.

Pendant fon féjour à la cour du
Duc de *Ferrare*, il s'étoit lié d'amitié avec un Gentilhomme de cette
ville pour lequel il n'avoit rien de
caché. Celui-ci le trouvant fort re-
fervé à l'égard de fes amours, voulut approfondir le myftere qu'il
croyoit qu'il lui en faifoit; il s'imagi-
na avoir fait fur ce fujet des decou-
vertes qu'il ne devoit qu'à fa pene-
tration, & ne manqua pas de repan-
dre dans le public des chofes qui
pouvoient lui faire du tort.

Le Taffe, qui l'apprit, voulut s'en éclaircir avec lui ; mais voyant qu'il recevoit fes plaintes d'une manière defobligeante, il s'emporta jufqu'à lui donner un foufflet. Le Palais du Duc, où ils étoient alors, ne permit pas à l'offenfé de tirer l'épée contre lui ; mais dès qu'il en fut forti, il envoya appeller *le Taffe*, qui l'alla auffitôt trouver. Ils en étoient aux mains, lorfque trois freres de l'offenfé vinrent fe jetter fur *le Taffe*, qui fans s'effrayer, tint tête à tous, & bleffa fon ennemi avec un de fes freres.

Ces quatre freres s'enfuirent auffitôt après de *Ferrare*, de peur d'être arrêtez pour avoir manqué au refpect qu'ils devoient au Duc, en défiant *le Taffe* dans fon Palais ; precaution, qui ne fut pas inutile, car le Duc les bannit de fes Etats & confifqua leurs biens.

Pour *le Taffe*, ne fe fentant coupable de rien, il fe tint dans fon appartement, où le Duc le fit arrêter, non par maniere de punition, mais pour empecher les fuites de cette affaire & le mettre à couvert des en-

E iij

T. TAS-
so.

trepriſes de ſes ennemis. La ſolitude
où il ſe trouva alors, lui fit faire pluſieurs reflexions triſtes, & il s'alla
mettre dans l'eſprit que la rigueur
du Duc à ſon égard pouvoit bien
avoir pour cauſe l'éclat qu'avoit fait
à *Ferrare* le ſujet de ſa querelle, &
l'ombrage qu'il avoit pris de ſon attachement pour la Princeſſe *Eleonor*,
ſa ſœur, qu'on pouvoit lui avoit fait
regarder comme un veritable amour.
Ces penſées le jetterent dans une
profonde melancolie, & redouble-
rent ſi fort l'ennui de ſa priſon, qu'il
reſolut enfin de s'en retirer par la
fuite.

C'eſt ce qu'il fit, après y avoir
demeuré un an; & il ſe retira à *Turin*, où il fut quelque temps inconnu par le ſoin qu'il prit de s'y cacher. Il avoit pris le nom d'*Homere
Fuggiguerra*, mais quelques perſonnes ayant vû de ſes vers, on eut
bientôt de violens ſoubçons de ce
qu'il étoit. *Philippe d'Eſte*, qui étoit
à la Cour de Savoye, & qui l'avoit
vû longtemps à *Ferrare*, l'ayant ren-
coutré pas hazard, le reconnut d'a-
bord, & le dit au Duc de Savoye.

Celui-ci ſe l'étant fait amener, lui fit toutes ſortes de careſſes, le logea dans ſon Palais, & lui donna toutes les marques d'eſtime & de conſideration qu'il put ; mais tout cela ne put vaincre ſa melancolie, ni le guerir de ſes ſoubçons. S'imaginant que le Duc de *Ferrare* avoit conçu de la haine contre lui, qu'aigri par ſa fuite, il ne manqueroit pas de le pourſuivre par tout, & que le Duc de Savoye ne pourroit s'empêcher de le lui ſacrifier, il ne ſongea qu'à ſortir de cette Cour pour ſe retirer à *Rome*, qu'il regardoit comme le ſeul endroit, où il pouvoit être en ſûreté.

Il partit un matin ſans rien dire à perſonne, aſſez mal pourvû des choſes neceſſaires pour faire ce voyage avec quelque commodité, & arrivé à *Rome*, il alla droit au Palais du Cardinal *Albano*, & à l'appartement de *Maurice Cataneo*. Ce Cardinal & cet ancien ami le recurent avec des témoignages d'affection, qui lui firent oublier les fatigues de ſon voyage, & lui rendirent ſa premiere tranquillité.

Après quelque ſéjour en cette vil-

T. TAS-
SO.

le, où tout le monde s'empressa de
le visiter, il eut envie de revoir son
pays natal, & sa sœur *Cornelie*; mais
la crainte de ce qui pouvoit lui ar-
river dans un Royaume, où il avoit
été condamné comme rebelle, le
replongea dans sa melancolie. Il prit
donc le parti de ne communiquer
ce voyage à personne, & sortit de
Rome sous pretexte de s'aller divertir à *Frescati*. Il y alla en effet; mais
s'étant là derobé de sa compagnie, il
gagna seul & à pied les Montagnes
de *Velletri*. Ayant rencontré en son
chemin des Bergers, il changea d'habit avec l'un deux, & se rendit ainsi
à *Gayette* en quatre jours; y ayant
trouvé une barque de *Sorrento*, il
s'y embarqua, & arriva le lendemain dans cette ville. Sa sœur le reçut avec toute la joye & toute la tendresse imaginable, & il passa tout
l'été avec elle. Elle étoit Veuve, &
avoit deux fils, pour lesquels *le Tasse*
conçut beaucoup d'affection.

Pendant son séjour en ce lieu, le
désir de retourner à *Ferrare*, vint le
tourmenter, & il n'oublia rien pour
porter le Duc à vouloir le recevoir

& à lui redonner ſa bienveillance. T. TAſſ
Il lui écrivit des Lettres très-ſoumi- so.
ſes ; il implora le ſecours de la Ducheſſe de *Ferrare*, de la Ducheſſe
d'*Urbin*, & de la Princeſſe *Eleonor* ;
mais il n'y eut que la Princeſſe, qui
lui repondit, & ce fut pour lui apprendre qu'elle ne pouvoit lui rendre aucun ſervice, tant ſa fuite avoit
irrité le Duc.

Ne ſachant plus à qui recourir,
il reſolut de retourner à *Ferrare*,
de ſe mettre lui-même entre les
mains du Duc, qui étoit naturellement genereux, & de le rendre maître abſolu de ſon ſort. Pour execu-
ter cette réſolution il prit ſon chemin par *Rome*, & alla loger dans la
maiſon de *Mazetti* Réſident du
Duc. Il n'y fut pas plûtôt arrivé que
ſa melancolie lui reprit & lui cauſa
une fievre tierce, qui le tint pendant quelque temps. Il ne laiſſoit pas
de voir le Chevalier *Gualengo* Am-
baſſadeur du Duc à *Rome*, qui, ſon
ambaſſade finie, le ramena à *Ferrare*.

Le Duc fut fort ſatisfait de ſon
retour, & lui donna de nouvelles

marques de son affection, qui le ras-
surerent entierement de toutes ses
craintes. Mais lorsqu'il voulut rede-
mander ses écrits qu'il avoit laissez
à *Ferrare*, quand il en étoit sorti,
on les lui refusa. Un de ses ennemis, qu'il avoit autrefois maltraité
dans son *Aminte* sous le nom de
Mopse, s'étoit si bien emparé de l'esprit de ce Prince, qu'il ne croyoit
plus se pouvoir passer de lui, même
dans les affaires de son Etat. Cet
homme avoit fait entendre au Duc
que *le Tasse* avoit jetté son feu ; que
dans l'état où il étoit, bien éloigné
de pouvoir rien produire de regu-
lier, il n'étoit propre qu'à gâter ce
qu'il avoit déja fait, & que sa folie,
dont on ne devoit plus douter depuis sa fuite, augmenteroit à me-
sure, qu'il voudroit s'appliquer au
travail. Le Duc, qui ne voyoit plus
les Ouvrages du *Tasse* que par les
yeux de son Ministre, s'étoit tellement laissé prevenir par ces discours,
qu'il n'avoit plus de goût pour ses
nouvelles productions, & l'exhor-
toit à ne plus songer qu'à vivre dou-
cement, & qu'à joüir de l'état de

tranquillité qu'il vouloit lui procu-
rer.

Le *Taſſe* fit tout ce qu'il put pour
faire entendre raiſon au Duc ; mais
enfin voyant qu'il n'y pouvoit réuſ-
ſir , il ſortit pour la ſeconde fois de
Ferrare , & alla à *Mantoue* , où il ne
trouva pas ce qu'il deſiroit ; enſuite
après avoir paſſé à *Padoue* & à *Veniſe* , il ſe jetta entre les bras du Duc
d'*Urbin* , qui le reçut avec bonté ,
mais qui lui conſeilla de retourner à
Ferrare. Ce fut auſſi le parti qu'il
prit ; mais il y trouva le même ennemi , qui avoit tellement fortifié
les preventions du Duc , qu'il crut
de bonne foy que le temperament
melancolique du *Taſſe* , & ſon application au travail lui ayant gâté
l'eſprit , il étoit abſolument neceſſaire , avant que le mal fît un plus
grand progrès , de ſe mettre dans les
remedes , & de travailler en forme à
ſa guerifon.

Dans cette croyance , il ordonna
qu'on le mit dans l'Hôpital de *Sainte Anne* , où il lui fit accommoder
un appartement , & enjoignit à ceux
qui furent chargez de lui , de ne le
plus laiſſer ſortir.

Cette nouvelle prison fit renaître
tous ses soubçons & toutes ses craintes : il se contenta d'abord de demander sa liberté au Duc, tantôt
par des lettres & par des vers qu'il
lui adressoit, tantôt par l'entremise
des personnes qui le visitoient : il
fit ensuite éclater sa douleur par des
plaintes ; mais craignant après de les
avoir poussées trop haut, il retomba
dans sa melancolie, que le Duc
trompé par un Ministre malicieux,
qui sacrifioit ce fameux Poëte à son
caprice & à son ressentiment, attri-
bua toûjours à une folie, qui étoit
imaginaire.

Il n'étoit occupé que de la dureté
avec laquelle on le detenoit, & du
soin d'employer tous ses amis & toutes les puissances de l'Europe, pour
sortir de cette prison, lorsqu'il apprit que l'Academie de *la Crusca*
avoit critiqué vivement sa *Jerusalem
Delivrée* & un Poëme de son pere.
Cette critique l'obligea à prendre la
plume, & l'engagea dans une guerre
Litteraire, dont je donnerai le détail plus bas.

La constance, avec laquelle il sup-

portoit ſes malheurs, n'empêcha pas
l'humeur melancolique d'agir en lui
avec une violence extraordinaire, &
de lui cauſer des Symptomes étran-
ges, qui acheverent d'établir dans
le monde l'opinion de ſa folie. Les
vapeurs qui s'élevoient dans ſon
cerveau, en vinrent juſqu'à un tel
point de force, qu'elles lui cauſe-
rent enfin des accès, qui le met-
toient pendant quelque temps hors
de lui-même. Ce vapeurs étant diſſi-
pées, il avoit l'eſprit auſſi libre
qu'auparavant, il raiſonnoit ſur ſon
infirmité, & ſe reſſouvenoit fort
bien de toutes les images bizarres
que ces vapeurs avoient preſentées
à ſon imagination. Lorſqu'il réfle-
chiſſoit ſur cette étrange maladie,
il en voyoit la cauſe mieux que perſonne; mais il ne laiſſa pas de tomber dans la foibleſſe de preſque tous
les malades, qui s'imaginent que la
cauſe de leur mal n'eſt pas naturelle,
lorſqu'ils ont épuiſé ſans ſuccès les
remedes de la Medecine. Il crût quelque temps avoir été enſorcelé; penſée
qui fut fortifiée par quelques tours
qu'on lui joüa, & ſur leſquels il ne

T. Tas-douta point qu'il n'y eût dans fa
so. prifon un efprit folet.

Plufieurs Princes, comme le Duc
de Savoye *Philippe Emmanuel*, le
Grand - Duc *François*, l'Empereur
Rodolphe, & le Pape *Gregoire XIII.*
à qui il écrivit de fa prifon, s'em-
ployerent inutilement pour fa liberté. Mais enfin *Vincent de Gonzague*
fils du Duc de *Mantoue*, étant allé
à *Ferrare*, à l'occafion du Mariage
de *Cefar d'Efte* avec *Virginie de
Medicis*, & l'ayant été voir dans fa
prifon, conçut tant d'eftime pour
lui, qu'il le demanda au Duc d'une
maniere que ce Prince ne put le lui
refufer. Il le retira donc de l'Hôpital
de *S. Anne* au commencement de
l'année 1586. & l'emmena avec lui
à *Mantoue*.

Le Prince de *Mantoue* avoit pro-
mis au Duc de *Ferrare* qu'il feroit
gardé dans cette ville avec autant
de précaution qu'il le pouvoit être
à *Ferrare*, & pour fatisfaire à fa pro-
meffe, il avoit donné au *Taffe* la
ville de *Mantoue* pour prifon; mais
comme cette efpece de captivité de-
plaifoit encore au *Taffe*, il fit fi bien

auprès du Duc de *Ferrare* , qu'il le
remit dans une pleine liberté , à
condition cependant , que l'entrée
de ſes Etats lui ſeroit interdite pour
toûjours.

Pendant que *le Taſſe* vivoit en repos à *Mantoue* , il eut le chagrin de
perdre le Duc *Guillaume* , qui mourut le 14 Août 1587. Le Prince *Vin-*
cent , ſon fils, qui lui ſucceda, n'eut
plus alors tant de temps à donner
aux Muſes, qu'il faiſoit auparavant;
ce qui l'éloigna du *Taſſe* , qu'il
voyoit cependant de temps en temps,
mais pour lui parler des affaires dont
il avoit la tête remplie. *Le Taſſe* ap-
prehenda qu'il ne le voulût charger
du même employ qu'avoit eu ſon
pere auprès du Duc *Guillaume* , &
le faire ſon Secretaire. Il n'avoit pretendu s'attacher à lui que comme un
homme de lettres, pour trouver ſous
ſa protection le répos neceſſaire pour
les cultiver ; d'ailleur l'air de *Man-*
toue lui paroiſſoit contraire à ſa ſanté. Tout cela le determina à chercher ailleurs une rétraite , où il pût
paſſer dans l'independance, le temps
qui lui reſtoit à vivre , & il jetta

T. Tas-
60.

la vûe sur le Royaume de *Naples.*

Il lui falloit pour cela avoir la permiſſion du Viceroy, le Comte de *Miranda*, & il n'eut pas de peine à l'obtenir. Dès qu'il l'eut, il ſe rendit à *Naples* à la fin de l'année 1587. & commença à y pourſuivre la reſtitution de la Dot de ſa Mere, dont ſes Oncles maternels s'étoient emparez; mais comme cette affaire trainoit en longueur, il fit au commencement de l'année 1589. un Voyage à *Rome*, pour tâcher de recouvrer ſes Ecrits, qu'il avoit laiſſez à *Bergame*; & qu'il avoit demandez pluſieurs fois inutilement.

Pendant qu'il étoit dans cette ville, où il ſe faiſoit admirer des gens d'eſprit, *Ferdinand*, Duc de Toſcane, qui venoit de ſucceder au Duc *François* ſon frere, ſouhaitta l'avoir à *Florence*, & employa pour cela l'autorité du Pape, qui exhorta le *Taſſe* à ſe rendre auprès de lui. Ne pouvant reſiſter à leurs inſtances, il alla à *Florence* dans le printemps de l'an 1590. dans le deſſein d'en ſortir le plûtôt qu'il pourroit. Il y reçut toutes ſortes d'honneurs, qui ne lui oterent

ôterent pas l'envie de retourner à
Naples pour y vivre en liberté.

Revenu à *Rome*, il attendoit pour
ſe rendre dans ſa patrie, que ſon
procès fût en état d'y être jugé, lorſque le Prince de *Conca* l'invita à venir ſe loger dans ſon Palais à *Naples,*
d'une maniere ſi preſſante, qu'il ſe
rendit à ſes inſtances, & retourna à
Naples dans l'Automne de 1591.

Ce fut dans le repos dont il jouit
en ce lieu qu'il compoſa ſa *Jeruſa-*
lem conquiſe. Le Prince de *Conca,*
qui en étoit charmé, apprehendant
que quelqu'un ne lui enlevât *le Taſſe*
& le Poëme, chargea une perſonne
de veiller ſur l'un & ſur l'autre. *Le*
Taſſe s'en étant apperçu, s'en plaig-
nit à *Jean Baptiſte Manſo*, ſon ami,
qui ſurpris de cette conduite, le
tira lui-même du Palais du Prince
& l'emmena loger chez lui.

Il vivoit tranquillement dans ſa
maiſon, s'abandonnant ſans con-
trainte à ſon penchant pour l'étude,
& jouiſſant d'une ſanté parfaite, que
la bonté de l'air, & le calme de ſon
eſprit lui avoient rendu, lorſque le
Cardinal *Cimbio*, neveu du Pape

Tome XXV. F

Clement VIII. l'engagea à venir demeurer à *Rome* auprès de lui. Il eut
de la peine à s'y refoudre, mais enfin fuivant le confeil de fes amis, il
repartit pour *Rome* au commencement du Printemps de 1592.

Il ne fut pas long-temps fans s'ap-
perçevoir qu'il s'étoit engagé dans
une vie auffi tumultueufe, que celle qui l'avoit degoûté jufques-là du
fervice des Princes, & foupirant
après le repos dont il jouiffoit à *Naples*, il ne fongea bientôt plus qu'à
chercher un pretexte d'y retourner.
Il le trouva dans fon procès qui n'é-
toit pas encore fini, & qu'il mit en
voye d'accommodement, en accor-
dant tout ce qu'on voulut. Ainfi
ayant reprefenté au Cardinal *Cinthio*,
& au Cardinal *Aldobrandin*, autre
neveu de *Clement VIII.* qui lui té-
moignoit beaucoup d'affection, &
vouloit fe l'attacher, que fa prefence
étoit neceffaire à *Naples* pour terminer cette affaire, il partit avec leur
agrément au commencement de l'été
de l'an 1594.

Le Cardinal *Cinthio*, qui ne l'avoit
vû s'éloigner qu'avec peine, trouva

un moyen de le faire revenir à *Rome*, en propoſant au Pape & au Senat Romain de lui accorder la couronne de Laurier dans le Capitole. Ayant obtenu pour lui cette faveur, il l'invita auſſitôt de ſe rendre inceſſamment à *Rome*. Le *Taſſe* ne put ſe diſpenſer de faire ce nouveau voyage & arriva dans cette ville au commencement de l'année 1595. On diſpoſoit toutes choſes pour cette Ceremonie, lorſque le Cardinal *Cinthio* tomba malade ; à peine commençoit il à ſe mieux porter, que *le Taſſe* ſuccomba lui-même à ſes longues infirmitez.

Il n'étoit que dans ſa 51e année ; mais ſes études, ſes voyages, ſa priſon, ſes incommoditez l'avoient fait vieillir avant l'âge. Il ſouffroit depuis longtemps un devoyement preſque continuel, qui degéneroit ſouvent en dyſſenterie. Il ſe ſentit un matin ſi épuiſé, que perſuadé qu'il n'avoit plus que quelques jours à vivre, il ſe fit conduire le 1ᵉ Avril dans le Couvent de *Saint-Onuphre*, pour y employer au ſoin de ſon ſalut le peu de temps qui lui reſtoit.

F iij

Ce fut dans ce lieu qu'il mourut le 25 Avril 1595. au commencement de sa 51e année. Il fut enterré sans pompe, comme il l'avoit souhaitté, dans l'Eglise de ce Monastere, & le Cardinal *Cinthio*, son legataire, qui avoit dessein de lui dresser un magnifique tombeau, étant mort sans l'avoir executé, le Cardinal *Boniface Bevilaqua*, d'une illustre famille de *Ferrare*, lui fit dans la suite élever celui ou ses cendres reposent à present dans la même Eglise.

Il avoit la taille haute, droite, & bien proportionnée, & un temperament vigoureux & propre à tous les exercices du corps. Il parloit posément, & répetoit ordinairement les derniers mots. Il rioit peu & modestement; il manquoit d'action, & dans ses discours publics il se soutenoit plûtôt par les belles choses qu'il disoit, que par ces mouvemens & par cette grace, qui font une partie de l'éloquence. Il avoit l'esprit vaste, l'ame grande & élevée, & le cœur bon & droit. Il n'y a qu'à parcourir ses Ouvrages pour juger de l'é-

téndue de son esprit, & pour voir T. TASS
qu'il étoit grand Philosophe, Ora- SO.
teur solide, subtil Dialecticien, fin
Critique, & Poëte excellent en tout
genre de Poësie, héroique, serieuse,
& galante. Quant au cœur, il n'y
eut jamais un savant plus humble,
un bel esprit plus solidement de-
vot, un homme plus commode dans
la societé civile. Jamais content des
productions de son esprit, lors même qu'elles le rendoient celebre par
toute la terre; toûjours content de
son état, lors même qu'il manquoit
de toutes choses; s'abandonnant entierement à la providence & à ses
amis; sans fiel à l'égard de ses plus
grands ennemis; ne souhaittant avoir
de quoi pourvoir mediocrement à
ses besoins, que par rapport à ceux
à qui il pouvoit être utile, & se faisant un scrupule de recevoir ou de
garder ce qui ne lui étoit pas abso-
lument necessaire.

 Catalogue de ses Ouvrages.

 1. *Il Rinaldo. In Venetia* 1562. *in-*
4°. It. *Ibid.* 1621. *in-*12. *Le Tasse*
composa ce Poëme, pendant qu'il
étudioit à *Padoue*, & il le publia

T. TAS-
SO.

dans sa 18e année. Il eut besoin de toute l'autorité du Cardinal *Louis d'Este*, à qui il l'avoit dedié, pour obtenir de son pere la permission de le mettre au jour ; son pere n'approuvant pas son inclination pour la Poësie, dans la crainte qu'elle ne l'éloignat de l'étude des Loix, qu'il regardoit en lui comme un moyen de s'établir dans le monde, & de reparer les pertes qu'il avoit faites. Ce fut aussi ce qui l'engagea à finir son Poëme par deux huitains, dans lesquels parlant à son Ouvrage il lui ordonne de s'aller soumettre à sa docte censure, en des termes aussi fins & aussi délicats, que pleins de respect, de reconnoissance, & de tendresse. Ce premier Ouvrage mit *le Tasso* en grande réputation dans toute l'Italie. On en a une imitation en François sous ce titre : *Le Renaud amoureux, Histoire precedente celle de Roland l'amoureux, & le furieux ; imité de l'Italien de Torquato Tasso par le sieur de la Ronce. Paris* 1620. *in-8°*.

2. *Rime. In Vinegia* 1565. *in-8°.* Ce n'est qu'une petite partie des Poësies diverses qu'il donna dans la suite.

3. *Lettera nella quale parangona* T. Tas*l'Italia alla Francia.* Cette Lettre , so. qui eft imprimée parmi fes Oeuvres, l'a été auffi féparément à *Mantoue* en 1591. *in-8°.* Il l'écrivit au Comte *Hercule Contrari*, Gentilhomme Ferrarois, quelque temps avant que de quitter la France en 1573. On y voit qu'il avoit étudié avec attention le genie de la Nation Françoife, dont il fait une comparaifon ingenieufe avec l'Italienne.

4. *L'Aminta*, *favola Bofchereccia.* Cette piece fut compofée en 1674. & reprefentée la même année avec de grands applaudiffemens. Tout le monde fut enchanté de la nouveauté de ce fpectacle, & de ce mêlange de Bergers, & de Divinitez, qu'on n'avoit pas encore vû fur le Théatre. Il faut avouer que c'eft un chef-d'œuvre en fon genre, & un Original, dont le *Paftor fido* de *Guarini*, & la *Filli de Sciro* du Comte *Bonarelli* n'ont été que de belles copies. Cette piece fut imprimée pour la premiere fois en 1581. avec les *Rime* du Taffe à *Venife* par *Aldé le jeune in-8°.* & dans les autres Recueils des

T. TAS-Oeuvres du même Auteur, qui pa-
50. rurent auffi à *Venife* les années fuivantes en 1582. & 1583. Elle le fut
depuis féparément un grand nombre de fois. *Gilles Menage* l'a donnée à *Paris* l'an 1655. *in-4°.* avec de
Savantes Remarques, fur lefquelles
l'Académie *della Crufca* fit des obfervations, que le même Menage a
inferées à la p. 74. de fes *Mefcolanze,*
imprimez à *Paris* l'an 1678. *in-8°.*
avec une Lettre à *Charles Dati*, pour
fa défenfe. *Antoine Bulifon* à fait entrer dans le troifiéme volume de fes
Lettere Memorabili, imprimées à *Na-*
ples l'an 1693. *in-12.* un difcours
Italien prononcé par *Barthelemi Ceva*
Grimaldi Duc de *Telefe* dans l'Academie des *Uniti* de *Naples,* qui contient une Critique de l'*Aminte* du
Taffe, & y a oppofé un autre Difcours Latin du P. *Baltafar Paglia,*
Mineur Conventuel, en fa faveur;
mais comme ce fecond difcours ne
répond point aux objections du premier, M. *Jufte Fontanini* a entrepris
de le refuter en forme dans un livre
intitulé : *L'Aminta di Torquato Taffo*
difefo & illuftrato. In Roma 1700. *in-8°.*

Jean

Jean Antoine Volpi a donné une
fort belle édition de l'*Aminte* sous
ce titre : *L'Aminta, favola Bosche-
reccia di Torquato Tasso, e l'Alceo
favola pescatoria di Antonio Ongaro,
Padouano, tratte da' migliori esempla-
ri. In Padoua* 1722. *in-*8º. L'Editeur
fait dans la préface un détail ample
des differentes éditions de cette piece ; mais il en a oublié une fort belle faite à *Tours* chez *Jamet Maitaier*
l'an 1591. *in-*12. Il ne faut pas oublier qu'il y en a une jolie & commode faite à *Amsterdam* chez *Elze-
vir* en 1678. *in-*24. avec des figures
de *le Clerc.*

Cet Ouvrage a été traduit en plusieurs langues.

Nous en avons une traduction Latine sous ce titre : *Amintas, Comædia
Pastoralis, ex Italico in Latinum conversa ab Andrea Hiltebrando. Fran-
cof.* 1616. *in-*8º.

L'Abbé *de Torche* l'a traduit en
vers François, & sa traduction, qui
est fort élegante, a été imprimée
avec le texte Italien à côté, à *Paris*
l'an 1676. *in-*12. & à *la Haye* en
1681. *in-*12.

Tome XXV. G

Il en a paru une verſion Angloiſe
à *Londres* l'an 1628. *in-4°.*

Jean de Xauregui, Eſpagnol, en a
publié une traduction Eſpagnole à
Seville l'an 1618. *in-4°.*

Jean-Bapt. Wellekens la traduit
en Flamand, & ſa traduction a été
imprimée à *Amſterdam* l'an 1715.
in-8°.

5. *Il Goffredo, o vero la Gieruſa-
lemme liberata, Poëma Heroico.* Ce
ne fut point *le Taſſe* qui mit cet Ouvrage au jour, il fut imprimé contre ſon gré, dès qu'il en eut achevé
le dernier chant, ſans qu'on lui
laiſſât le temps d'y mettre la derniere main. Le public en avoit déja
vû pluſieurs lambeaux auparavant. A
meſure qu'il en compoſoit quelques
chants, l'autorité de ſes patrons,
ou l'importunité & l'adreſſe de ſes
amis les lui enlevoient. Ils couroient
en Manuſcrit, & les Libraires avi-
des les imprimoient, le plus ſouvent
ſur de mechantes copies tronquées
& pleines de fautes. C'eſt ainſi qu'en
avoient paru les quatre premiers
chants, puis deux autres, enſuite
huit ou dix à la fois, juſqu'à ce

qu'enfin ils furent imprimez tous
vingt, fort peu corrects, avec des
vers & même des stances de manque
l'an 1574. par *Ange Ingegneri*, qui
s'excusa sur ce qu'il ne lui avoit pas
été possible de recouvrer de copie
plus entiere. La premiere édition
complete parut à *Ferrare* l'an 1581.
chèz *Vittorio Baldini in-4°. con le allegorie à ciascun Canto del Medesimo
Autore.* Elle fut suivie d'une autre,
*con annotationi di Giulio Cesare Ca-
paccio. In Napoli. Gio. Battista Cap-
pelli* 1582. *in-4°. It. Con allegorie, argomenti d'Oratio Ariosto, Annotazioni
d'incerto Autore, e li cinque Canti
aggiunti da Camillo Camilli. In Ferrara. Giulio Cesare Cagnacini.* 1585.
in-12. Camilli s'étant imaginé assez
mal à propos que l'Ouvrage du *Tasse*
étoit imparfait, s'avisa d'y joindre
ces cinq nouveaux chants pour y
faire une fin, dont il n'avoit pas besoin. It. *In Vinegia. Aldobello Sali-
cato* 1588. *in-12.* Cette édition est
semblable à la precedente. It. *Con
le figure in rame di Bernardo Castello,
con le annotazioni di Scipio Gentili, e i
luoghi osservati da Giulio Guastavini.*

T. TAS- e con gli *Argomenti d'Orazio Ariosto.*
so. In *Genova. Girolamo Bartoli* 1590.
in-4°. Il s'est fait deux éditions conformes à celle-ci à *Genes* chez Jo-
seph Pavoni, l'une en 1604. *in-12.*
avec de nouvelles figures, & *con gli*
argomenti di Gio. Vincenzo Imperiali.
l'autre en 1617. *in-fol.* encore avec
de nouvelles figures. It. *Con gli ar-*
gomenti d'Orazio Ariosto, con le an-
notazioni d'incerto, con un difcorso di
Filippo Pigafetta e con i cinque Canti
di Camilli. In Vinegia. i Francefchi
1604. *in-4°.* It. *Con le figure in rame*
di Tempefta. In Roma. Gio. Angiolo
Ruffinelli 1607. *in-24.* It. *con Commen-*
to di Paolo Beni. In Padoua 1616. *in-*
4°. Il n'y a que dix chants dans cette édition. It. *Con la vita del Taffo,*
con gli argomenti di Bartolomeo Barba-
to, con le annotazioni di Scipio Genti-
li, e di Giulio Guaftavini, e con le no-
titie Iftoriche di Lorenzo Pignoria. In
Padoua 1628. *in-4°.* It. *In Parigi nel-*
la Stamperia Reale 1644. *in-fol.* It.
In Londra 1724. *in-4°. deux tomes.*
Cette édition renferme les mêmes
chofes que celle de *Genes* de l'an
1590. & les figures de *Caftelli*; on

a mis de plus à la tête la vie de l'Auteur par *Jean-Baptiſte Manſo.* Ce ſo.
ſont là les principales éditions de
ce fameux Poëme. Venons maintenant aux traductions.

Je n'en connois de traduction Latine que celle de *Scipion Gentilis ;*
encore ſe borne-telle aux deux premiers livres. *Solimeidos libri duo priores, de Torquati Taſſi Italicis expreſſi.
Venetiis* 1585. *in*-4°. Elle eſt en vers.

Nous en avons pluſieurs Françoiſes, dont voici les titres.

*La Hieruſalem de Torquato Taſſo
rendue Françoiſe, par Blaiſe de Vige-
nere, avec des annotations. Paris* 1595.
in-4°. It. *Ibid.* 1599. *in*-8°.

*La Delivrance de Jeruſalem, tra-
duite de l'Italien de Torq. Taſſo en vers
François, par Jean du Vignau, ſieur
de Warmont. Paris* 1595. *in*-12.

*Quatre chants de la Hieruſalem du
Taſſe, traduits en vers par Pierre de
Brach, ſieur de la Motte-Montuſſan.
Paris, l'Angelier* 1596. *in*-8°.

*La Jeruſalem de Torquato Taſſo,
de la verſion de Jean Baudoin, avec
des figures de Michel-Laſne. Paris*
1626. *in*-8°. It. *ſeconde édition corri-*

G iij

T. TAS-gée , & *augmentée d'un Récueil d'Ob-*
SO. *servations neceſſaires ; avec l'Allegorie*
du Poëme. Paris 1632. *in-*8°. It. *Ibid.*
1648. *in-*8°. Cette traduction eſt fidelle , mais le ſtile en eſt languiſ-
ſant , & le langage ſuranné.

Les cinq premiers Chants de la Jeru-
ſalem delivrée de Taſſe , traduits en
vers par Michel le Clerc ; avec des fi-
gures de Chauveau. Paris 1667. *in-*4°.

La Jeruſalem delivrée du Taſſe ,
trad. en vers par Vincent Sablon. Pa-
ris 1671. *in-*16. *deux vol.* Pauvre traduction , & Poëſie plate.

Godefroy de Bouillon , ou Jeruſalem
delivrée , traduction nouvelle du pre-
mier chant du Taſſe. Paris 1703. *in-*
12.

Jeruſalem delivrée , Poëme Heroï-
que du Taſſe , trad. en François. Paris
1724. *in-*12. *deux vol.* Cette traduction , qui eſt de M. *Mirabaud*, l'em-
porte ſur les autres en élegance , & ſe
fait lire avec plaiſir , quoiqu'elle ne
ſoit pas exacte , & que le Traducteur
s'y ſoit quelquefois éloigné du ſens
de ſon Auteur. C'eſt ce qu'on voit
au long dans une *Lettre de Mademoi-*
ſelle Riccoboni à M. l'Abbé Conti ,

au fujet de la nouvelle traduction du T. TAS-
Poëme de la Jerufalem delivrée. Paris SO.
1715. *in-12.*

Les Efpagnols en ont deux traductions en leur langue, l'une de *Jean
Sedeno*, imprimée à *Madrit* l'an
1587. *in-8°.* l'autre d'*Antoine Sar-
miento de Mendoza*, qui parut dans
la même ville en 1649. *in-8°.*

M. *Hill* l'a traduit en vers Anglois, & fa traduction a été imprimée à *Londres* en 1713.

On en a vû paroître une verfion en
langage Napolitain, faite par *Gabriel
Fafagno*, à *Naples* l'an 1720. *in-fol.*

Je n'entreprendrai point de ca-
racterifer ici le Poëme du *Taffe*; tout
le monde fait qu'il y a de grandes
beautez mêlées à plufieurs defauts,
qui ont donné occafion à *Defpreaux*
de le maltraiter en une occafion,
quoiqu'il rende ailleurs juftice au
mérite de l'Ouvrage. Il vaut mieux
rapporter ici en détail les Ouvrages
qui ont été publiés à fon occafion
tant pour le critiquer, où le defendre, que pour l'expliquer & l'éclaircir.

Le premier qui parut à ce fujet fut
le fuivant. G iiij

T. Tas-
so.

Il Caraffa, o vero della Epica Poë-
fia, Dialogo di Camillo Pellegrino. In
Firenze 1584. in-8°. Pellegrino, Pri-
micier de l'Eglife de *Capoue*, forma
le deſſein de cet Ouvrage chez *Louis*
Caraffa, Prince de *Stigliano*, dont
il jugea à propos pour cette raiſon
de lui donner le nom. C'eſt un
abregé auſſi agréable que ſavant des
regles les plus eſſentielles & les plus
fines du Poëme Epique, appliquées
au *Roland furieux* de l'*Arioſte*, & à
la *Jeruſalem delivrée* du *Taſſe*, qu'il
compare dans toutes leurs parties
avec une grande juſteſſe ; comparaiſon, qui eſt tout à fait avantageuſe
au Poëme du *Taſſe*, quoiqu'on ne
laiſſe pas d'en remarquer les défauts.
Les Florentins, qui n'aimoient pas
le *Taſſe*, & qui avoient ſur le cœur
ſon Dialogue de *Gonzague*, dont je
parlerai plus bas, dans lequel ils prétendoient que leur nation étoit mal-
traitée, prirent cette occaſion de le
chagriner, & publièrent pour cela
l'Ouvrage ſuivant.

Difeſa degli Accademici della Cru-
ſca dell' Orlando furioſo dell' Arioſto,
contra il Dialogo dell' Epica Poëſia di

Camillo Pellegrino. In Mantoua. 1585. T. TAS-
*in-*8°. C'eſt une critique violente & ſo.
emportée du *Taſſe*, qu'on met au deſ-
ſous non ſeulement de l'*Arioſte*,
mais encore des moindres Poëtes Italiens. *Leonard Salviati*, l'un des A-
cademiciens, n'étoit pas d'avis qu'on
la publiât; mais le Secretaire *Roſſi*,
jeune homme plein de zele pour ſa
patrie, entraîna le plus grand nombre dans ſes ſentemens, & fut chargé du ſoin de la mettre au jour.
Lorſque le premier feu fut un peu
rallenti, on réconnut ſans peine que
les choſes avoient été pouſſées trop
loin. Le P. *Auguſtin d'Evoli*, Predi-
cateur Florentin, qui étoit ami de
Pellegrino, fut chargé d'adoucir les
choſes; & il lui écrivit pour cela.
Pellegrino aimoit la paix, mais la
lettre de ſon ami vint trop tard; il
avoit ſous preſſe une réplique, qui
parut bientôt après ſous ce titre:

*Replica di Camillo Pellegrino, alla
riſpoſta degli Accademici della Cruſca,
fatta contra il Dialogo dell' Epica Poëſia, in difeſa, come dicono, dell' Orlando Furioſo dell' Arioſto. In Vico
Equenſe* 1585. *in-*8°. It. *In Man-*

T. Tas-toua 1587. *in*-12. Comme tout le
monde trouvoit le procedé de l'A-
cademie de *la Crusca* odieux, & étoit
indigné de ce qu'elle maltraitoit
avec tant de vivacité un homme,
dont on plaignoit la destinée, &
qu'on croyoit hors de defense dans
la supposition de sa folie ; le Secretaire *Rossi*, qui se trouvoit par-là
chargé de la haine publique, crut
que c'étoit à lui à justifier l'Academie, & publia dans cette vûe la
lettre suivante.

Lettera di Bastiano de' Rossi, cog-
nominato l'Inferigno, Academico della
Crusca, à Flaminio Mannelli ; nella
quale si ragiona di Torquato Tasso, del
Dialogo dell' Epica Poësia di Camil-
lo Pellegrino, della Risposta fattagli
dagli Accademici della Crusca, e delle
famiglie & degli vomini della Citta di
Firenze. In Firenze 1585. *in*-8°. Le
Tasse répondit à cette Lettre, & à la
defense des Academiciens *della Cru-*
sca par deux Ouvrages, que je cite-
rai plus bas, en leur rang ; ce qui
lui attira une réplique de *Jacques Sal-*
viati, qui la publia sous son nom
Academique d'*Infarinato*.

SO.

Dell' Infarinato Accademico della T. TAS-
Crusca, risposta all' Apologia di Tor- SO.
quato Tasso intorno all' Orlando Fu-
rioso, e alla Gerusalemme liberata. In
Firenze 1585. *in-8°.* It. *In Mantoua*
1585. *in-12.* Cet Ouvrage, aussi vio-
lent & aussi aigre que le premier,
qui avoit été publié sous le nom de
l'Academie *della Crusca,* fut attaqué
par *Jules Guastavini,* qui prit la defense du *Tasse.*

Di Giulo Guastavini Risposta all'
Infarinato Accademico della Crusca,
intorno alla Gerusalemme Liberata di
Torquato Tasso. In Bergamo 1588. *in-*
8°. Cet Ouvrage fut refuté à son tour
par *Orlando Pescetti.*

Del primo Infarinato; cioè della
Risposta dell' Infarinato Accademico
della Crusca all' Apologia di Torqua-
to Tasso, difesa da Orlando Pescetti
contro à Giulio Guastavino. In Verona
1590. *in-8°.* Jacques Salviati non
content de la réponse qu'il avoit
faite au *Tasse,* voulut encore en faire une au second Ouvrage de *Pelle-*
grino; il la publia sous ce titre.

Infarinato secondo; o vero dell' In-
farinato Accademico della Crusca Ri-

T. TAS-*ſpoſta al libro intitolato ; Replica di Ca-*
SO.   *millo Pellegrino ; nella quale ſono in-*
corporate tutte le ſcritture paſſate tra
detto Pellegrino, e detti Accademici,
intorno all' Arioſto e al Taſſo, in forma
e ordine di Dialogo. In Firenze 1588.
in-8°. D'un autre côté *Malateſta*
Porta ſe mêla dans cette diſpute,
en publiant en faveur du *Taſſe* deux
Ouvrages, qu'il intitula.

Il Roſſi, o vero del parere ſopra al-
cune obbiezioni fatte dall' Infarinato
Accademico della Cruſca, intorno al-
la Geruſalemme Liberata, Dialogo di
Malateſta Porta. In Rimino 1589.
in-8°.

Il Beffa, o vero della favola dell'
Eneide, Dialogo di Malateſta Porta,
con una difeſa della morte di Soliman-
no, nella Geruſalemme Liberata, re-
cata a vizio dell' arte in quel Poëma.
In Rimino 1604. *in-8°.* Ces deux
Ouvrages ne trouverent perſonne,
qui les attaquât, non plus que le
ſuivant, qui avoit paru auparavant.

Dialogo di Nicolo degli Oddi Pa-
douano, in difeſa di Camillo Pellegri-
no, contra gli Accademici della Cru-
ſca. In Venezia 1587. *in-8°.* Les au-

tres Ouvrages qui parurent dans cette diſpute, furent les ſuivans.

Difeſe dell' Orlando furioſo dell' Arioſto, fatte da Orazio Arioſto. In Mantoua 1585. *in-*12. Le Taſſe y répondit, comme on le verra plus bas.

Parere di Franceſco Patrizi in difeſa dell' Arioſto. In Mantoua 1585. *in-*12. Le Taſſe ayant répondu par une Lettre du huit Septembre 1585. *Patrizi* repliqua.

Timerone di Franceſco Patrizi, Riſpoſta à Torquato Taſſo. In Ferrara 1586. *in-*12. Après la ſeconde Decade de ſa Poëtique.

Sopra il Goffredo di Torquato Taſſo Giudizio di Orazio Lombardelli, Saneſe. In Firenze 1581. *in-*4°.

Diſcorſo di Orazio Lombardelli, intorno a' contraſti che ſi fanno ſopra la Geruſalemme Liberata di Torquato Taſſo. In Mantoua 1586. *in-*12.

Diſcorſo di Giulio Ottonelli, ſopra l'abuſo del dire ſua ſantita, ſua Maeſta, ſua Altezza, ſenza nominare il Papa, l'Imperadore, il Prencipe: con le difeſe della Geruſalemme Liberata dalle oppoſizioni degli Accademici del-

T. Tas-*la Crusca. In Ferrara* 1586. *in-8°.*
50.   Ce Discours fut refuté dans les Remarques suivantes.

*Considerazioni di Carlo Fioretti da
Vernio, intorno al discorso di Giulio
Ottonelli. In Firenze* 1586. *in-8°.* Carlo
Fioretti est un nom supposé, sous le-
quel est caché *Jean de' Bardi di Ver-
nio.*

A près la mort du *Tasse*, il s'éleva une nouvelle dispute sur le mérite de son Ouvrage, qui fut moins
considerable que la premiere, & qui
produisit les Ouvrages suivans.

*Osservazioni di Matteo Ferchie da
Veglia, sopra il Goffredo di Torq. Tasso. In Padoua* 1642. *in-*12.

*Riflessioni di Carlo Pona, intorno al-
la prima Osservazione di Matteo da
Veglia sopra il Goffredo del Tasso. In
Verona* 1642. *in-*12.

*Confronto Critico di Marc' Antonio
Nalli, tra la prima osservazione del
Veglia, & la riflessione del Pona, sopra
l'invocatione del Goffredo. In Padoua*
1643. *in-*12.

*Il Vaglio, Risposte apologetiche di
Paolo Abriani, alle osservazioni del
Padre Veglia sopra il Goffredo di Tor-*

quato Taffo. In Venezia 1687. *in-*4°. T. TAS-

Bilancia critica di Mario Zito, in 80. *cui bilanciati alcuni luochi notati come diffetuofi nella Gerufalemme Liberata del Taffo, trovanfi di giufto pefo, fecondo le Pandette della lingua Italiana. In Napoli* 1685. *in-*8°.

Ajoutons ici les Ouvrages fuivans.

Annotazioni fopra la Gerufalemme liberata di Torq. Taffo, fatte da Bonifacio Martinelli. In Bologna 1587. *in-*4°. Ces remarques n'ont point été imprimées avec le Texte.

Comparazione di Torquato Taffo, con Omero & Virgilio, infieme con la difefa dell' Ariofto paragonata ad Omero, di Paolo Beni. In Padoua 1612. *in-*4°.

Dimoftrazioni di Gio. Pietro d'Aleffandro de' Luoghi tolti ed imitati dal Taffo nella Gerufalemme Liberata. In Napoli 1604. *in-*8°.

6. *Il Gonzaga, o vero del piacer honefto.* Je ne fai quand ce Dialogue a été imprimé pour la premiere fois. J'ai dit ci-deffus que les Florentins, qui s'y étoient trouvés maltraités, en avoient voulu du mal au *Taffe.*

En voici le sujet ; quand le Prince de *Salerne* fut choisi par le peuple de *Naples* pour aller en Allemagne s'oppofer à l'établiffement de l'Inquifition, il fut longtemps incertain s'il accepteroit cette commiffion. *Bernard Taffo*, qui avoit l'ame grande, l'y pouffoit avec chaleur, mais *Vincent Martelli*, Intendant de ce Prince, l'en détournoit par des vûes d'interêt. On les fait parler ici fort éloquemment fur cette matiere, mais *le Taffe* y donne la victoire à fon pere. Ce qui fâcha les Florentins, eft qu'il fait parler *Martelli*, qui étoit Florentin, avec quelque liberté fur la domination de la maifon de *Medicis*, qui l'avoit chaffé de fa patrie, & que fon pere s'y exprime en termes un peu durs fur la Nation de *Martelli*.

7. *Rifpofta di Torquato Taffo alla lettera di Baftian de' Roffi. In Ferrara* 1585. *in*-8°. Le *Taffe* juftifie ici la conduite de fon pere, & fe deffend fur ce qu'il avoit dit touchant les Florentins.

8. *Apologia di Torquato Taffo, in difefa della fua Gerufalemme Liberata,*

Son alcune Lettere e pareri. In Man-
toua 1585. in-12. C'est une réponse so.
au premier écrit des Academiciens
de Florence.

9. *Discorso sopra il parere di Fran-*
cesco Patrizi in difesa di Lodovico
Ariosto. In Ferrara 1585. in-8°.

10. *Risposta di Torquato Tasso sopra*
il discorso di Orazio Lombardelli à
Contrasti che si fanno sopra la Geru-
salemme Liberata. In Mantona 1586.
in-12. Ce fut là le dernier Ouvrage
qu'il composa sur cette matiere.

11. *Il Torrismondo, Tragedia. In*
Verona. Girolamo Discepolo 1587. in-
8°. Le *Tasse* n'étoit pas content de
cette piece, & il se plaignoit de ses
amis, & des Libraires, qui la lui
avoient arrachée des mains, & l'a-
voient publiée, avant qu'il eût pû
la mettre dans la perfection où il la
souhaittoit.

12. *Dialoghi.* Je ne sai, s'ils ont
été imprimés separément de ses autres œuvres. Il sont au nombre de
25 & roulent tous sur des sujets de
Morale. *Jean Baudoin* en a traduit
quelques uns en François; tels que
sont *l'Esprit ou l'Ambassadeur, le Se-*

T. Tas- *cretaire*, & le pere de famille. Paris

39. 1632. *in-12.* De la Noblesse. Paris
1633. *in-8°.*

14. *Discorsi diversi.* Il s'y agit aussi de Morale.

14. *La Gerusalemme Conquistata di Torquato Tasso libri* xxiv. *In Roma* 1593. *in-4°.* Le Tasse lassé des Critiques que l'on faisoit de sa *Jerusalem delivrée*, se proposa de la corriger, où plûtôt de faire un nouvel Ouvrage, qu'il intitula: *la Jerusalem conquise*, & qui prouve mieux que toutes les défenses & les apologies l'injustice de la plûpart de ses Critiques. Car cet Ouvrage, où il s'est voulu en quelque maniere accommoder à leur goût, n'a pas été reçu avec le même applaudissement que le premier, où il s'étoit abandonné à son entousiasme & à son genie. Cependant *François Birago* l'a jugé digne d'un commentaire, qu'il a publié sous ce titre: *Dichiarazione ed auvertimenti Poëtici, Istorici, Politici, Cavallereschi, e morali di Franc. Birago nella Gerusalemme conquistata di Torq. Tasso. In Milano* 1616. *in-4°.*

15. *Diſcorſi di Torq. Taſſo dell' Ar-* T. Tas=
te Poëtica, e in particolare del Poëma so.
Eroico. In Venetia 1587. *in-*4°.

16. *Le Sette Giornate del Mondo
Creato. In Viterbo* 1607. *in-*8°. It. *In
Venezia* 1609. *&* 1637. *in-*12. Il n'a-
cheva pas ce Poëme ; cependant il a
paru tout entier, quelqu'un y ayant
ſuppléé à ce qui manquoit.

17. *Rime e Proſe di Torquato Taſſo.
Parte* 1ᵃ. *&* 2ᵃ. *In Venetia* 1583. *in-*
12. *Parte* 3ᵃ. *In Ferrara* 1583. *in-*12.
Parte 4ᵃ. *Ibid.* 1586. *in-*12. Ces qua-
tre parties ont été réimprimées à
Ferrare en 1589. *in-*12. *Gioie di Rime
e Proſe del Medeſimo ; Parte* 5. *&* 6.
In Venetia 1587. *in-*12. *Rime nuove
del Medeſimo Compoſte in Roma. In
Ferrara* 1589. *in-*12. *Opere non piu
Stampate raccolte da Marc' Antonio
Foppa. In Roma* 1666. *in-*4°.

18. *Lettere familiari. In Bergamo*
1588. *in-*4°. deux tomes. *Lettere non
piu Stampate. In Bologna* 1617. *in-*4°.

Toutes les œuvres du *Taſſe* ont
été imprimées enſemble, avec les pieces écrites à ſon occaſion, & ſa vie
par *Jean B. Manſo*, à *Florence* l'an
1724. en 6 volumes *in-fol.*

T. TAS- Ajoutons ici les Ouvrages de *Ber-*
SO. *nard Tasso* pere de notre Auteur.
Les voici.

1. *L'Amadigi. In Venetia* 1560.
in-4°. C'est un Poëme sur *Amadis.*

2. *Il Floridante. In Bologna* 1587.
in-4°. & in-8°. Autre Poëme qu'il
ne put achever.

3. *I tre libri degli amori ; si e ag-*
giunto il quarto libro per addietro non
piu Stampato. In Venetia 1555. *in-8°.*
It. Avec un 5ᵉ livre. *In Venetia* 1560.
in-12.

4. *Lettere. In Venetia* 1560. 1562.
1575. *in-8°.* Ces Lettres sont assez
vuides de choses, & ne peuvent
gueres servir que pour le stile.

5. *Ragionamento della Poësia. In*
Venetia 1562. *in-4°.*

V. *La Vita di Torquato Tasso scrit-*
ta da Giov. Batt. Manso, Marchese
della Villa. In Roma 1634. *in-12.*
C'est ce que nous avons de plus exact
sur *le Tasse. La Vie du Tasse* (par l'Abbé de Charnes) *Paris* 1690. *in-12.*
C'est un abregé de celle de *Manso.*

HERMAN BUSCHIUS.

ERMAN Bufchius naquit vers
l'an 1468. à *Saffenbourg*, Château du Diocefe de *Munfter*, de *Bor-
chard Bufche*, Gentilhomme d'une
des meilleurs familles du Pays, à
qui ce Château étoit alors engagé, &
de *Barbe* de *Schedelich. Melchior A-
dam* s'eft trompé, en le faifant naître à *Dulmen* dans le même Diocefe.

Son pere l'envoya de bonne heure
à l'Ecole de *Warendorp*; mais *Rodolphe Langius*, homme de confi-
dération, qui étoit le Mecene des
gens de Lettres, s'étant chargé de
fon éducation, le tira de ce lieu pour
le faire paffer à *Deventer*, ou *Ale-
xander Hegius* enfeignoit alors avec
beaucoup de réputation.

Bufchius étudia quelque temps fous
lui, & eut alors plufieurs condifci-
ples, qui fe rendirent fameux dans
la fuite, entre autres *Erafme*. Il alla
enfuite à *Heidelberg*, pour profiter
des leçons que *Rodolphe Agricola* y
faifoit, & ce fut par fon confeil

H. Bu- qu'il se donna particulierement à la
schius. lecture des Ouvrages de *Ciceron*.

Agricola étant mort le 28 Octobre
1485. *Buschius* alla faire un tour à
Tubinge, d'où après quelque séjour,
il fit un voyage en Italie, par le
conseil de *Langius*. Il commença à
son retour à publier quelques unes
de ses Poësies, qui lui firent beaucoup d'honneur, & qui lui acquirent
de la réputation.

Cette réputation le fit appeller à
la Cour de l'Evêque de *Munster*,
Henri de Schwartzbourg ; mais il n'y
demeura pas long-temps. Il aimoit
à voyager, & l'on peut-dire que
toute sa vie a été un voyage presque
continuel.

Il vint en France, & alla ensuite
visiter la Saxe, le Brandebourg &
la Pomeranie.

On voit par une de ses Lettres qu'il
étoit à *Cologne* en 1498. & *Hamelman* nous apprend qu'il y enseigna
les Belles-Lettres. Mais obligé d'en
sortir par les troubles, que les Théologiens causerent alors dans la République des Lettres, il passa successivement à *Hamon*, à *Munster*, à

Ofnabrug , à *Breme* , à *Hambourg* , a
Lubec , & à *Weimar* , & dans cha-
cune de ces villes il expliqua les é-
crits de *Virgile* , d'*Horace* , de *Perfe* ,
& des autres anciens Auteurs.

    Il alla enfin à *Roftoch* , où il fit la
même chofe avec tant d'éclat, que
tous les Ecoliers abandonnerent *Tilman Heverling* qui enfeignoit les
Humanités dans cette ville , pour
aller l'entendre. *Heverling* irrité de
cette preference , souleva tous les
autres Profeffeurs contre *Bufchius* ,
& lui fit defendre de faire des leçons
publiques; il l'obligea même enfuite à fortir de *Roftoch* , après y avoir
fait fix mois de féjour.

    Bufchius fe retira à *Gripswalde* ,
& y enfeigna pendant un an les Belles-Lettres. *Hamelman* pretend qu'il
fe rendit enfuite à *Francfort fur l'O-
der* , & qu'ayant paffé à *Erfort* , il alla enfin à *Leipfic* en 1506. Mais ce
Calcul eft fautif; car on voit par le
troifiéme livre des Epigrammes de
Bufchius imprimé en 1504. qu'il enfeignoit dès lors les Humanités à
Leipfic ; on fait d'ailleurs qu'il a enfeigné pendant trois ans dans cette

H. Bu-ville, où il étoit encore en 1506,
ICHIVS. comme il paroît par une lettre de
Tritheme qui lui est adressée. Ainsi
il a dû y aller vers l'an 1503.

Il quitta *Leipsic*, pour aller à *Wittemberg* où il ne fit pas un long séjour, parce qu'y ayant eu quelque
dispute avec un Italien, nommé
Sbrulius sur la Poësie, celui-ci par
jalousie de metier, lui suscita tant
de traverses, qu'il prit le parti de retourner à *Leipsic*.

Mais il trouva dans cette ville une
brigue si forte contre lui, qu'il fut
obligé d'aller ailleurs faire briller son
érudition. On le vit successivement
à *Magdebourg*, à *Brunsvic*, à *Hildes-
heim*, à *Minden*, à *Osnabrug*, à *Munster*, & ensuite dans les Pays-Bas à
Deventer, à *Amsterdam*, à *Alcmar*,
à *Utrecht* & enfin à *Louvain*, faire
tous ses efforts pour inspirer du goût
pour les Belles-Lettres, & y expliquer les anciens Auteurs Latins.

Il passa ensuite la Mer, & alla en
Angleterre, où il aquit l'estime &
l'amitié des Savans de ce Royaume.
Il retournoit en Allemagne l'an 1517.
lorsqu'il apprit la mort de *Jean Mur-
mellius*

mellius fon intime ami, qui lui don- H. Bu-
na occafion de compofer un Poëme, schius.
dont je parlerai plus bas.

Ce fut vers cette année 1517. qu'il
fut rappellé à *Cologne* par une perfonne accreditée, qui fouhaitoit
fort voir revivre les Belles-Lettres
dans cette ville. Mais l'autorité des
Théologiens qui ne les pouvoient
fouffrir, l'obligea encore à en fortir
l'année fuivante 1518. & à fe retirer
à *Vefel*, où il fut chargé de la conduite de l'Ecole.

On ne fait combien de temps il
demeura dans ce lieu; *Hamelman*
nous dit feulement qu'il paffa à *Wittemberg*, lorfque *Luther* y fut retourné après les troubles excités par Car-
loftadt; ce qui arriva en 1522.

Vers l'an 1526. il fut appellé à
Marpourg où il profeffa quelques
années. Il s'y maria en 1527. à l'âge
de 59 ans, & eut un fils, qui mourut avant lui.

On dit que pendant qu'il demeuroit dans cette ville, il paffa un jour
affez mal vêtu dans une place remplie de monde, ou perfonne ne le
falua. Surpris de ce procedé il ren-

tra chez lui, & ayant pris un habit
très-propre, il repassa dans la même
place, ou chacun s'empressa de lui
faire civilité. De retour chez lui, il
ôta son habit & le foula aux pieds
avec indignation, en disant : *faut-il
que ce soit à toi, & non pas à ce que
j'ai de personnel, que je sois redevable des civilités que je reçois ?*

Buschius se trouvant enfin las de
travail & chargé d'années se retira à
Dulmen, où il avoit du bien de famille.

Il y mourut l'an 1534. âgé de 66
ans.

Il est étonnant qu'aucun de ceux
qui ont parlé de lui, ou qui ont écrit
sa vie, ne nous ait appris l'origine
du surnom de *Pasiphilus*, qu'il prend
à la tête de ses Ouvrages. Les Jour-
nalistes de *Leipsic*. (*An.* 1720. p.
480.) conjecturent qu'il le rapporta
d'Italie, où son nom de *Buschius
Westphalus* paroissant trop rude fut
transformé pour l'adoucir en celui
de *Buschius Pasiphilus* ; mais ils a-
vouent que c'est une conjecture, à laquelle ils sont prêts de renoncer, si
on leur apprend quelque chose de
meilleur sur cet article.

Catalogue de fes Ouvrages.

1. *Carminum libri* II. *in-*4°. L'an-née n'eft pas marquée; mais il eft à préfumer que l'impreffion a été faite vers l'an 1491. puifque *Bufchius* y marque dans une Epigramme à un Envieux, qu'il avoit à peine achevé fa 22ᵉ année.

2. *Epigrammation, fententiis utilibus & lepore gratiffimo editum. in-*4°. fans date & fans nom de lieu. L'Edition paroît cependant avoir été faite à *Cologne*, en 1598. puifque l'Epitre dédicatoire eft datée de cette ville & de cette année.

3. *Hermanni Bufchii Pafiphili, Poëta non incelebris, humaniores litteras in famigeratiffima, nominatiffimaque Lipfenfi Academia, publice docentis, Epigrammatum liber tertius. Impreffus per Baccalarium Martinum Lantsberck, Lipfenfem Calcographum, nulli fecundum. Lipfia* 1504. *in-*4°. On voit à la fuite quelques Poëfies à la loüange de l'Auteur.

4. *Lipfica, five de laude cultuque urbis Lipfenfis Silva. in-*4°. fans date. Mais l'Epitre dédicatoire datée du 18 Octobre 1504. fait voir que

I ij

H. Bu-cette pièce de Poësie a été imprimée
SCHIUS. cette année. It. *Cum Philippi Nove-*
niani Haffurtini Scholiis. Lipsia ex of-
ficina Baccalaurei Martini Herbipo-
lensis 1521. *in-*4°.

5. *Oestrum, sive novorum Epigram-*
matum libellus. C'est un Recueil d'environ 53 Epigrammes contre *Tilman*
Heverling, qui enseignoit les Humanités à *Rostoch*, & qui irrité d'avoir
vû ses écoliers l'abandonner, pour
aller entendre *Buschius*, le fit chasser
de cette ville. Je ne sai quand il a
été imprimé pour la premiere fois;
la seule édition que je connoisse est
celle, où il est joint à l'Ouvrage suivant.

6. *Spicilegium* XXXV. *illustrium Phi-*
losophorum autoritates utilesque senten-
tias continens. In Laudem D. Virginis
Epigrammata quædam. Epistolæ ac ver-
sus quorumdam Doctorum virorum ad
Herm. Buschium 1507. *in-*4°. Le *spi-*
cilegium a été imprimé plusieurs fois;
il y en a une édition faite à *Deventer*
à la tête de laquelle est une Ode de
Buschius, de virtute, sive de contem-
nendo mundo & amanda virtute ac
scientia.

7. *Carmen Scholaſticum in laudem* H. BU-
Urbis Embricæ. Daventriæ 1515. *in-* SCHIUS.
4°.

8. *In acerbum Joannis Murmellii
Ruremundenſis, almæ Colonienſis Academiæ in artibus Magiſtri, obitum Hermanni Buſchii Paſiphili funebre Leſ-
ſum, ſive Epicedium. Coloniæ* 1517.
*in-*4°. It. *Ibid.* 1518. *in-*4°. Cette ſeconde édition a de plus que la premiere *Epitaphium pro Joanne Cella-
rio, Ruremundenſi, modeſtiſſimo, &
Juriſperitiſſimo Juvene.* It. avec l'Ode
*de Contemnendo mundo & amanda
virtute ac ſcientia;* & un Poëme Sap-
phique *in Laudem urbis Ruremundæ.
Ultrajecti* 1540. *in-*4°. A la ſuite des
*Epiſtolæ piæ & eruditæ D. Eucherii
Lugdunenſis Epiſcopi ad Valerianum
cognatum ſuum, à Rodolpho Agricola
è Græco verſa & ſuccinctis Eraſmi
Roter. ſcholiis illuſtratæ, uſque eo ſup-
preſſæ & tunc primum è tenebris eductæ,
emendatæ, & typis excuſæ.* On traite
mal à propos dans cette édition les
Poëſies de *Buſchius* de *Carmina antea non viſa,* puiſque tout ce qu'on
y en trouve avoit déja été imprimé.

H. Bu-
schius. 9. *De illustris & generosi Novaqui-*
læ Comitis Guilhelmi obitu, *ad Her-*
mannum & Guilhelmum filios, Hende-
cassyllabi. Imprimé plusieurs fois.

10. *De contemnendo mundo & aman-*
da virtute carmen Sapphicum. Cette
piece de Poësie a été imprimée avec
le spicilegium *N°. 6.* Avec les *E-*
pistolæ D. Eucherii. N°. 8. It. avec
Baptista Mantuani Bucolica 1510.
in-4°. C'est la premiere, ou du moins
une des premieres éditions.

11. *Carmen in laudem Coloniæ A-*
grippinæ Ubiorum Urbis Imperialis.
A la tête de *Nicolai Reusneri Germa-*
nia. Ursellis 1608. *in-8°.*

12. *Sermo Coloniæ in celebri Syno-*
do ad Clerum dictus, continens accu-
ratam exhortationem ad studia sacræ
scripturæ; tum ignorantiæ atque avari-
tiæ, duarum sine dubio pessimarum in
Ecclesia rerum, seriam & gravem de-
testationem, in tres partes principaliter
divisus, veluti in sacra scripturæ digni-
tatem, veritatem, utilitatem. In-4°.
sans date ni nom de lieu. *Buschius* a
fait imprimer à la suite de ce discours
une piece de Poësie intitulée : *Simu-*
lacrum mortis, in temere elatos fiducia
bonorum temporalium.

13. *H. Buſchii in artem Donati de* H. Bu-
octo partibus orationis Commentarius, SCHIUS,
ex Priſciano, Diomede Servio, Capro,
Agretio, Phoca, Clariſſimis Gramma-
ticis, cura & labore non mediocri ad
publicam juventutis utilitatem inſtitu-
tionemque collectus. Lipſiæ 1511. *in-4°.*
Il y en a deux éditions faites cette
année à *Leipſic,* l'une par *Melchior*
Lotter, & l'autre qui porte le titre de
Noviſſima editio, meliori charactere
exarata, & à multis erroribus caſti-
gata. It. Avec des additions & des
changemens. *Coloniæ* 1517. *in-4°.*
It. *Baſileæ* 1540. *in-4°.*

14. *Diomedis Grammaticæ opus tri-*
partitum. Coloniæ 1518. *in-4°.*

15. *Decimationum Plautinarum Pem-*
ptades, ſive Quinariæ, ſeu Collecti ſen-
tentiarum floſculi ex Plauti Poëta La-
tiniſſimi Comœdiis, cum plurimis aliis
non vilius æſtimandis, per modum Com-
mentarioli adjunctis. Coloniæ 1518. *in-*
4°. It. *Pariſ.* 1521. *in-4°.*

16. *Epiſtola quâ Perſiani Prologi &*
primæ Satyræ argumentum longe ſecus,
atque nonnullorum uſque ad illud tem-
pus tulerat ſententia, liquidiſſimis ra-
tionibus explicatur. A la tête d'une

I iiij

H. Bu-édition de *Perse* intitulée : *A. Persii*
SCHIUS. *Flacci Satyræ, luculentissima ecphrasi
simul & scholiis doctissimis Jo. Mur-
melii illustrata. Coloniæ* 1528. *in-*8°.

17. *In Claudiani Raptum Proser-
pinæ Commentarius. Coloniæ* 1514. *in-*
4°.

18. *Argumenta & Scholia in Silium
Italicum.* Dans les éditions de ce
Poëte faites à *Leipsic* en 1504. *in-fol.*
& à *Basle* en 1522. *in-*8°.

19. *Adnotationes in Petronium Ar-
bitrum, recitata in Academia Lipsica,
& ex ore ejus excepta à M. P.* Dans
les éditions de *Petrone* faites *cum notis Variorum Lugduni* 1615. *in-*8°. It.
Francofurti 1621. *in-*8°. Elles avoient
déja été imprimées auparavant, mais
j'ignore le temps de la premiere édition.

20. *Commentarius in librum* 1. *Mar-
tialis, obscœnis Carminibus rejectis.*
Je ne sai quand il a paru, non plus
que les notes suivantes.

21. *Brevia Scholia in Virgilii Æ-
neida.*

22. *Epistola Critica ad Joannem
Gymnicum, auditorem domesticum.* In-
sérée parmi les *Epistolæ Philologicæ*

Melchioris Goldasti. N°. 36. & dans H. Bus-
le 11e. tome des *Animadversiones* schius.
Philologicæ & Historicæ de *Thomas*
Crenius, qui y a joint ses remarques.

23. *Ad Hermannum Nuenarium*
Comitem Epistola, contra nugacissimas
Jacobi Hogstraten nugas. Cette Lettre, qui a été imprimée en 1518. se
trouve dans l'histoire litteraire de la
Reformation de *von der Hardt.* Part.
2. p. 143.

24. Il est un de ceux qui ont tra-
vaillé au fameux Recueil de Lettres,
connu sous le titre d'*Epistolæ obscu-*
rorum Virorum.

25. *Vallum Humanitatis.* Coloniæ,
per *Nicolaum Cæsarem*, 1518. *in-*4°.
It. sous ce titre : *Hermanni Buschii,*
nobilitate, ingenio, meritisque illustris
viri, Vallum Humanitatis, sive Huma-
niorum Litterarum contra obtrectatores
vindiciæ. Ab oblivionis injuria adse-
ruit, & præter Commentarium de Au-
toris vita, cui complura insuper inte-
gra elegantissimi Ingenii hujus Monu-
menta inserta sunt, Germaniæ Equitem
acerrimum Humanitatis propugnatorem
ex Historia adumbratum præmisit Jaco-

H. Bu-
schius.

*bus Burckhard Ill. Gymn. Hildburgh.
P. P. Francofurti ad Mænum* 1719.
*in-*8°. C'est une defense fort vive de
l'utilité des Belles-Lettres, contre
les Théologiens de *Cologne.*

26. *Dictata quædam utilissima ex
Proverbiis Sacris, & Ecclesiastico, ad
studiosorum utilitatem collecta. Coloniæ*
1518. *in-*4°. It. *Avec Nili Episcopi &
Martyris sententiæ Morales è Græco
in Latinum versa, Bilibaldo Pirckhei-
mero Interprete, & sententiæ aliquot
ex Sermonibus Joannis Damasceni. Coloniæ in-*4°. sans date.

27. *De singulari autoritate veteris
& novi Instrumenti, Sacrorum, Eccle-
siasticorumque testimoniorum libri. Mart-
purgi* 1529. *in-*4°.

28. *De Pædobaptismo disputata West-
phalica contra Anabaptistas; hoc est,
Disputatio habita Monasterii Westpha-
lorum coram senatu anno* 1533. *septi-
ma & octava Augusti, ab Hermanno
Buschio, aliisque viris doctis, contra
Bernardum Rothmannum & ejus com-
plices; quæ ut nunc primum editur,
itaque quoque nuper est ex Westphali-
co Idiomate in Latinam linguam tran-
slata ab Hermanno Hamelmanno.* 1572.

in-8°. Quoique la Rélation de la diſpute appartienne à *Hamelmann* ; cependant comme on y voit par tout
les diſcours & les raiſonnemens de
Buſchius, on peut mettre cet Ouvrage au nombre des ſiens.

   29. *Hypanticon illuſtriſſimo Principi, Antiſtiti Spirenſi, Georgio Comiti
Palatino Rheni, ſuper ſolemni ſuo in
Spiram urbem introitù dicatum. Baſileæ*
1520. *in*-4°. It. dans le premier tome
des *Deliciæ Germanorum Poëtarum* p.
833.

   30. *De Pſalterio Divæ Virginis tri-
plex Hecatoſtichon. Lipſiæ* 1506. *in*-4°.

   31. *Sertum Roſarium Virginis Mariæ & de Imagine Servatoris.* Avec *Dominici Mancini Poëmata. Antuerpiæ*
1559. *in*-12.

   32. *Carmen de Mediatore*, dans un
Recueil intitulé: *Poëmata Teſtamenti
novi. Baſileæ* 1542. *in*-8°. La Poëſie de
Buſchius a eu les aupplaudiſſemens
des ſavans de ſon temps, & il eſt
ſurprenant qu'il ne ſoit pas fait mention de lui dans les Jugemens des
Savans de *Baillet*, ni dans le *Polyhi-
ſtor* de *Morhof*.

   33. *Tractatulus de facili ac ordinato*

H. Bu-
schius.

modo memorandi, *five reminiscendi*, omnium facultatum studiosis admodum utilis. in-4°. sans date ni nom de lieu. *Gesner* & ses abbreviateurs attribuent cet Ouvrage à *Buschius*, & témoignent qu'ils ne savent pas s'il est imprimé. Il est sûr qu'il l'a été & qu'il n'est pas de *Buschius*, mais d'*Henri Vibicetus*, comme il paroît par une Lettre de ce savant à *Buschius* qui est à la tête, & par la Réponse de celui-ci à *Vibicetus* qui l'accompagne. C'est tout ce qu'il y a de lui, avec une Epigramme à la loüange de la Memoire, qui est à la tête, & qui a peut-être donné occasion à ceux qui n'y ont pas regardé de si près, d'attribuer l'Ouvrage même à *Buschius*.

34. *Senecæ Vita ex electis auctoribus digesta.* Avec *Annæi Senecæ ad Lucilium Epistolarum opus de vivendi ratione.* in-4°. sans date ni nom de lieu.

V. *De Vita, studiis, Itineribus, scriptis & laboribus Hermanni Buschii Narratio Hermanni Hamelmanni.* Dans un recueil intitulé : *Varia de Westphalia Opuscula à Joanne Goes edita. Helmstadii* 1668. in-4°. & ailleurs. Sa vie par *Jacques Burckhard.*

à la tête de *Vallum Humanitatis.* C'eſt
ce que nous avons de plus recherché
& de plus exact ſur cet Auteur.

GEORGE MACKENZIE.

GEORGE *Mackenzie* de *Roſehaug* G. Mac-
(en Latin, *de Valle Roſarum*) kenzie.
naquit en 1636. à *Dundée* dans le
Comté d'*Angus* en Ecoſſe, de *Simon
Mackenzie*, frere du Comte de *Sea-
forth*, & d'*Elizabeth Bruce*, fille
d'*André Bruce*, Recteur de l'Univerſité de S. André, tous deux de
noble extraction.

Les heureuſes diſpoſitions qu'il
ſe trouva dès ſa premiere jeuneſſe
pour les Sciences, l'y firent appliquer avec ſuccès. Il n'avoit encore
que dix ans, qu'il ſavoit déja paſſa-
blement la langue Latine, & qu'il
avoit lû les meilleurs Auteurs en
cette langue. C'eſt ce qui engagea à
l'envoyer alors à l'Univerſité d'*A-
berdeen*, & enſuite à celle de *S. André*, où il eut achevé ſa Philoſophie
preſque avant l'âge de ſeize ans.

Il ſe donna après cela à l'étude

G. Mac-
kenzie.

du Droit, & étant venu en France,
il alla à *Bourges*, où il s'appliqua
pendant près de trois ans à cette
Science, dans laquelle il fit de grands
progrès.

De retour en Ecosse, il se fit recevoir Avocat à la Cour d'*Edimbourg*, ayant à peine 20 ans ; & il y
aquit en peu de temps un si grand
nom, qu'il fut choisi en 1661. pour
plaider la cause du Marquis d'*Ar-
gyle*.

Quelque temps après il fut fait
Juge de la Cour criminelle ; emploi
dont il s'aquita avec beaucoup d'e-
xactitude & d'integrité. Vers l'an
1674. il fut élevé aux charges d'A-
vocat du Roy, & de Conseiller privé, qu'il conserva jusqu'au commencement du Regne de *Jacques VII*,
La répugnance qu'il témoigna alors
pour l'abolition des Loix penales les
lui fit ôter ; On les lui rendit cependant dans la suite : mais il les abandonna de lui même en 1689. pendant les troubles, qui agiterent alors
l'Ecosse, pour aller chercher la tranquillité & le repos en Angleterre.

Il se retira à *Oxford* au mois de

Septembre de cette année 1689. G. MAC-
dans le deſſein de ne s'y occuper que KENZIE.
de l'étude, & il y fut reçu le 2 Juin
1690. par l'Univerſité, en qualité
d'Etudiant.

Il alla enſuite à *Londres*, où il
mourut peu de temps après, c'eſt-
à-dire le 8 May 1691. étant alors
âgé de 55 ans. Son corps fut porté
en Ecoſſe & enterré à *Edimbourgh* le
26 Juin ſuivant.

C'étoit un homme très-verſé dans
la connoiſſance des meilleurs Auteurs tant anciens que modernes,
d'une application infatigable à l'étude, d'une integrité parfaite, reglé
dans ſes mœurs, bon ami, bon ſujet, & grand Politique.

Catalogue de ſes Ouvrages.

1. *Aretina* (en Anglois) *in-12.*
C'eſt un Roman.

2. *Religio Stoici.* (en Anglois) *E-
dimbourg* 1663. *in-8°.*

3. *La vie retirée preferable aux emplois publics.* (en Anglois) *Edimbourg. in-8°.*

4. *La Bravoure morale* (en Anglois) *in-8°.* Imprimée pluſieurs
fois. C'eſt un diſcours où l'Auteur

G. Mac-
kenzie.

entreprend de prouver, que faisant abstraction de tout autre motif, le point d'honneur oblige les hommes à être vertueux, & qu'il n'y a rien de plus bas, ni de plus indigne d'un homme de naiffance, que le vice.

5. *Paradoxe moral, ou l'on foutient qu'il eft plus aifé d'être vertueux que Vicieux.* (en Anglois) A la fuite de l'Ouvrage precedent.

6. *Plaidoyers prononcés en quelques Caufes fingulieres devant la Cour fouveraine d'Ecoffe depuis l'an 1661.* (en Anglois) *in-4°.*

7. *Obfervations fur le 28ᵉ Acte du 23ᵉ Parlement du Roy Jacques VI. contre les difpofitions faites au prejudice des Créanciers.* (en Anglois) *Edimbourg. in-8°.*

8. *Des Loix & des Coûtumes d'Ecoffe en matieres criminelles.* (en Anglois) *Edimbourg 1678. in-4°.*

9. *Obfervations fur les Loix & les Coûtumes des Nations, par rapport à la préféance, avec la Science des Armoiries, comme faifant partie des Loix civiles des Nations; où l'on rapporte leurs principales Regles, & les Etymologies de leurs termes les plus difficiles* (en

(en Anglois) *Edimbourg* 1680.
fol.

10. *Idea Eloquentiæ Forenſis hodier-*
næ ; una cum Actione Forenſi ex una-
quaque Juris parte. Edimburgi 1681.
*in-*8°. It. *Ibid.* 1684. *in-*8°. On voit
ici un Abregé de Rhetorique fort
judicieux , & formé ſur les idées &
ſur les méditations des meilleurs
Maîtres(*Bayle, Rep. des Lettres. Juin*
1685. *p.* 664.

11. *Jus Regium , ou les veritables &*
les ſolides fondemens de la Monarchie
en general , & de celle d'Ecoſſe en par-
ticulier , defendus contre Buchanan ,
Dolman , Milton &c. (en Anglois)
Londres 1684. *in-*8°. *Mackenzie* ayant
dedié , & preſenté cet Ouvrage à
l'Univerſité d'*Oxford ,* cette Univerſité aſſemblée en corps le 9 Juin
1684. lui en fit écrire une Lettre de
remerciement.

12. *La Decouverte du complot fana-*
tique. (en Anglois) *Londres* 1684.
*in-*4°. It. *Ibid.* 1694. *in-*8°.

14. *Procedures contre Bayly de Jer-*
viswood. (en Anglois)

15. *Defenſe de l'antiquité de la fa-*
mille Royale d'Ecoſſe. (en Anglois)
Tome XXV.　　　　K

G. MAC-KENZIE.

Lond[...] 168[5]. in-8°. Cet Ouvrage est deftiné à refuter *Guillaume Lloyd* Evêque de *S. Afaph*, qui avoit publié auparavant un livre Anglois, intitulé : *Rélation Hiftorique du Gouvernement Ecclefiaftique de la Grande Bretagne. Londres 1684. in-8°.* dans lequel il avoit foutenu que les Ecoffois étoient inconnus dans la Grande Bretagne avant l'an 503. de J. C. & que ce fut en cette année qu'ils y pafferent, & qu'ils s'y établirent un Souverain. Avant que l'Ouvrage de *Mackenzie* fut imprimé, *Edouard Stilling fleet*, qui l'avoit vû en Manufcrit, prit la defenfe de *Lloyd*, & répondit aux raifons de *Mackenzie*, dans une préface qu'il mit à fon livre, intitulé : *Origines Britannicæ.* Cela engagea ce dernier à faire le livre fuivant, pour lui repliquer.

16. *L'Antiquité de la famille Royale d'Ecoffe, plus amplement defendue contre les objections du Docteur Stilling-fleet.* (en Anglois) *Londres* 1686. *in-8°.* Les deux Ouvrages de *Mackenzie* fur cette matiere ont paru enfemble en Latin fous ce titre ; *Defenfio An-*

tiquitatis Regalis Scotorum proſapiæ, G. MAC-
qua oſtenditur, *à quo primum tempore* KENZIE,
Scotia Regibus gubernata fit, *libris*
Epiſcopi Aſaphenſis & Doct. Stilling-
fleetii oppoſita; *Auctore Georgio Mac-*
kenzie, *ex Anglica in Latinam lin-*
guam verſa à P. S. Ultraj. 1689. *in-*8°.

17. *Obſervations ſur les Actes du*
Parlement (en Anglois) *Edimbourg*
1686. *in-fol.*

18. *Oratio inauguralis habita Edim-*
burgi Idibus Martii 1689. *de Struc-*
tura Bibliothecæ pure Juridica & hinc
de vario in Jure-ſcribendi genere. 1690.
*in-*8°.

19. *Hiſtoire morale de la Frugalité*,
& de ſes vices oppoſés, *l'avarice & la*
prodigalité, &c. (en Anglois) *Lon-*
dres 1691. *in-*8°.

20. *De humanæ rationis imbecillita-*
te, *ea unde proveniat*, *& illi quomodo*
poſſimus mederi, *liber ſingularis. Ul-*
trajecti 1690. *in-*8°. *It. traduit en An-*
glois. Londres 1690. *in-*8°.

21. *Defenſe du Gouvernement d'E-*
coſſe ſous le Regne du Roy Charles II.
contre les fauſſes idées, *qu'on en a don-*
né dans quelques brochures Satyriques
(en Anglois) Londres 1691. *in-*4°.

K ij

23. *Reponse aux Ministres Ecoffois,*
ou defense des Procedures contre le
Comte d'Argile (en Anglois) *Edim-*
bourg.

24. *La Raison, Effay.* (en Anglois)
Londres 1694. *in-* 8°.

Il ne faut pas confondre cet Auteur avec *George Mackenzie*, Docteur en Medecine à *Edimbourg*, qui
a donné en 1708. & 1711. deux volumes des Vies des Ecrivains d'E-
coffe.

V. *Ant. Wood Fafti Oxonienfes*
tom. 2. *p.* 236.

GABRIEL MADELENET.

GABRIEL *Madelenet* naquit
vers l'an 1587. à *S. Martin*
du Puy, petite ville fur les confins
de la Bourgogne, vers le Nivernois,
de *Henri Madelenet*, & de *Touffine*
le Clerc, tous deux de bonnes familles.

Quoique fon pere n'eût pas beaucoup de bien, & qu'il eût une nom-
breufe famille, il n'oublia rien pour
l'éducation de fes enfans, & entre

autres pour celle de *Gabriel Madele-* G. MA-
net, qui étoit l'aîné de ſes fils. DELENET.

Il l'envoya de bonne Heure à *Ne-*
vers, où il fit ſes Humanités dans
le College des Jeſuites; & enſuite
à *Bourges*, où il étudia en Philoſophie & en Droit. Après y avoir été
fait Licentié en cette derniere faculté, il vint à *Paris* en 1610, & s'y fit
recevoir le 28 Janvier de l'année
ſuivante Avocat au Parlement.

Mais il ne ſuivit pas long-temps le
Barreau; car après y avoir fait connoître par quelques plaidoyers de
quoi il étoit capable, & ce qu'on
pouvoit attendre de lui, il l'abandonna pour ſe livrer au goût particulier qu'il ſe ſentoit pour les Belles-Lettres, & la Poëſie.

Le Cardinal *du Perron* ayant entendu parler avantageuſement de lui,
lui offrit ſa maiſon & ſa table d'une
maniere ſi obligeante, que *Made-*
lenet ne put ſe diſpenſer d'accepter
ſes offres. Il demeura deux ans environ auprès de ce Prélat, & employa
une partie de ce temps à la lecture
des Saints Peres & des Ecrits de ſon
patron.

Son deſſein étoit de vivre toûjours
pour lui-même, occupé uniquement
de ſes études ; mais le Cardinal avoit
d'autres vûes ſur lui, & il lui procura en 1617. une Charge de Secretaire du Cabinet, que *Madelenet*
n'accepta que par complaiſance pour
lui. Au reſte comme il étoit ſans
ambition, il vécut à la Cour, de
même qu'il auroit fait à la ville,
donnant le temps neceſſaire aux fonctions de ſa charge, & ſes momens
libres à ſes propres études.

Une ode, qu'il fit en l'honneur
du Cardinal de *Richelieu*, ſur la priſe de *la Rochelle*, plut tellement à
ce Miniſtre, qu'il le fit auſſitôt Conſeiller & Interprete du Roi en langue Latine, & lui donna une pen-
ſion de ſept cens Ecus. Le Roi *Louis
XIII.* lui en accorda auſſi une de
cinq-cens, qui lui fut continuée par
Louis XIV. Le Cardinal *Mazarin*,
pour qui il avoit fait quelques Poëſies, lui en donna à l'exemple de
ſon predeceſſeur dans le Miniſtere
une de mille livres.

En 1661. il voulut faire un voyage
dans ſon Pays, tant pour mettre or-

dre à ſes affaires domeſtiques, que G. MA-
pour donner, dans le loiſir qu'il eſpe- DELENET,
roit y trouver, la derniere perfection
à ſes Poëſies.

En paſſant à *Auxerre*, où il avoit
des parens, qui l'engagerent à y faire quelque ſéjour, il fut attaqué
d'une fievre double tierce, qui au
bout de 21 jours le conduiſit au tombeau. Il mourut dans cette ville,
chez *Jean Madelenet* ſon neveu, le
20 Novembre de cette année 1661.
âgé de 73 ou 74 ans, ſans avoir été
marié.

Sa douceur & ſa politeſſe le faiſoient eſtimer & rechercher de tout
le monde, & il a eu pour amis des
perſonnes de la premiere qualité.

Ses vers ſont fort chatiés, limés,
& polis; auſſi étoit-il longtemps à
travailler ſur les plus petites pieces,
qu'il reformoit toûjours, ſans pouvoir preſque finir. Cette politeſſe eſt
ce qui en fait le principal merite,
car il faut avoüer qu'on n'y trouve
ni ce feu, ni cette élevation qui fait
les grands Poëtes.

Nous n'avons que ſes Poëſies Latines, qui lui ont fait un nom dans

G. MA-
DELENET.
la République des Lettres. Il en à
cependant composé de Françoises,
mais il y a réussi si peu, qu'on n'a
pas jugé à propos de les donner au
public, & que lui-même en recon-
noissant la foiblesse, renonça de bonne heure à en faire de semblables.

Ses Poësies Latines, dont la plûpart avoïent été imprimées separe-
ment en feüilles volantes, ont été
rassemblées après sa mort par *Jean*
Madelenet, son Neveu, & sous les
yeux de *Louis Henri de Lomenie*,
Comte de *Brienne*, Secretaire d'E-
tat, que *Gabriel Madelenet* avoit établi par son Testament arbitre de sa
destinée des Ouvrages qu'il laissoit.
Elles ont paru sous ce titre : *Gabrie-*
lis Madeleneti Carminum libellus. Parif. 1662. *in-*12. *pp.*124. Avec un E-
pitre préliminaire de M. *de Lomenie*,
une autre de *Jean Madelenet*, & l'E-
loge de l'Auteur par *Pierre Petit.* Ce
petit volume ne contient presque
que des vers Lyriques, à la loüange
de *Louis XIII.* & *Louis XIV.* de leurs
Ministres, & des Principales personnes de la Cour.

On en a fait une nouvelle édition
à

à *Paris* en 1725. *in*-12. mais mal im- G. MA-
primée & pleine de fautes. Cette DELENET.
réimpreſſion n'étoit pas neceſſaire,
puiſque la premiere édition eſt encore aſſez commune, & qu'elle n'eſt
pas même fort recherchée.

V. *Son Eloge par Pierre Petit à la
tête de ſes Poëſies. Baillet, Jugemens des
Savans.*

JEAN REUCHLIN.

JEAN Reuchlin ou *Capnion* naquit J. REUCH-
à *Pforzheim*, petite ville du Mar- LIN.
quiſat de *Bade* en Allemagne, le
28 Decembre 1455. de *George Reuchlin*, & d'*Eliſe Erine. Cruſius* dans ſes
Annales de Sueve met ſa Naiſſance
en 1445. & *Melchior Adam* en 1454.
Mais il eſt ſur qu'il ſe trompent tous
les deux; puiſque *Reuchlin* nous apprend lui-même dans une Lettre à
Jean Cuſpinien de l'an 1512. qu'il
faut la placer en 1455.

Ses parens, qui étoient d'aſſez bonne famille, lui voyant du penchant
pour l'étude, n'eurent pas de peine
à l'y appliquer, ravis de lui voir de
Tome XXV. I.

si bonnes dispositions dans un temps où la Science étoit si rare, & où quelque savoir suffisoit pour acquerir une grande réputation.

Pendant qu'il étudioit les principes de la langue Latine, on lui fit aussi apprendre la Musique, dans laquelle il fit de si grands progrès, qu'on lui donna une place parmi les enfans de la Musique de la Cour de *Bade.*

Quelque temps après, c'est-à-dire en 1473. on le choisit pour accompagner en France le jeune Marquis de *Bade*, *Frederic*, qui fut fait 23 ans après Evêque d'*Utrecht*. *Reuchlin* étant arrivé avec lui à *Paris*, tâcha de profiter du séjour qu'il y fit, pour se perfectionner dans les Sciences, qui y étoient plus florissantes, que dans aucune autre Université.

Il s'y appliqua à la Grammaire sous *Jean de la Pierre*, Docteur en Théologie, de l'Ordre des Chartreux, à la Rhetorique sous *Guillaume Tardif*, & *Robert Gaguin*, & à la Langue Gréque sous les Disciples de *Gregoire Tiphernas*. Mais il ne put le faire aussi long-temps qu'il l'auroit souhaitté ; car le Marquis de *Bade* étant retourné en Allemagne, il fut obligé de l'y suivre. Cependant les avantages dont il étoit privé par-là, étoient continuellement presens à son esprit, & il n'eut point de repos qu'il ne lui eût demandé son congé, & qu'il ne fût revenu à *Paris*.

Il s'y donna avec une nouvelle ardeur à l'étude de la langue Gréque sous *George Hermonyme* de *Sparte*, successeur de *Tiphernas*, qui lui apprit à écrire les lettres Gréques avec tant de netteté, que tous ceux qui vouloient avoir des copies exactes & nettes des Auteurs, qu'*Hermonyme* expliquoit, prioient *Reuchlin* de les faire. Ce travail fut pour lui d'une double utilité : car il y gagna de quoy pousser ses études, & il apprit par-là si parfaitement la langue Gréque, que non seulement il entendoit entierement les Auteurs qu'il avoit transcrits; mais qu'il en savoit même une bonne partie par cœur ; ensorte qu'on l'a entendu dans un âge fort avancé reciter mot à mot de longues periodes d'*Aristote*.

Jean Weſſel de *Groningue* étoit a-
lors à *Paris*, & *Reuchlin* apprit de
lui les Elemens de la langue Hebraïque, qui étoit fort negligée dans ce
temps-là, de même que la plûpart
des Sciences. Il le retrouva à *Baſle*,
où il s'étoit retiré, lorſque voulant
retourner dans ſon pays, il paſſa
par cette ville, où il reçut le degré
de Docteur en Philoſophie, à l'âge
de 20 ans.

Weſſel & *Andronique Contoblacas*,
Grec de Nation, qui étoit habile
dans les langues Gréque & Latine,
& qui faiſoit ſon ſéjour à *Baſle*, con-
tribuerent à l'arrêter dans cette ville, en lui perſuadant d'y enſeigner
le Grec & le Latin à la jeuneſſe. Ce
qu'il fit avec beaucoup de ſuccès,
partageant ſon temps entre l'inſtruc-
tion des autres & la ſienne propre.
Il aquit par-là beaucoup d'amis &
une grande réputation, parce qu'il
étoit alors ſi rare de ſavoir les langues Gréque & Latine, que ceux qui
en avoient une connoiſſance même
mediocre, ne faiſoient pas difficulté
de s'en faire un titre d'honneur. Les
freres *Amerbach* dreſſerent alors une

Imprimerie à *Bafle*, qui donna moyen J. R<small>EUCH</small><small>L</small>IN<small>.</small>
à *Reuchlin* de mettre au jour un des LIN.
premiers Dictionnaires Latins, qui
ait été imprimé, & quelques autres
Ouvrages.

Après quatre années de féjour dans
cette ville, il alla à *Orleans* dans le
deffein d'y étudier en Droit, mais
l'application qu'il y donna à cette
étude ne l'empêcha pas d'enfeigner
la langue Gréque dans la même ville, & de compofer une Grammaire
en cette langue.

Ayant été réçu Bachelier en Droit
à *Orleans* en 1479. il paffa à *Poitiers*,
où continuant fes études de Jurif-
prudence, il fut fait Licentié le 14
Juin 1481. Il y enfeigna auffi la langue Gréque, comme il avoit fait à
Orleans.

Quelques mois après, il reprit le
chemin d'Allemagne, & s'arrêta à
Tubinge, dont l'Academie étoit alors
celebre, & où il n'eut pas de peine
à fe faire diftinguer. Ce fut en ce
lieu qu'il fe maria, & qu'il reçut
enfuite le degré de Docteur en
Droit, fuivant la permiffion qui
lui en avoit été accordée par l'Uni-

versité de *Poitiers*, qui avoit derogé
à ses statuts en sa faveur.

Dans ces entrefaites, *Eberhard*,
Comte de *Wirtemberg*, ayant resolu de faire le voyage d'Italie, & de
mener avec lui quelques Savans, on
lui conseilla de prendre *Reuchlin*,
parce qu'il avoit sçu se corriger pendant son séjour de France, de ce
qu'il y a de rude & d'insupportable
dans la prononciation Latine des Sua-
bes. En effet le Comte s'apperçut
bientôt que les Italiens s'entrete-
noient plus volontiers avec lui, qu'a-
vec aucun autre de sa suite.

On ne sait point le temps de leur
depart. *Reuchlin* nous apprend seulement dans une de ses Lettres qu'ils
arriverent à *Florence* vers le 21 Mars
1487. Il y furent reçus magnifique-
ment par *Laurent de Medicis* pere du
Pape *Leon X.* & *Reuchlin* y fit amitié avec plusieurs savans hommes,
avec la plûpart desquels il entretint
depuis un commerce de lettres, tels
qu'étoient *Demetrius Chalcondyle*,
Marsile Ficin, *George Vespuce*, *Christophe Landini*, *Ange Politien*, *Jean
Pic de la Mirandole*.

Ils allerent auſſi à *Rome*, & ce fut J. REUCH- LIN.
là qu'*Ermolao Barbaro* engagea *Reuch-*
lin à changer ſon nom en celui de
Capnion, qui ſignifie en Grec la même choſe que *Reuchlin* en Allemand,
c'eſt-à-dire *Fumée.*

Le Comte *Eberhard* fut ſi content
de lui, qu'à ſon retour d'Italie, il
le mena avec lui trouver l'Empereur
Frederic III. qui étoit alors à *Lintz*,
& auprès duquel il avoit à negotier
des affaires importantes. Ce Prince
conçut tant d'eſtime pour le merite,
la capacité, la prudence & le ſavoir
de *Reuchlin*, qu'il lui accorda des
lettres de Nobleſſe datées du 24 Octobre 1492. pour lui, pour ſon frere
Denys, & pour tous leurs deſcendans, le créant *Maître du Sacré Pa-*
lais, & *Comte du S. Empire*, & lui
donnant pour Armes d'Azur à un
Autel d'Or, ſoutenant des charbons
ardens, qui pouſſent de la fumée,
avec cette inſcription : *Ara Capnio-*
nis. Il lui fit auſſi pluſieurs preſens,
entre leſquels étoit un Manuſcrit de
l'ancien Teſtament, écrit d'une maniere fort nette, qui contenoit outre le Texte & la paraphraſe d'*On-*

L iiij

kelos, les notes des Maſſorethes, in-
finiment plus correctes, que la Maſ-
ſore imprimée. Un Juif, Medecin
de l'Empereur, qui connoiſſoit ſon
goût pour ces ſortes de choſes, &
dont il avoit pris pluſieurs leçons ſur
la langue Hebraïque, fut cauſe qu'on
lui fit un ſemblable preſent.

Reuchlin ayant vû mourir à *Lintz*
l'Empereur *Frederic* le 16 Août
1493. rétourna en Suabe. Deux ans
après, c'eſt-à-dire en 1495. l'Empereur *Maximilien* indiqua une Diete
à *Wormes*, & *Reuchlin* y alla à la ſuite du Comte *Eberhard*, qui y fut
crée Duc de Suabe par cet Empereur, mais qui ne joüit pas long-
temps de cette nouvelle dignité,
étant mort trois mois après.

Cette mort n'enleva pas ſeulement
à *Reuchlin* un Prince qui l'aimoit
tendrement, il y perdit encore ſon
repos & ſa fortune. *Eberhard* avoit
par ſon teſtament inſtitué ſon heri-
tier *Ulric* fils du Comte *Henri*, qui
étoit âgé de onze ans ; mais un autre
nommé *Eberhard II.* s'empara du
Duché, & chaſſa les perſonnes, qui
lui étoient ſuſpectes, du nombre

desquels fut *Reuchlin*, qu'il auroit J.Reuch-même fait arrêter, s'il ne se fût sau- lin. vé promptement.

Reuchlin se retira à *Wormes*, où il s'étoit fait pluſieurs amis pendant ſon premier ſéjour en cette ville. Il y compoſa un abregé de l'hiſtoire des quatre Empires, à l'uſage du Prince Palatin, *Philippe* ; ce qui le fit bientôt connoître à la Cour de de cet Electeur. Il y fit auſſi en Latin une Comedie, où il jouoit un Moine Auguſtin, qui avoit été la cauſe de ſon exil, ſous le nom de *Sergius*; mais *Dalburg*, Evêque de *Wormes*, ſon ami, fut d'avis qu'il la ſupprimât & qu'il lui en ſubſtituât une autre ; cela cependant n'empêcha pas qu'elle ne fût imprimée quelques années après, comme je le dirai plus bas.

Vers ce temps-là un Moine de *Weiſenburg* alla à Rome accuſer l'Electeur Palatin, ſon Prince, d'un deni de juſtice, envers les Religieux de ſon Monaſtere. Le Pape *Alexandre VI.* ſans trop examiner ſi c'étoit avec raiſon, ou à tort, declara auſſitôt l'Electeur dechu de l'inveſtiture.

J. REUCH-
LIN.

des Benefices, qui étoient à sa nomination. Ce Prince persuadé que personne ne seroit plus capable de soutenir ses droits que *Reuchlin*, l'envoya aussi-tôt à *Rome*, où il prononça devant le Pape le 7 Août 1498. une harangue sur les Droits des Princes d'Allemagne & les Privileges de l'Eglise Germanique, qui fut admirée de tous les Cardinaux.

Ses négotiations durerent cependant plus d'un an; pendant lequel temps il employa ses heures de relâche ou à se perfectionner dans la langue Hebraïque sous un Juif nommé *Abdias*, & dans la Gréque sous *Argyropule*, qui expliquoit publiquement *Thucydide*, ou à cultiver l'amitié de plusieurs Savans qui lui rendirent de grands services dans la suite, ou à ramasser des Manuscrits pour les envoyer en Allemagne.

A son retour dans le Palatinat, il trouva les affaires de la Suabe bien changées; *Eberhard* avoit été chassé, & l'on avoit rappellé *Ulric*, à qui l'Empereur *Maximilien* avoit donné pour tuteurs *Jean & Louis Nauclere*, *Gregoire Lamparter*, & quelques au-

tres, qui firent rappeller Reuchlin.
Quelque peine que l'Electeur Palatin eût de le voir ſortir de ſa Cour,
il ne put cependant refuſer de ſe
rendre aux deſirs que *Reuchlin* avoit
de retourner dans la Suabe, tant
parce qu'il y avoit laiſſé ſa femme,
que parce qu'il eſperoit y trouver
plus de loiſir pour s'appliquer à l'é-
tude, qu'il n'en avoit à la Cour de
l'Electeur.

Ce fut en ce temps-là qu'il fut
honoré de la dignité de Triumvir de
la ligue de Suabe, dont il faut dire
en peu de mots l'Origine.

Vers l'an 1487. les villes de Suabe
firent, de l'avis & par l'autorité de
l'Empereur *Frederic III.* une ligue
offenſive & defenſive, pour ſe mettre à couvert des invaſions des Ducs
de Baviere, qui étoient devenus ſi
puiſſans, qu'ils faiſoient ſouvent la
Loy aux Empereurs. Pluſieurs Princes & Prelats entrerent bientôt dans
cette alliance, dont les Membres
prirent le nom de *Confederés de l'Ecu
de S. George*, & devinrent eux même ſi puiſſans, que *Charles-Quint*
jugea à propos de la rompre en 1533.

J. REUCH-
LIN.

Pendant que cette ligue dura, les Alliez établirent trois Juges, pour connoître de tous les differends qui pourroient survenir entre eux, ou entre leurs sujets, excepté les causes Civiles particulieres, les Criminelles, & les Matrimoniales. On appella ces Juges *Triumvirs* dans les Actes Latins, & dans les Allemands *les Juges de la Confederation.* L'Empereur en qualité d'Archiduc d'Autriche, les Electeurs & les Princes d'Allemagne nommoient le premier; les Prelats, les Comtes & autres Seigneurs de l'Empire le second, & les villes Imperiales le troisiéme.

Reuchlin fut établi dans cette importante charge par l'Empereur & les Electeurs, & il la remplit pendant onze ans. Durant tout ce temps, quoiqu'il s'appliquât fort soigneusement à rendre justice à tout le monde, il conserva toûjours le même amour pour l'étude, à laquelle il donnoit tous ses momens de loisir; il continua aussi à vivre avec la même sobrieté qu'auparavant, se contentant de deux ou trois plats à diner & d'un seul à souper. Il faisoit même fouvent manger à fa table de jeunes étudians, à l'avancement defquels il fe faifoit un plaifir de contribuer, foit par des liberalités, foit par des inftructions.

A quelque temps de-là, on l'envoya en Ambaffade à *Infpruk*, vers l'Empereur *Maximilien* ; & à fon retour, la pefte, qui ravageoit la Suabe, l'obligea de fe retirer avec fa femme & fes enfans dans un Monaftere de Jacobins, nommé *Denkendorf*, affez proche de *Stutgarde*, où il fut fort bien réçu, & où le Vifiteur General de l'ordre le pria d'écrire un livre de l'Art de Prêcher, qui pût fervir à fes jeunes Religieux.

La fortune, qui avoit accompagné *Reuchlin* jufques-là, fembla vouloir l'abandonner à l'âge de 55 ans. Il lui furvint vers l'an 1510. un fameux demêlé avec les Théologiens de *Cologne*, lequel fut occafionné par un Juif nommé *Pfefferkorn*. Cet homme s'étant fait Chrétien, & ayant été baptifé, s'infinua dans l'amitié de *Jacques Hochftrat*, Inquifiteur, & d'*Arnaud de Tongres*, Profeffeur en Théologie à *Cologne*, à

J. REUCH-
LIN.

J. REUCH-
LIN.

qui il perſuada de repreſenter à l'Empereur, que les livres des Juifs étoient
pleins de ſuperſtitions, d'impietés &
de blaſphemes contre Jeſus-Chriſt,
les Saints & les Myſteres de la Religion; que cela les empêchoit de ſe
convertir, & qu'ainſi il falloit or-
donner par un Edit Imperial que
tous leurs livres fuſſent brûlez, à
l'exception de l'ancien Teſtament.
On prétend que leur veritable but
n'étoit pas de faire brûler ces livres,
mais d'obliger les Juifs à les leur livrer, & à les racheter enſuite,
moyennant une groſſe ſomme d'argent, qu'ils auroient partagée entre
eux. Il y a même des Auteurs qui
ſoutiennent, que ce *Pfefferkorn* étoit
un ſcelerat, qui étant encore Juif
s'étoit vanté d'être le Meſſie, & qui
depuis s'être fait Chrétien fut pendu
à *Hall* pour divers crimes; mais d'autres veulent que le pendu fût un
autre Juif du même nom.

Quoiqu'il en ſoit, ces trois ennemis des livres, ou de la bource des
Juifs, ayant preſenté ſur ce ſujet
une Requeſte à l'Empereur, en ob-
tinrent tout ce qu'ils voulurent.

J.REUCH-
LIN.

L'Arrêt fut donné à *Paſſau* en 1509.
& publié à *Francfort*. *Pfefferkorn* n'en
fut pas plûtôt muni, qu'il courut
de tous côtés, entrant dans les mai-
ſons des Juifs & ſe ſaiſiſſant de leurs
livres. Il s'en alla enſuite à *Stutgarde*, pour obliger *Reuchlin* à lui prêter main forte, afin qu'il pût faire
la même choſe le long du Rhin:
mais celui-ci s'en excuſa ſur quelques affaires, ajoûtant qu'il lui ſem-
bloit que cet Arrêt n'étoit pas en
bonne forme & qu'il y manquoit
quelque choſe. *Pfefferkorn* voulut
ſavoir ce que c'étoit, & *Reuchlin* lui
ayant donné ſes difficultés par écrit,
il ſe retira.

Cependant les Juifs, à force de
ſollicitations auprès de l'Empereur
Maximilien, firent ſurſeoir l'exécution de cet Edit, juſqu'à ce que des
perſonnes intelligentes & capables
de juger de leurs livres en euſſent
dit leur ſentiment. Ce Prince écrivit en conſequence à l'Electeur de
Mayence de faire ſavoir aux Univerſités de *Cologne*, de *Mayence*, d'*Erphord*, & d'*Heidelberg*, qu'elles euſſent à nommer quelques uns de leurs

J. REUCH-
LIN.

membres, pour donner leur avis sur cette affaire, conjointement avec *Jacques Hochstrat*, *Reuchlin*, & *Victor de Corbo*.

Reuchlin se voyant obligé de dire son avis, le fit avec sa sincerité & sa modestie ordinaire. Il posa d'abord l'état de la question, allegua les raisons de ceux qui vouloient brûler les livres des Juifs, & y opposa celles de ceux qui croyoient que cela étoit injuste. 1°. Parce que les Juifs étant sujets de l'Empire, devoient joüir des privileges, qui leur avoient été accordés. 2°. Parce qu'il n'est pas permis d'ôter à quelqu'un son bien par force. 3°. Parce que les Juifs, sous le benefice des Edits Imperiaux, ayant des Synagogues & des Ecoles publiques, pouvoient bien avoir aussi des livres. 4°. Parce qu'aucun des anciens Jurisconsultes, des Conciles, ou des Peres de l'Eglise, n'a jugé les livres des Juifs dignes du feu. Il fit ensuite ses remarques sur les differentes sortes de livres des Juifs. 1°. A l'égard du Thalmud, il avoua qu'il y avoit plusieurs choses injurieuses à *Jesus-Christ*

Chriſt & à ſes Apôtres : mais il ſoutint que les Demi-Savans y en trouvent pluſieurs qui n'y furent jamais ;
que d'ailleurs en récompenſe il y a
quantité de Phraſes, de coûtumes
& d'hiſtoires, très-utiles à l'intelli-
gence de la Bible, & principalement
de l'Evangile ; que le Thalmud nous
a conſervé une partie de l'ancienne
tradition des Juiſs, à laquelle *Je-*
ſus-Chriſt les renvoye, lorſqu'il leur
ordonne d'*examiner les Ecritures, par*
leſquelles ils croyent avoir la vie éter-
nelle : car leurs traditions étoient de
ce nombre, & ſans elles on auroit
bien de la peine à entendre les pre-
dictions touchant le Meſſie. 2°. Il
ſoutint auſſi qu'on pouvoit ſe ſervir
de la Cabbale, pour la confirmation
de divers Myſteres du Chriſtianiſ-
me, citant un livre du Comte de la
Mirandole, approuvé par une Bulle
d'Alexandre VI. où ce ſentiment eſt
defendu. 3°. Pour ce qui eſt des
Commentaires des Rabbins ſur le
Vieux Teſtament, il aſſura qu'on
pouvoit auſſi peu s'en paſſer, ſi l'on
vouloit entendre à fond la langue
Hebraïque, que de *Feſtus, Priſcien,*

J.REUCH-
LIN.

J. Reuch-
LIN.

Servius, *Donat*, & autres anciens
Grammairiens pour aquerir la connoiſſance de la Latine. 4°. Touchant
les Rituels des Juifs & leurs livres
de Sermons & de controverſe, ſon
ſentiment fut qu'on n'avoit pas droit
de les defendre, tant qu'on permet-
toit l'exercice de leur Religion. 5°.
Pour leurs livres de Philoſophie, de
Medecine &c. il pretendit qu'il n'y
avoit pas plus de mal à les conſerver que ceux des Grecs ou des Latins. En un mot il ne jugea dignes
du feu que les Libelles diſamatoires,
faits directement contre l'honneur
de *Jeſus-Chriſt*, de la Vierge & des
Saints, ou contre quelque Loy &
quelque Puiſſançe Chrétienne, ajou-
tant que non ſeulement les Auteurs
de ces libelles & ceux qui les ven-
doient, mais encore ceux qui les gar-
doient devoient être punis.

Les Adverſaires de *Reuchlin* trouverent moyen d'intercepter la lettre,
dans laquelle il envoyoit cet avis à
l'Archevêque de *Mayence*, pour
être preſenté à l'Empereur. *Pfefferkorn* ne l'eut pas plutôt lûe, qu'il ſe
mit à compoſer un livre Allemand
pour le réfuter ſous le titre de *Mi-*

roir *Manuel.* *Reuchlin* y repondit par un autre, écrit auffi en Allemand, qu'il intitula *Miroir Oculaire*, où les Théologiens de *Cologne* trouverent 44 propofitions erronées, faifant des héréfies de toutes les raifons qu'il avoit apportées pour fe défendre.

Arnaud de Tongres publia ces erreurs pretendues avec des notes au deffous ; ce qui obligea *Reuchlin* de compofer une Apologie, qu'il adreffa à l'Empereur. Cette Apologie n'empêcha point que *Hochftrate*, fe rendant le Juge de *Reuchlin*, ne le fît citer le 15 Septembre 1513. pour comparoître à *Cologne* devant lui, & pour voir proceder contre fon *Miroir Oculaire.*

Reuchlin envoya d'abord un Procureur pour recufer *Hochftrat*, comme fon ennemi declaré ; mais on ne voulut point recevoir fes caufes de récufation ; ce qui l'obligea à en appeller au Pape. Reuchlin s'étant enfuite rendu à Cologne, refolut de pourfuivre cet Appel ; & le Pape *Leon X.* remit la connoiffance de cette affaire à l'Evêque de *Spire.*

M ij

qui nomma *Thomas Thruchses* &
George de Sualbach, Chanoines de
son Eglise, pour en connoître im-
mediatement. Ces juges s'étant assemblés à *Spire* assignerent les parties
à comparoître. *Reuchlin*, qui se presenta, fut renvoyé absous, & *Hochstrat* condamné par contumace aux
depens, qui furent évalués à 110
florins d'Or, monnoye du Rhin.
Cela se passa le 24 Avril 1514.

Pendant qu'on étoit occupé de
cette affaire à *Spire*, les Théologiens
de *Cologne*, qui voyoient bien que
les choses ne tourneroient point en
leur faveur, voulurent prendre les
devans, & s'étant assemblés con-
damnerent & firent brûler le *Miroir
Oculaire* de *Reuchlin* au mois de Fevrier 1514. en quoi ils furent secon-
dés par les Universités de *Louvain*,
d'*Erphord*, de *Mayence* & de *Paris*.

Pfefferkorn se voyant si bien ap-
puyé, fit un nouveau livre contre
Reuchlin, qu'il intitula: *la Cloche
du Tocsin*. Cet Ouvrage & quelques
autres Satyres qu'on publia alors
contre *Reuchlin* lui fit naître aussi
bien qu'à plusieurs savans hommes

de son temps l'idée des *Epistolæ ob-*
scurorum virorum, où l'ignorance,
& la pérsomption des Moines & des
Théologiens, qui vivoient dans ces
temps d'ignorance, est depeinte avec
tant de naiveté & d'enjoüement.

Mais comme cela ne suffisoit pas,
pour le defendre contre ses adver-
saires, il crut que pour leur fermer
entierement la bouche il falloit un
jugement definitif de la Cour de
Rome, & y envoya les pieces du procès. Toute l'Allemagne témoigna
en cette occasion l'estime qu'elle
faisoit de ce grand homme; car sa
vieillesse l'empêchant d'aller solli-
citer son affaire en personne, l'Empereur, l'Electeur de Saxe, les Ducs
de Baviere, de Wirtemberg & de
Suabe, le Marquis de Bade, le grand
Maître de l'Ordre Teutonique, un
Cardinal, cinq Evêques & treize Ab-
bés donnerent des Lettres de recommandation à son Procureur.

Le Pape commit pour juge le Cardinal *Grimani*, qui cita les parties
devant lui. Le Procureur de *Reuch-*
lin se presenta, mais il ne parut personne de la part de *Hochstrate*, qui

J. REUCH-
LIN.

J.REUCH-
LIN.

étoit cependant à *Rome*, & qui ne songeoit qu'a faire traîner les choses en longueur, dans l'esperance que comme *Reuchlin* étoit vieux & valetudinaire, il pourroit mourir pendant les procedures, & qu'ils auroient alors le plaisir de triompher de lui sans obstacle, de ternir sa memoire, & de ruiner sa famille.

D'abord *Hochstrate* demanda qu'on donnât pour adjoint à *Grimani* le Cardinal de *Sainte-Croix*, qui étoit dans ses interêts ; mais les amis de *Reuchlin* l'ayant recusé, & obtenu en sa place le Cardinal d'*Ancone*, *Hochstrate* trouva moyen de faire nommer encore deux autres Juges de l'ordre des Dominicains, dont il étoit, le Cardinal *Cajetan*, & *Sylvestre Prieras*, Maître du Sacré Palais.

Il se tint le 20 Juillet 1516. une grande assemblée sur cette affaire ; mais quoique *Hochstrate* eût eu soin d'y faire appeller plusieurs personnes qui étoient dans ses interêts, la plûpart des suffrages furent favorables à *Reuchlin*. Ainsi la sentence n'auroit pû manquer de la lui être

aulli , ſi *Hochſtrate* n'avoit trouvé J. REUCH-
par ſes intrigues le moyen de faire LIN.
ſurſeoir le jugement. Dès qu'il eut
gagné ce point , qui étoit le ſeul
qu'il pût eſperer , il ſe hâta de retourner en Allemagne , où d'autres
affaires occuperent bientôt les eſprits.

Car les demêlés de Luther au ſujet des Indulgences étant ſurvenus ,
les Moines , pour qui cette nouvelle affaire étoit plus intereſſante que
l'autre , ne ſongerent plus qu'à s'accommoder avec *Reuchlin* , qui étoit
alors dans une fâcheuſe ſituation.

Ulric Duc de *Wirtemberg* s'étant
emparé en 1519. de la ville de *Reut-
lingen* ſous un pretexte aſſez frivole,
la ligue de Suabe prit le parti de cette ville , & attaqua , ſous la conduite de *Guillaume* Duc de Baviere , ce
Prince , qu'elle dépoüilla de ſes E-
tats. *Reuchlin* auroit perdu la liberté
& tous ſes biens , en cette occaſion ,
ſi le Duc *Guillaume* n'avoit eu de la
conſideration pour lui. Il ſe contenta de l'emmener à *Ingolſtadt* , où il
l'engagea à enſeigner les langues
Gréque & Hebraïque. Quoiqu'il eût
attaché des gages à cet employ,

Reuchlin se vit dans un état de di-
sette, qui lui fit former dans quelques unes de ses Lettres des plaintes
très-vives & très-ameres contre le
Duc Ulric, qu'on n'auroit pas atten-
dues d'un homme aussi sage que lui.

Il étoit dans cette ville, en 1520.
lorsque deux Jacobins vinrent le
trouver de la part de leur Ordre, &
lui presenterent des conditions d'accommodement. *Reuchlin* les renvoya à un Seigneur, nommé *François de Sickingen*, à qui il avoit remis
ses interêts, & avec qui les Jacobins
traiterent. Il convinrent de payer
tous les frais des procedures, & s'engagerent à obtenir de Rome la sup-
pression du procès, & une justification entiere de *Reuchlin* & de son livre.

La peste étant quelque temps après
survenue dans la Baviere, il songea
à retourner dans la Suabe, où les
Magistrats de *Tubinge* l'engagerent à
venir dans leur ville enseigner la
langue Gréque. Mais il ne remplit
pas long-temps ce nouveau poste :
car ayant été attaqué de la Jaunisse,
il se fit transporter à *Stutgarde*, où
il

Il mourut le 30 Juin 1522. dans ſa 67 année, ſans laiſſer d'enfans.

Il legua au College de *Pforzheim*, ſa Bibliotheque, qui étoit enrichie de pluſieuts Manuſcrits Grecs & Hebreux.

Reuchlin étoit, ſans contredit, un des plus Savans hommes de ſon temps. Il eſt un des premiers d'entre les Chrétiens, qui ſe ſoit donné la peine d'approfondir les Myſteres Cabbaliſtiques des Juifs, & il faut avouer qu'à l'exemple de *Jean Pic de la Mirandole* qui s'étoit appliqué à la même choſe avant lui, il a donné avec trop de confiance & de credulité dans les Viſions de cette Science prétendue. Elle ne lui corrompit pas cependant l'eſprit; car il avoit du goût pour les belles choſes. Il avoit remarqué ce qu'il y avoit de plus curieux & de plus beau dans les Philoſophes & les Orateurs Grecs. Il ſavoit le Grec à fond, & parloit Latin avec beaucoup de pureté & d'élegance. Pour ce qui eſt de la langue Hebraïque, il eſt le premier des Chrétiens qui l'ait réduit en Art. Enfin l'Allemagne n'avoit de ſon

Tome XXV. N

temps, que lui feul, qu'elle pût oppofer aux favans d'Italie, à qui il ne cedoit en rien pour la beauté du ftile, mais qu'il furpaffoit de beaucoup en érudition.

Catalogue de fes Ouvrages.

1. *Breviloquus, id eft, Dictionarium fingulas voces Latinas breviter explicans per ordinem alphabeti. Bafilea. Amorbachius* 1480. *in-fol.* Reuchlin n'a pas mis fon nom à ce livre, à la tête duquel on voit les opufcules fuivans. *Guarini Veronenfis de Diphtongis fcribendis per ordinem Syllabarum. Dialogus de arte punctandi. De accentu.* Comme il n'avoit point encore paru de Dictionnaire femblable, celui ci fut d'abord très-recherché, mais il a ceffé de l'être, quand on en a eu de meilleurs.

2. *R. Jofephi Efopei Canticum, dictum : Catinus argenteus, continens fententias morales, in Latinum per Joan. Reuchlinum tranflatum. Tubingæ. Thomas Anfhelmus* 1512. *in-4°.* Cet Ouvrage, que *Reuchlin* a traduit de l'Hebreu, l'a été auffi par *Mercerus,* dont la verfion Latine a été imprimée à *Paris* en 1561. *in-8°.*

3. *Scenica Progymnasmata; hoc eft J. Reuch-ludicra præexercitamenta* 1498. *in-4°. LIN.* C'eft une Comedie en vers Iambes compofée de cinq actes, que *Reuch-lin* fit reprefenter cette année à *Hei-delberg* par fes difciples dans le Pa-lais de *Jean Camerarius Dalburg*, qui fit des prefens à tous les Acteurs. C'eft la premiere piece femblable, qui ait été reprefentée en Allemagne. Elle a été réimprimée depuis. *Mo-nafterii* 1509. *in-4°.* It. *cum explana-tione Jacobi Spigelii. Tubingæ Thomas Anshelmus* 1512. *in-4°.* It. *Lipfiæ. Jac. Thanner* 1514. *in-4°.* It. *Ibid. Val. Schumann.* 1515. *in-4°.* It. *Tu-binga. Thom. Anshelmus* 1516. *in-4°.* It. avec la piece fuivante : *Coloniæ* 1537. *in-8°.*

4. *Sergius, five Capitis Caput, Co-mœdia, cum Commentario Georgi Sim-leri. Phorzhemii. Thomas Anshelmus* 1507. *in-4°.* It. fans Commentaire. *Lipfia* 1521. *in-4°.* It. avec la pré-cedente. *Coloniæ* 1537. *in-8°.* C'eft une Satire fort vive contre un Moi-ne, qui l'avoit fait chaffer de la Sua-be après la mort du Duc *Eberhard*; l'Evêque de *Wormes* à qui il la com-

N ij

J. Reuch-muniqua , ne jugea pas à propos
LIN. qu'elle fût repréſentée, parce qu'elle
auroit pû choquer un Moine Fran-
ciſcain , qui dominoit à la Cour de
l'Electeur Palatin.

5. *Joannis Reuchlini , Comitis Pa-*
latini Laterani , Sicambrorum Legi-
ſtæ , & Sueviæ Triumviri Rudimenta
Hebraica. Phorcæ. Thomas Anſhelmus
1506. in-fol. C'eſt une Grammaire &
un Dictionnaire de la langue Hebraïque , à la tête deſquels eſt une
Lettre de *Reuchlin* à ſon frere *Denys*,
qui contient pluſieurs particularités
de ſa vie. Comme c'eſt le premier
Ouvrage de ce genre , qui ait paru
en Latin , il n'eſt pas étonnant qu'il
ne ſoit pas parfait , & qu'il y ait pluſieurs défauts. *Sebaſtien Munſter* , en
a donné une nouvelle édition augmentée & corrigée ſous ce titre:
Joannis Reuchlin , Phorcenſis , primi
Græcæ , & S. Hebraïcæ linguæ , adeo-
que meliorum litterarum omnium in Ger-
mania autoris , in Galliis vero & Ita-
lia vindicis , Lexicon Hebraicum , &
in Hebræorum Grammaticen Commen-
tarii , quibus ea , quæ requiri utiliter
que addi poſſe videbantur , ex Elia

longe utiliffimis Inftitutionibus accre- J.REUCH-
verunt. Lexico quoque præter complu- LIN.
res fcripturæ locos, qui citantur, He-
braicos factos, ingens acceffit dictionum
numerus. Ita lucubrationes à Capnione
feliciffime cœptæ, non minus feliciter
Dei Opt. Max. ope, Sebaftiani Mun-
fteri opera, & non levibus vigiliis ab-
folutæ funt. Bafileæ apud Henricum Pe-
trum 1573. in-fol.

6. *De Accentibus & Ortographiæ
lingua Hebraicæ libri tres, Cardinali
Adriano dicati. Haganoæ. Thomas
Anshelmus 1518. in-fol.* It. *Apud Ba-
dium 1518. in-*4°.

7. *Septem Pfalmi Pœnitentiales He-
braice, cum Grammaticali tralatione
Latina de verbo ad verbum & fuper
eifdem Commentarioli. Tubingæ 1512.
in-*8°. It. *Wittebergæ 1529. in-*8°.

8. *Liber Congeftorum de arte Prædi-
eandi. Phorcæ. Thomas Anshelmus* 1504.
*in-*4°. It. *Bafileæ* 1540. Avec quelques autres Ouvrages de differens
Auteurs fur le même fujet. Il compofa cet Ouvrage dans le Couvent
de *Denkendorf*, comme je l'ai dit ci-
deffus.

9. *S. Athanafii liber de variis*

N iij

J. REUCH- *quæstionibus. Latine, cum Annotatio-*
LIN. *nibus. Hagenoæ* 1519. *in-*4°. It. dans
une édition Latine des Oeuvres de
ce Père faite à *Strasbourg* en 1522.
in-fol.

10. *S. Athanasius in librum Psal-
morum à Joanne Reuchlin nuper inte-
gre translatus. Tubingæ. Thomas Anshelmus* 1515. *in-*4°.

11. *Oratio de Palatini Electoris &
Nobilissimæ familiæ Ducum Bavariæ
reverentia erga Ecclesiam, coram Pontifice habita.* Ce discours prononcé
en 1498. fut d'abord imprimé par
Alde Manuce. On le trouve à la p.
195. de la vie de *Reuchlin* par *Jean-
Henri Maius.*

12. Les *Amerbach*, Imprimeurs
de *Basle*, ayant fait en 1516. une nouvelle édition des Oeuvres de *S. Je-
rome*, *Reuchlin* eut soin de diriger
l'impression de l'Hebreu, qui se
trouve dans ce Pere.

13. *Miroir Oculaire de Jean Reuchlin contre un libelle faux & diffama-
toire, nouvellement publié par un Juif
baptisé, nommé Pfefferkorn.* (en Allemand) *Tubinge. Thomas Anselme.*
1511. *in-*4°. Il y a joint son Avis sur

les livres des Juifs, qu'il avoit en- J. REUCH-
voyé à l'Archevêque de *Mayence*, & LIN.
qui donna occaſion à la cruelle guerre que les Moines lui firent. Il eſt à
propos de parler ici un peu en détail des Ouvrages qui parurent à ce
ſujet.

Pfefferkorn n'eut pas plutôt renoncé au Judaïſme, pour embraſſer la
Religion Chrétienne, que ſuivant
la coûtume aſſez ordinaire des Pro-
ſélytes, il ſe declara l'ennemi mortel de ſes anciens freres. Il publia
d'abord contre eux trois Ouvrages,
dont voici les titres.

*In hoc libello comparatur abſoluta
explicatio, quomodo cæci illi Judæi
ſuum Paſcha ſervent, & maxime quo
ritu paſchalem illam cænam manducent.
Exprimitur præterea Judæos eſſe hæreticos & deſertores veritatis, & oppug-
natores Veteris Teſtamenti; quamobrem
judicii rei ſunt ſecundum legem Moyſi.
Coloniæ 1509.*

*Hoſtis Judæorum hic liber inſcribi-
tur, qui declarat nequitias eorum cir-
ca uſuras & dolos etiam varios, qui
in hunc uſque diem noti Chriſtianis non
fuerunt. Habet etiam in ſe Hebraicas*

N iiij

J.Reuch-
lin.

fententias ut cæci & maledicti Judæi tanto apertius vel ex fuis fcripturis confundantur. Coloniæ 1509.

In laudem & honorem Ill. Maxi-mique Principis & Dom. Maximiliani D. G. Romanorum Imperatoris &c. Liber Divifus in fex & decem Capita. Coloniæ 1510. Ce dernier Ouvrage roule fur les livres des Juifs. L'Auteur prétend y prouver qu'il faut les fupprimer, il rapporte enfuite l'Edit de l'Empereur donné à *Paffau* fur ce fujet; enfin il donne le détail de ce qu'il a fait en confequence.

Il attaqua enfuite l'avis de *Reuchlin*, qu'il avoit intercepté, avant qu'il fût parvenu à l'Empereur, pour qui il avoit été écrit, & publia un Ouvrage Allemand fous ce titre.

Miroir Manuel contre les Juif & le Thalmud. Cologne 1511. *Reuchlin* étoit trop maltraité dans cet Ouvrage pour qu'il n'y repondît pas; il y oppofa auffitôt fon *Manuel Oculaire*, où il prétendit convaincre *Pfefferkorn* de 34 menfonges ou impoftures. Ce livre ne demeura pas long-

temps fans replique. *Arnaud de Ton-* J. REUCH
gres fe propofa de le réfuter dans les LIN.
Traités fuivants qui parurent en même temps.

Articuli five propofitiones de Judai-
co favore nimis fufpectæ, ex libello
Teutonico D. Joan. Reuchlin, Legum
Doctoris, cui fpeculi Ocularis titulus
infcriptus eft, extractæ, cum annota-
tionibus & improbationibus venerabi-
lis auzelofi viri Magiftri noftri Arnol-
di de Tungeri, Artium & Sacræ Theo-
logiæ Profefforis profundiffimi. Alpha-
beta ejufdem Sacræ Theologiæ Profeffo-
ris in Maledicos Judæos & Thalmud.
Refponfiones ad argumenta quinqua-
ginta, quibus dictus Legum Doctor in
fuprafato fpeculo vifus eft Judæis fuum
Thalmud falvare voluiffe, diverfis
fcripturæ & Sacrorum Doctorum auto-
ritatibus roboratæ. Coloniæ 1512. *in-*
4°. Avec des vers *d'Ortwinus Gra-*
tius, Profeffeur en Eloquence & en
Poëfie à *Cologne*, contre le *Miroir*
Oculaire, à la tête.

Je ne crois pas que le *Miroir Ocu-*
laire ait jamais été imprimé en Latin. *Reuchlin* en avoit fait cependant
lui-même une verfion Latine, qu'il

J. REUCH- avoit envoyée Manuscrite aux Doc-
LIN. teurs de *Paris* avec une lettre , pour
prévenir la Censure qu'ils songeoient
à faire de son livre , & qu'ils firent
effectivement le 2ᵉ Août 1514. comme on peut le voir dans les Lettres
choisies de M. *Simon* tom. 1. p. 268.
Il s'en fit deux autres par ordre du
Pape la même année , pour mettre
les Juges qu'il avoit commis à l'affaire de ce livre , en état d'en juger ; l'une par les soins d'*Hochstrate* , qui fut rejettée comme fautive
& alterée , & l'autre par *Martin
Groningus* de *Breme* , que *Reuchlin*
en avoit chargé , qui fut trouvée
exacte & fidelle , & admise en cette
qualité.

14. *Declaration nette du sentiment
de Jean Reuchlin sur les livres des
Juifs.* (en Allemand) 1512. *in-*4°. C'est
une traduction de son Avis écrit originairement en Latin.

15. *Defensio Joannis Reuchlini contra Calumniatores suos Colonienses. in-*
4°. C'est une réponse à l'Ouvrage
d'*Arnaud de Tongres* , qu'il dedia à
l'Empereur *Maximilien. Erasme* y
trouva deux défauts. Le 1ʳ. est qu'il

y a trop de lieux communs; le 2ᵉ que J. REUCH-
le ſtile en eſt trop cauſtique & trop LIN.
rempli d'injures. Quelque temps
après on publia les Jugemens des
Univerſités de *Louvain*, d'*Erphord*,
de *Mayence* & de *Paris* avec quelques autres pieces ſous cé titre :

> *Hoc in Opuſculo contra ſpeculum*
> *Oculare Joannis Reuchlin, Phorcenſis,*
> *hæc in fidei & Eccleſiæ tuitionem con-*
> *tinentur : Pronotamenta Ortwini Gra-*
> *tii liberalium diſciplinarum Profeſſoris*
> *citra omnem malevolentiam cunctis*
> *Chriſti fidelibus dedicata. Hiſtorica &*
> *vera narratio juridici proceſſus habiti*
> *in Moguntia contra libellum ejuſdem*
> *hæreticas ſapientem pravitates. Deci-*
> *ſiones quatuor Univerſitatum de ſpecu-*
> *lo ejuſdem Oculari ab Eccleſia Dei*
> *tollendo. Hæretici ex eodem libello Ar-*
> *ticuli, & Chriſtiani omnes male eum*
> *ſcripſiſſe luce clarius dijudicent. Colo-*
> *niæ* 1514. *in*-4°.

16. Il a eu part aux *Epiſtolæ obſcu-*
rorum Virorum, qui ont été écrites
contre les Théologiens de *Cologne*.
On peut voir le detail de ce qui con-
cerne cet Ouvrage dans l'article
d'*Ulric de Hutten*. Tome 15. *de ces*
Memoires p. 271.

J. REUCHLIN. 17. *De Verbo Mirifico liber.* Imprimé d'abord en Allemagne, ensuite à *Lyon* 1522. *in-*16. & dans le Récueil intitulé : *Artis Cabalistica Scriptores. Basilea* 1587. *in fol. Reuchlin* s'est proposé dans cet Ouvrage, qui est divisé en trois livres, de rechercher tous les Mysteres cachés sous le nom de *Jesus* par le moyen de la Cabale Juive, ce qu'il fait particulierement dans le dernier livre, après avoir dans les deux premiers examiné les secrets de l'ancienne Philosophie & les Mysteres Cabbalistiques des Juifs. Il y a bien de l'érudition dans cet Ouvrage, mais peu de solidité en bien des choses.

18. *De Arte Cabalistica : id est, de divina revelationis, ad salutiferam Dei & formarum separatarum contemplationem traditæ, Symbolica receptione libri tres. Hagenoæ* 1517. *in-fol.* It. Parmi les *Artis Cabalisticæ Scriptores.* Ce qu'il y a de plus considerable dans cet Ouvrage de *Reuchlin,* c'est que dans la vûe qu'il avoit de comparer l'Art Cabalistique avec l'ancienne Philosophie des Pythagoriciens, il y cite plusieurs Ecrivains

Grecs, comme *Pythagore*, *Orphée*, J. REUCH-
Platon, *Epimenide*, *Hefiode* &c. en- LIN.
forte que dans le 2e livre il eft plus
Grec que Rabbin. Tout fon but eft
d'y faire voir un parfait accord entre les Philofophes Pythagoriciens
& les Cabbaliftes. Le livre eft dedié
au Pape *Leon X. Hochftrate* qui ne
fongeoit qu'à le harceler, ne l'eut
pas plûtôt vû, que quoique la matiere en fût au-deffus de fa portée,
il entreprit de le combattre dans un
Ouvrage qu'il intitula ; *Deftruction
Cabalæ, feu Cabaliftica perfidiæ ab
Joanne Reuchlin Capnione jam pri-
dem in lucem editæ, S. D. N. Leoni
Papæ X. per R. P. Jacobum Hochftraten dicata. Opus novum. Coloniæ* 1518.
in-4°. D'ailleurs comme il avoit paru une défenfe de Reuchlin fous ce
titre: *Defenfio Joan. Reuchlin, à Georgio Benigno Nazareno Archiepifco Romæ emiffa, & edita ab Hermanno Nue-
rario* 1517. *in*-4°. *Hochftrate* prétendit la refuter dans deux réponfes
qu'il intitula, la 1e. *Ad fanctiffimum
D. N. Leonem Papam X. ac D. Ma-
ximilianum Imp. Apologia R. P. Jacobi Hochftraten, contra Dialogum*

*Georgio Benigno Archiepisco Nazare-
no in causa Joannis Reuchlin adscrip-
tum, pluribusque erroribus scatentem,
& hic de verbo ad verbum fideliter im-
pressum, in qua quidem Apologia In-
quisitor ipse multis occasionibus jam de-
mum coactus, tum Catholicam veritatem, tum Theologorum honorem per so-
lidas scripturas verissime tuetur. Coloniæ* 1518. *in*-4°. La 2ᵉ. *Ad. Rev. D.
Joannem Ingerwinkel, Sacrosanctæ se-
dis Apostolicæ Protonotarium, Præposi-
tum quoque Xantensem & Apostolica-
rum concessionum Censorem, Colonien-
sisque Ecclesiæ Archidiaconum, Apologia secunda R. P. Jacobi Hochstra-
ten, contra defensionem quandam in favorem Joannis Reuchlin novissime in
lucem editam. Coloniæ* 1518. *in*-4°.

Plusieurs Savans prirent la défense de *Reuchlin*, entre autres *Pierre
Galatin*, qui publia un Ouvrage
dans le goût du sien sous ce titre:
De Arcanis Catholicæ veritatis libri
XII. *quibus plæraque Religionis Christianæ Capita contra Judæos ex scrip-
turis authenticis Vet. Testamenti, & ex
Talmudicis Commentariis confirmantur
& illustrantur.* Ce livre imprimé pour

la premiere fois en 1518. l'a été plufieurs fois depuis avec les deux Ouvrages de *Reuchlin, de Verbo Minifi-
co, & de Arte Cabaliftica.*

19. Dans un livre intitulé : *Clarorum virorum Epiftolæ Latinæ, Græcæ,
& Hebraicæ variis temporibus miffæ ad
Joannem Reuchlinum. Hagenoæ* 1514.
& 1519. *in-*4°. It. *Tiguri* 1558. *in-*8°.
il y a fept Lettres de *Reuchlin,* qui
renferment quelques particularités
de fa façon *Ad Joannem Lycaum vul-
go ex Lupis de Hermansgriin.* On y a
joint à la fin les lettres de Licentié
en Droit, qui lui furent données à
Poitiers le 14 Juin 1481. & les Lettres de Nobleffe que l'Empereur *Frederic* lui accorda à *Lintz* le 24 Octobre 1492. *Jean-Henri Maius* a fait
entrer ces deux pieces dans la vie de
Reuchlin, la premiere à la page 166.
& la feconde à la p. 173.

20. *Thomas Anfelme,* Imprimeur
d'*Haguenau* ayant publié en 1522.
quelques Oraifons d'*Efchines* & de
Demofthene, à la priere de *Reuchlin,*
qui vouloit les expliquer à fes Difciples, mit à la tête la longue Lettre
que ce favant homme lui avoit écrite

J. REUCH-
LIN.

à ce sujet. *Maius* l'a inferée à la p.
516. de sa vie de *Reuchlin*. Elle est
datée du 13 Janvier 1522.

21. *Reuchlin* a mis une longue &
savante Preface à la tête de *Joannis
Naucleri Chronica*. Je l'ai vûe dans
une édition de cette Chronique faite
à *Cologne* en 1544. *in-fol*. Mais elle
doit aussi avoir été mise dans les
éditions precedentes, & apparemment dans la premiere, qui est de
l'an 1500.

22. *Dialogus an Judæorum Thalmud
sit supprimendum. Coloniæ* 1518. *in-*4°.
Je ne connois cet Ouvrage que par
quelques Catalogues de Bibliotheques, où il se trouve.

Plusieurs Auteurs ont écrit la vie
de *Reuchlin. George Pfluger* en a donné un abregé fort superficiel, aussi
bien que de celles de *Frischlin*, de
Rodolphe Agricola, & d'*Erasme*, dans
un livre Latin, qui a été imprimé à
Strasbourg en 1601. *in-*8°. *Philippe
Melanchton*, qui avoit été son Disci-
ple, a fait un discours, où l'on trouve un précis de sa vie, & qui se voit
parmi ses Declamations choisies;
tom. 3. *Melchior Adam* l'a inseré
dans

dans ſes *Vitæ Germanorum Philoſo-* J. REUCH-
phorum. p. 17. Mais tout cela eſt fort LIN.
imparfait en comparaiſon de l'Ouvrage de *Jean-Henri Maius*, qui a
paru ſous ce titre : *Vita Joh. Reuchlini Phorcenſis, primi in Germania He-
braicarum, Græcarumque & aliarum
bonarum litterarum inſtauratoris ; in
qua multa ac varia ad Hiſtoriam ſu-
perioris ſæculi, cum Sacram, tum pro-
fanam, remque literariam ſpectantia
memorantur, ſuccincte deſcripta. Francofurti* 1687. *in* 8°. L'Auteur y a ra-
maſſé bien des choſes curieuſes ſur
Reuchlin ; mais il n'a pas eu ſoin de
les mettre en ordre comme il falloit, & de les expliquer d'une maniere nette. Son livre eſt un vrai
cahos, où les digreſſions font continuellement perdre de vûe celui
qui eſt le principal ſujet de ſon livre ; d'ailleurs il a trop negligé de
nous inſtruire des éditions des Ouvrages de *Reuchlin,* & des lieux, des
temps, & de la forme dans laquelle
ils ont été publiés ; il en a même
oublié quelques-uns. J'ajoute qu'il
ſe contredit en quelques occaſions.
V. *La Bibliotheque de Geſner & ſes*

J. REUCH- *Abregés.* Je suis surpris que ce qu'on
LIN. y trouve de *Reuchlin* soit si leger &
si imparfait, l'Auteur étant voisin
du temps de *Reuchlin*, & ainsi en
état de nous instruire mieux de ce
qui regardoit ses Ouvrages. *Joh.*
Trithemius de Scriptoribus Ecclesiasti-
cis. *Gesner* a copié tout ce qu'il en
dit. *Henrici Wharton Appendix ad*
Historiam litterariam Guil. Cave.

JEAN GALBERT DE CAM-
PISTRON.

J. G. DE **J**EAN *Galbert de Campistron* na-
CAMPI- quit à *Toulouse* l'an 1656. d'une
STRON. bonne & ancienne famille, qui a été
souvent honorée du Capitoulat.

Il fit toutes ses études dans cette
ville, & se sentant du goût pour la
Poësie, il s'appliqua à cet Art pre-
ferablement à tout autre.

Les remontrances frequentes, qu'il
s'attira au sujet d'une inclination,
dont sa famille apprehendoit les sui-
tes, le porterent à quitter de bonne
heure sa patrie, pour venir à *Paris*,
où il esperoit d'ailleurs perfection-

ner son goût pour la Poësie. Il y eut J. G. DE
en effet bientôt fait connoissance CAMPI-
avec les fameux Poëtes, qui y vi- STRON.
voient alors, & qui l'aiderent de
leurs Conseils.

La Tragedie de *Virginie*, qu'il
composa quelque temps après, &
qui eut quelque succès, le fit connoître d'une maniere avantageuse.
Il lia par-là amitié avec *Raisin* le
Comedien, chez qui il demeura
quelques années, pendant lesquel-
les il se vit en societé avec plusieurs
personnes d'esprit, qui se faisoient
un plaisir de voir *Raisin*; homme
d'un caractere enjoué & aimable.

La réputation qu'il aquit alors par
ses pieces de Théatre ne le rendoit
pas plus riche, & il demeura dans
un état peu aisé, jusqu'à ce qu'il fût
assez heureux pour avoir accès auprès de M. le Duc de *Vendôme*. Ce
fut M. *Racine*, à qui *Campistron* étoit
lié particulierement, qui le produisit auprès de lui.

Ce Prince avoit prié *Racine* de se
charger des vers qu'il vouloit mêler
dans la fête, qu'il faisoit preparer en
1686. à *Anet* pour M. le Dauphin;

mais *Racine* s'en étant excuſé, luï offrit *Campiſtron*, comme l'homme le plus capable de répondre à ſes intentions. Le ſuccès répondit aux eſperances que *Racine* avoit fait concevoir de lui, & l'Opera d'*Acis* & de *Galatée*, qu'il compoſa pour cette fête, en fit le principal ornement.

M. de *Vendôme* fut ſi ſatisfait de ſa piece, & ſi touché de la generoſité avec laquelle il refuſa une ſomme conſiderable qu'il lui offrit, qu'il le prit chez luï, lui donna peu à peu toute ſa confiance, & ſe l'attacha pour toûjours en lui conferant quelque temps après la charge de Secretaire Géneral des Galeres.

Campiſtron témoigna dans cet emploi un déſintereſſement parfait, negligeant les profits les plus conſiderables, qu'il auroit pû faire même legitimement : ſa négligence à répondre aux Lettres qu'on lui écrivoit, eſt la ſeule choſe qu'on lui ait pû reprocher, & M. *Palaprat* nous apprend dans ſon *diſcours ſur la Comedie de l'Important*, que *Campiſtron* avoit là-deſſus une réputation ſi bien établie, qu'un jour qu'il brû-

loit un tas considerable de lettres, J. G. DE
M. de *Vendôme*, qui lui voyoit faire CAMPI-
cette expedition, dit à ceux qui se STRON.
trouverent presens : *le voilà tout occu-*
pé à faire ses reponses. M. *Palaprat*
remarque au même endroit, que
son caractere étoit presque indéchif-
frable.

Quoique *Campistron* fût plûtôt auprès de M. de *Vendôme* pour parta-
ger ses plaisirs, que pour avoir soin
de ses affaires, on peut dire cependant qu'il l'a utilement servi. Ce
Prince, qui se faisoit un plaisir de
combler de biens ceux qui lui é-
toient attachés, n'est pas demeuré
en reste avec lui. Outre le Marquisat
de *Penango* dans le Montferrat, il
lui procura en Espagne la Comman-
derie de *Chimenes*, de l'ordre Militaire de S. Jacques ; & il y a lieu de
croire qu'il en eût reçu encore de
plus grands bienfaits, si dans le
temps qu'il avoit le plus droit de les
esperer, il n'avoit pas demandé à se
retirer dans sa patrie. M. de *Vendôme*
fit ce qu'il put pour le retenir, mais
inutilement, & *Campistron* partit
malgré lui. Ce Prince fut fort piqué

J. G. DE de cette retraite, & accusa *Campi-*
CAMPI- *ftron* d'ingratitude; mais celui-ci
STRON. n'étoit peût-être pas auffi coupable
que l'on pourroit fe l'imaginer. Les
parties de plaifir continuelles dans
lefquelles il étoit obligé d'accompagner M. de *Vendôme* avoient al-
teré confidérablement fa fanté, & il
n'étoit plus en état de continuer fans
danger le genre de vie qu'il avoit
mené jufques là.

Il fe rendit donc à *Touloufe*, où
il fit au mois de Novembre 1710.
une des plus illuftres alliances qu'il
y pouvoit faire, en époufant Made-
moifelle de *Cafaubon de Maniban*,
d'une des plus confidérables familles
du pays.

Il étoit de l'Academie des Jeux
Floraux de *Touloufe*, & fut en 1701.
Capitoul de cette ville. Son merite
lui procura une entrée à l'Academie
Françoife, où il fut reçu à la place de
M. *de Segrais* le 16 Juin de la même
année 1701. Le choix qu'on fit de
lui en cette occafion, lui fut d'autant plus honorable, que cette Compagnie venoit de prendre une refo-
lution contraire à la maxime qu'elle

avoit religieufement obfervée juf- J. G. DE
ques-là, de ne recevoir perfon- CAMPI-
ne qui ne l'eût auparavant deman- STRON.
dé.

Campiftron mena à *Touloufe* une
vie tranquille & paifible, cheri &
recherché par les perfonnes les plus
diftinguées.

Le 11 May 1723. l'Archevêque
de *Touloufe* l'ayant mené dîner à
Balma, fa maifon de plaifance, &
l'ayant ramené le foir, *Campiftron*
voulut prendre des porteurs de chai-
fe fur la place de *S. Etienne*, pour
s'en retourner chez lui. Mais comme ils faifoient quelque difficulté de
le porter à caufe de fa pefanteur &
de l'éloignement de fa maifon, il
fe mit en colere, & leur donna quelques coups de canne; cette colere
jointe à la repletion que lui caufoit
le grand répas qu'il avoit fait chez
l'Archevêque, le fit auffitôt après
tomber en Apoplexie. On le porta
chez un Chirurgien qui le faigna,
& de la chez lui, où il mourut quelques heures après, & le même jour.
Il étoit alors âgé de 67 ans.

J. G. DE   Catalogue de ses Ouvrages.

CAMPI-   1. *Discours prononcé à sa réception*
STRON.   *à l'Academie Françoise. Paris* 1701.
in-4°. It. dans les Recueils de cette
Académie.

2. *Virginie , Tragedie.* C'est sa premiere piece.

3. *Arminius , Tragedie.*

4. *Andronic , Tragedie.* C'est sa
plus belle piece , & elle eut un succès si prodigieux , que les Come-
diens après avoir fait payer le double aux vingt premieres representa-
tions , l'ayant remise au simple ,
furent obligés par la multitude des
spectateurs de la remettre de nouveau au double , principalement
pour se ménager de la place sur le
Théatre pour les Acteurs.

5. *Alcibiade , Tragedie.* Cette piece a ses partisans , & il faut avouer
qu'il y a des vers admirables & des
pensées nobles ; mais les caracteres
n'y sont pas si bien soûtenus que
dans l'*Andronic.* Un Anonyme a publié dans le *Mercure* du mois de
Juin 1721. *que l'Alcibiade n'étoit autre chose , que le Themistocle de Du
Ryer , non seulement pour la conduite
totale ;*

totale, mais même pour quantité de
vers copiés tout de ſuite. Mais *Campi-*
ſtron a trouvé un défenſeur dans la
perſonne de M. *Gourdon de Bach*,
de *Toulouſe*, qui dans une Lettre inſerée dans le 7ᵉ volume de la *Biblio-*
theque Françoiſe, p. 20. aſſure que
l'*Alcibiade* & le *Themiſtocle* ne ſe
reſſemblent en preſque aucune de
leurs parties, & qu'il n'y a qu'un
ſeul trait dans la premiere de ces
pieces qui ſoit imité de l'autre.

6. *Phocion*, *Tragedie*.

7. *Adrien*, *Tragedie*.

8. *Tiridate*, *Tragedie*. Cette piece
eſt auſſi une de ſes meilleures. Ce
ſont-là les ſept Tragedies, qu'on a de
lui ; elles ont d'abord été imprimées
ſéparément, & on les a enſuite réu-
nies, comme je le dirai plus bas.

9. *Le Jaloux deſabuſé*, Comedie
en vers, & en cinq Actes.

10. *Acis & Galatée*, Paſtorale heroïque miſe en Muſique par *Lully*.
1687.

11. *Achille*, Tragedie miſe en Muſique par *Collaſſe* 1688. Cet Opera
ne réuſſit pas, ce qui donna occaſion à l'Epigramme ſuivante.

Tome XXV. P

J. G. DE CAMPISTRON.

Entre Campistron & Collasse
Grand debat s'emut au Parnasse
Sur ce que l'Opera n'eut pas un sort
  heureux.
De son mauvais succès nul ne se croit
  coupable ;
L'un dit que la Musique est plate &
  miserable,
L'autre que la conduite & les vers
  sont affreux :
Et le grand Apollon, toûjours juge
  equitable,
Trouve qu'ils ont raison tous deux.

12. *Alcide ou le Triomphe d'Hercule*, Tragedie mise en Musique par *Louis Lully & Marais* 1693. Cet Opera n'eut pas un succès plus heureux que le précedent, comme il paroît par ce badinage qui fut fait à son sujet.

A force de forger on devient for-
  geron,
Il n'en est pas ainsi du pauvre Cam-
  pistron ;
Au lieu d'avancer, il recule ;
Voyez Hercule.

13. Il s'eſt fait de ſon vivant huit éditions de ſes Oeuvres en France, celle de 1707. & les ſuivantes doivent être préferées aux précedentes, parce qu'elles ſont augmentées de la Comedie intitulée : *Le Jaloux deſa-buſé.* La huitiéme eſt de l'an 1715. en un ſeul volume , comme les autres. Il en a paru en Hollande une nouvelle plus ample ſous ce titre : *Oeuvres de M. de Campiſtron , de l'Academie Françoiſe. Nouvelle édition corrigée , & augmentée de pluſieurs pieces , qui ne ſe trouvent pas dans la derniere , qui a été faite à Paris en 1715.* Amſterdam 1722. *in*-12. deux vol. qui font en tout 498 pages. Les pieces ajoutées à cette édition ſont une Comedie en 5 Actes , & en proſe , intitulée : *l'Amante Amant ,* qui n'avoit pas encore vû le jour , & que l'Auteur même n'avoit pas voulu qu'on imprimât ; un diſcours prononcé aux Jeux Floraux de *Toulouſe,* & trois lettres en vers , la premiere à la Princeſſe *des Urſins ,* la ſeconde au Roi de Sicile , & la troiſiéme au Duc de *Vendôme.*

V. *Son Eloge dans la Bibliotheque*

P ij

J. G. DE CAMPI-STRON.

172 *Mém. pour servir à l'Hist.*
Françoise tom. 3. p. 46. & dans le
Parnasse François de M. Titon du Til-
let.

BAPTISTE GUARINI.

B. GUA-
RINI.

BAPTISTE *Guarini* naquit à *Fer-*
rare l'an 1537. de *François Gua-*
rini, arriere-petit-fils du fameux
Guarino Guarini de *Verone*, & d'Or-
solina, fille du Comte *Balthasar Mac-*
chiavelli, Gentilhomme de *Ferrare.*
Nous ne savons rien de ce qu'il
fit pendant sa jeunesse ; il paroît cependant par quelques-unes de ses
Poësies Manuscrites, qu'il étudia
quelque temps à *Pise*, quoiqu'il
reconnoisse dans l'Epître dédicatoire
de son Secretaire au Cardinal *Colon-*
na, qu'il étoit allé fort jeune à *Ro-*
me. Son nom se trouve aussi dans les
Registres de l'Université de *Padoue*,
(a) où l'on marque que le Recteur
s'interessant à ce qui le regardoit,
parce qu'il étudioit dans cette ville,
lui fit rendre par le Gouverneur de
Monselice, quelque chose qu'on lui

(a) *Tomasini Gymn. Patav. p. 274.*

envoyoit , & qui lui avoit été pris. B. GUA-
RINI.

Au reſte il eſt certain qu'il enſeigna pendant pluſieurs années la Morale d'*Ariſtote* dans le College de
Ferrare, qui étoit alors celebre , mais
on en ignore le temps.

On ſçait auſſi qu'il fut obligé de
plaider contre ſon pere , qui s'étoit
remarié à *Helene de Cipolli* de *Verone* , pour la ſucceſſion d'*Alphonſe
Guarini* ſon ayeul & d'*Alexandre
Guarini* ſon oncle. Mais *Hercule* ,
Duc de *Ferrare* , s'entremit pour les
accommoder , & leur fit terminer
leurs differends à l'amiable.

Baptiſte Guarini ſe maria enſuite ,
& épouſa *Thaddée* fille de *Nicolas
Bendedei* , & d'*Alexandra Roſſetti*
d'une bonne nobleſſe de *Ferrare*.

Il eſt aſſez difficile de marquer au
juſte par ordre tous les differens emplois dont il a été chargé , tant à
cauſe de leur diverſité , qu'à cauſe
du peu de ſoin que l'on a eu d'en
conſerver la mémoire.

Il fut d'abord envoyé par *Alphonſe II.* Duc de *Ferrare* en Ambaſſade
à *Veniſe* , & enſuite en Piémont où
il demeura cinq ans. Pendant le ſé-

jour qu'il fit à *Turin*, il profita de l'occafion des Nôces de *Charles* Duc de Savoye avec la Princeffe *Catherine* fœur de *Philippe III.* Roi d'Efpagne, pour prefenter à ce Prince fon *Paftor fido*, qui fut reprefenté alors pour la première fois en prefence de *Guarini* avec beaucoup de magnificence.

Il alla enfuite à *Rome* en 1571. complimenter de la part du Duc de *Ferrare* le Pape *Gregoire XIII.* fur fon élevation au Pontificat. Quelquesuns ont prétendu, mais fans aucun fondement, que ce Pontife fe fervît de lui en plufieurs affaires importantes.

Il fit à *Ferrare* un difcours à la loüange de l'Empereur *Maximilien,* & *de Louis* Cardinal d'*Efte*, dans les funerailles qu'on leur fit en cette ville.

Il paffa après cela en Allemagne, d'où après avoir vû l'Empereur, il alla en Pologne complimenter de la part de fon Prince *Henri de Valois* fur fon élection.

De retour en Italie, il fut fait Secretaire d'Etat, & Confeiller du Duc

de *Ferrare*, & il s'acquita de tous ces **B. Gua-**
emplois avec beaucoup d'integrité **rini,**
& de prudence.

Charles IX. Roi de France étant
mort le 30 May 1574. & *Henri de
Valois* ayant quitté le Thrône de Pologne, pour venir prendre poffeffion
de celui de France, *Alphonfe*, Duc
de *Ferrare*, envoya pour la feconde
fois en Pologne *Guarini* avec *Gua-
lengui*, pour briguer cette Couronne. Ses deputés fe conduifirent dans
cette affaire avec beaucoup d'adreffe,
mais divers obftacles empêcherent
qu'ils ne parvinffent au but de leurs
defirs.

Guarini fut attaqué d'une maladie
dangereufe pendant ce voyage, &
eut plufieurs défagrémens à effuyer à
Warfovie, comme il témoigne dans
une lettre du 25 Novembre 1575. à
fa femme, où il fe plaint de la malice de fes envieux. En effet il y avoit
à la Cour du Duc de *Ferrare*, plufieurs perfonnes, qui jaloux de fes
talens & de fon habileté, s'en fer-
voient pour lui faire tort, en le faifant éloigner de la Cour, & en lui
faifant confier les négociations les

B. GUA-
RINI.

plus épineuses, dans l'esperance que
leur mauvaise réussite pourroit à la
fin le perdre dans l'esprit de son Souverain. La crainte qu'il en avoit lui
rendoit ses voyages continuels désa-
gréables ; outre qu'ils le ruinoient,
quoiqu'il fût assez ménager pour lui-
même. Il y a apparence qu'il s'est
voulu depeindre dans la 1e Scéne du
5e Acte du *Pastor Fido*, sous la personne de *Carino*, dont le nom re-
vient assez au sien, & lui-même
nous le donne à présumer dans une
de ses lettres.

Enfin degoûté entierement de la
Cour, après y avoir demeuré seize
ans, il demanda en 1582. son congé
au Duc de *Ferrare*, sous prétexte de
ses procès, sans lesquels il n'a jamais été ; mais sa véritable raison,
comme il le dit dans une de ses Lettres, est qu'on n'en usoit pas à son
égard, comme ses services sembloient le mériter.

Depuis sa retraite, il passa l'hyver
à *Padoue*, & l'été dans sa maison de
Campagne, appellée *la Guarina*,
qui étoit dans la *Polesine de Rovigo*,
& dont le Duc *Borso* avoit fait pre-

ſent à *Baptiſte Guarini* ſon biſayeul , B. Gua-
en conſideration des ſervices qu'il rini.
lui avoit rendus en France , où il
avoit été ſon Envoyé. Il y avoit fait
conſtruire un bâtiment fort propre
& fort commode , auquel il avoit
fait mettre cette inſcription.

Auſpice Deo Opt. Max. ſub juſtiſſi-
mo ac fæliciſſimo Reip. Venetæ imperio,
ſedente Nicolao Ponte Princ. Ser. ac
Sapientiſſ. Baptiſta Guarinus Junior à
fundamentis erexit , Anno 1581.

Mais ſa retraite ne fut pas longue , car trois ans après , *Alphonſe*
Duc de *Ferrare* le rappella à ſa Cour,
& l'attacha de nouveau à ſon ſervice , en lui rendant la Charge de Secretaire d'Etat. Il fut depuis employé en diverſes négotiations en
Ombrie , à *Milan* , & ailleurs. Ces
voyages lui déplurent bientôt , comme ils avoient fait autrefois , & à ces
degoûts ſe joignirent quelques chagrins domeſtiques.

Alexandre Guarini , ſon fils aîné,
qui avoit épouſé une riche héritiere ,
nommée *Virginie Palmiroli* , Niece du
Cardinal *Canani* , fatigué de la dé-
pendance où il vivoit à l'égard de

B. GUA-son pere, chez qui il demeuroit, &
RINI. rebuté de ses manieres hautes & im-
perieuses, prit dans ce temps-là le
parti de se retirer de chez lui, avec
sa femme, pour vivre en leur particulier. Cette sortie piqua vivement
Batiste Guarini, qui fit aussitôt saisir
leurs revenus, sous prétexte de quelques sommes qu'ils lui devoient
pour des habits & des frais de Nôces. Son fils, après avoir été neuf
mois dans cet état, fut à la fin obligé d'y chercher un rémede, & s'a-
dressa au Duc de *Ferrare*, qu'il con-
jura de les tirer de la fâcheuse situation où ils se trouvoient. Ce Prince
commit aussitôt *Crispo*, son principal Conseiller de justice, à l'examen
de cette affaire, & ce Magistrat donna
sur le champ à *Alexandre Guarini*
main-levée de la saisie, sans pourvoir au payement de ce que son pere
prétendoit lui être dû.

Baptiste Guarini plus piqué encore
qu'auparavant, crut voir dans cette
conduite que le Duc ne se soucioit
pas de le ménager, & lui écrivit une
lettre, où se plaignant d'une maniere respectueuse, mais vive, des

Ehagrins qu'on lui avoit caufé à fa
Cour, & particulierement au fujet
de cette derniere affaire, il lui demanda fon Congé. Le Duc le lui accorda, & le vit partir avec quelque reffentiment du peu de cas qu'il
fembloit avoir fait de fa faveur.

Guarini quitta le fervice du Duc
de *Ferrare* en 1588. & paffa à celui
du Duc de Savoye. Il y fut d'abord
fort employé: mais il y demeura
peu de temps; apparemment parce
que le Duc de *Ferrare*, qui ne vouloit pas que fes fujets ferviffent d'autres Princes, s'entremit pour l'en
faire fortir, comme il fit encore dans
la fuite en d'autres occafions.

Il fe retira enfuite à *Padoue*, où
il eut le chagrin de perdre fa femme
le 25 Decembre 1590. Cette perte
lui infpira des penfées bien differentes de celles qu'il avoit eues jufques-là, & on préfume par fes lettres qu'il avoit deffein d'aller à Rome, & d'embraffer l'état Ecclefiaftique. Il en fut cependant detourné
par l'honneur que le Duc de *Mantoue* lui fit en 1592. de l'appeller à
fon fervice fous des conditions avan-

B. GUA- tageuses & honorables. Ce Prince
RINI l'envoya d'abord à *Infpruck* negotier
quelques affaires à la Cour de l'Archiduc ; mais à peine ces affaires fu-
rent-elles finies, que le Duc de *Fer-*
rare agit fi puiffament auprès de celui de *Mantoue* pour le faire conge-
dier, qu'il y réuffit.

Cette difgrace engagea *Guarini* à
fe retirer à *Rome*, pour être plus
éloigné du Duc de *Ferrare*, & moins
à portée de fes coups. Il n'y fit pas
cependant un long féjour ; car fon
fils *Alexandre*, qui étoit aimé à la
Cour de *Ferrare*, trouva moyen de
faire fa paix, & de le réconcilier
avec le Duc en 1595. Il retourna donc
cette année à *Ferrare*, où il eut bientôt avec fon fils, de nouvelles dif-
putes d'interêt, qui revinrent encore plufieurs fois dans la fuite.

C'eft la feule chofe que l'on fache
de fa vie, depuis fon retour dans fa
patrie jufqu'à la mort du Duc *Al-*
phonfe arrivée en 1597.

Les changemens, qui fe firent
alors à *Ferrare*, donnerent quelques
fujets de plainte à *Guarini*, qui prétendit que fes fervices n'étoient pas

récompenſés, comme ils auroient dû
l'être, & l'engagerent à ſortir encore
de ſa patrie pour ſe mettre en 1599.
au ſervice de *Ferdinand de Medicis*,
Grand-Duc de Toſcane. Ce Prince
conçut une amitié particuliere pour
lui, & il avoit ſujet d'en eſperer
beaucoup, ſans un fâcheux contre-
temps qui lui cauſa bien du chagrin,
& qui l'engagea dans une demarche,
qui renverſa toutes ſes eſperances.

Il avoit mené avec lui à *Florence*
Guarino Guarini ſon troiſiéme fils,
qui étoit alors âgé de 15 ans, & l'a-
voit envoyé à *Piſe*, pour y achever
ſes études. Ce jeune homme y devint amoureux d'une veuve noble,
mais pauvre, nommée *Caſſandra*
Pontaderi, & l'épouſa, pendant que
ſon pere étoit à *Piſe* avec le Grand-
Duc. *Baptiſte Guarini* ne l'eut pas plûtôt appris, que ſoupçonnant que le
Grand-Duc avoit ſçu ce mariage, &
y avoit même contribué en quelque
choſe, il abandonna bruſquement
ſon ſervice, & retourna à *Ferrare*,
d'où il ſe rendit à la Cour d'*Urbin*.
Il y avoit déja du temps qu'il en
connoiſſoit le Duc, & qu'il étoit

B. Gua-
RINI.

avec lui en commerce de litterature ; cependant il ne demeura qu'un
an à son service, après quoy il retourna de nouveau en 1604. à *Ferrare*.

Cette ville l'envoya l'année suivante 1605. à *Rome*, en qualité
d'Ambassadeur, & il y harangua
le Pape *Paul V.* sur son élevation
au Pontificat, avec un applaudissement universel. C'est la derniere affaire publique à laquelle il paroisse
avoir été employé.

On voit par un Journal particulier qu'il a laissé des affaires de sa famille, qu'il demeura à *Ferrare* jusqu'à l'an 1609. allant cependant souvent à *Venise* pour les procès qu'il
avoit, tant par rapport à sa terre de *la
Guarina*, que contre ses enfans, avec
lesquels on ne peut nier qu'il n'ait
agi d'une maniere peu raisonnable.

En 1610. il alla à *Rome* pour deux
procès qu'il termina heureusement,
après deux années de poursuites. Enfin il s'en retournoit dans sa patrie,
lorsque passant à *Venise*, il fut attaqué de la Maladie dont il mourut
dans cette ville au mois d'Octobre
1612. âgé de 75 ans. C'est la date,

que *Jofeph Guarini*, fon petit-fils, a B. GVA-
marqué dans un Memoire écrit de RINI.
fa main, que l'on conferve dans fa
famille, & qui eft confirmée par des
Lettres de ce temps. Ainfi ceux qui
ont mis fa mort en 1613. comme
Lorenzo Craffo, *Jean Imperiali*, *Baillet*, & d'autres fe font trompés. *Au-
bert le Mire* a fait une autre faute en
l'avançant jufqu'à l'année 1590. mais
cette faute n'eft rien en comparaifon
de celle qu'il a faite en mettant *Baptifte Guarini* au nombre de Auteurs
Ecclefiaftiques, à caufe de fon *Paftor Fido*, qu'il a fuppofé être un livre
de Pieté, où les devoirs des Pafteurs
étoient reprefentés.

Il étoit membre de plufieurs Aca-
demies d'Italie, entre autres de celles des *Ricovrati* de *Padoue*, des *In-
trepidi* de *Ferrare*, & des *Umorifti* de
Rome. Ceux qui l'ont fait Chevalier
de l'Ordre de *S. Etienne* de *Ferrare*,
& de celui de *S. Michel* de France,
l'ont fait fans aucun fondement,
comme je le montrerai plus bas.

Il eut trois fils, dont il faut dire
quelque chofe, *Alexandre*, *Jerôme*,
& *Guarino*.

Alexandre fut d'abord au service
d'*Alphonse II.* Duc de *Ferrare*, qui
l'envoya en Ambaffade en Tofcane,
& enfuite à celui du Duc de *Mode-
ne*, dont il fut l'Envoyé à *Venife*,
& de *Ferdinand* Duc de *Mantoue*,
pour les interêts duquel il alla à *Vienne* en Autriche, & en Baviere ; il fut
outre cela Camerier fecret & Secretaire d'Etat de ces Princes. Il époufa
Virginie Palmiroli, dont il ne laiffa
point d'enfans. Il fut fouvent broüil-
lé avec fon pere, qui paroît avoir
donné occafion à ces broüilleries par
la dureté & la hauteur avec laquelle
il en ufoit avec fes enfans, comme
je l'ai dit ci-deffus. C'étoit un homme de Lettres, dont on a quelques
Ouvrages, entre autres ceux-ci.

*Orazione del Sign. Aleffandro Gua-
rini, Accademico Intrepido, detto il
Macerato, fatta in lode di D. Aleffandro Cybo Marchefe di Carrara,
e recitata publicamente nell' Acca-
demia. In Ferrara* 1606. *in-*4°.

*Apologia di Cefare, Imperadore di
Roma. In Ferrara* 1632. *in-*4°.

*Pareri in Materia d'Honore e di Pa-
ce.* Imprimés plufieurs fois.

Jerôme,

Jerôme, son second fils, quoi- B. Guaqu'homme d'esprit, lui causa plu- **RINI.**
sieurs chagrins par sa conduite irreguliere, & enfin en se mariant contre sa volonté à une personne d'une naissance inferieure à la sienne. Il mourut à *Milan* l'an 1611. sans enfans.

Guarino se maria, comme je l'ai dit ci-dessus, à *Pise*, à l'insçu de son Pere, & épousa une veuve nommée *Cassandra Pontaderi*, qui ne lui apporta en mariage que de la Noblesse. Etant devenu veuf après la mort de son pere, il se remaria d'une maniere plus convenable, & épousa *Giulia Ariosti*, d'une des principales familles de *Ferrare*, dont il eut un fils nommé *Joseph*, pere d'*Alexandre*, qui a écrit la vie de notre Auteur.

Catalogue de ses Ouvrages.

1. *Bapt. Guarini Junioris Oratio ad Sereniss. Venetorum Principem Petrum Lauretanum, pro Illustris. atque Excell. Duce Ferrariæ Venetiis publice habita* 18. *Kal. Januarii* 1567. *Ferrariæ* 1568. *in*-4°.

2. *Oratio ad Gregorium XIII. Fer-*

B. GUA- *rariæ* 1572. *in-4°*. Il prononça ce
RINI. discours en qualité d'Envoyé du Duc
de *Ferrare* en plein Consistoire.

3. *Oratio in funere Imperatoris Maximiliani II. Ferrariæ* 1577. *in-4°.*
Ces funerailles furent faites à *Ferrare.*

4. *In funere Aloysii Estensis S. R. E.
Cardinalis Oratio. Ferrariæ* 1587. *in-4°.*

5. *Oratio in præstanda Sanctiss. D.
N. Paulo V. Pont. Max. pro Civitate Ferrariæ Obedientia. Romæ* 1605.
in-4°. Ce discours a été traduit en
Italien par *A. R. M.* & imprimé la
même année à *Ferrare.*

6. *L'Idropica , Comedia. In Venetia* 1614. *in-8°.* Guarini avoit envoyé
cette piece au Duc de *Mantoue;* mais
elle fut perdue pendant près de vingt
ans , au bout desquels ayant été retrouvée , ce Duc la fit représenter
en 1608. à l'occasion des Nôces du
Prince son fils *François de Gonzague*
avec *Marguerite* de Savoye ; elle ne
fut imprimée qu'après la mort de
l'Auteur , par les soins de *Gregorio
di Monti.*

7. *L'Alceo, favola pescatoria di*

Antonio Ongaro con gli intramezzi del B. GUA-
Cavalier Battiſta Guarini deſcritti e RINI.
dichiarati dall' Arſiccio (c'eſt-à-dire
Ottavio Magnanini) Accademio Ri-
creduto : aggiuntivi appreſſo alcuni diſ-
corſi del medeſimo Arſiccio , ſopra
Ciaſcuno intramezzo. In Ferrara 1614.
*in-*4°.

8. * *Il Paſtor fido, Tragicomedia Pa-* * On trou-
ſtorale. Cette piece, après avoir été ve à Paris
repreſentée pour la premiere fois à chez Briaſ-
Turin, comme je l'ai dit ci-deſſus, ſon la belle
courut long-temps dans le public cet Ouvra-
en Manuſcrit, & ne fut imprimée ge faite à
que long-temps après. On en a fait Londres
un nombre preſque infini d'éditions; *in-*4°. &
ainſi il ſeroit difficile & inutile mê- celle de
me d'en faire ici le détail. Une des Mortier à
meilleures eſt celle qui parut *Con le* Amſter-
Annotationi , & con il compendio tratto dam.
da' due Verati. In Venetia 1502. *in-*
4°. avec fig. *Haym* marque que c'eſt
la 20e Edition. Ces remarques & cet
Abregé ſont de *Guarini.* Elle a été
traduite en toutes ſortes de langues.
On en a une ancienne Traduction
Françoiſe en proſe, qui a été imprimée avec l'Italien à côté à *Paris* l'an
1622. *in-*12. Mais elle n'eſt pas ſou-

B. Gua-tenable à préſent. L'Abbé *de Torché*
RINI. en a donné depuis une autre en vers
libres fort fidelle & fort élegante,
qui a été imprimée à *Cologne* en
1677. *in*-12. avec le texte Italien à
côté, & enſuite ſans ce texte. *Richard*
Fanſhaw l'a traduite en Anglois, &
fait imprimer en cette langue à *Lon-*
dres en 1648. *in*-4°. *Guarini* a raſſem-
blé dans cette paſtorale tout ce que
la langue Italienne a de plus delicat,
& tout ce que l'amour a de douceurs, de charmes & de graces; c'eſt
ce qui l'a fait regarder par pluſieurs
perſonnes, comme extrémement
dangereuſe pour la jeuneſſe. C'eſt
cependant la lecture favorite des Italiens, qui ne peuvent ſe laſſer d'en
admirer les beautés. Ceux qui l'ont
attaquée dès ſa naiſſance, ne l'ont
point priſe par ce qu'elle a de dangereux pour les mœurs, mais par l'op-
poſition qu'ils ont prétendu y trouver aux Regles de l'Art.

Elle n'étoit encore que Manuſcrite, lorſque *Jaſon de Nores*, natif de
l'Iſle de *Chypre*, ſorti d'un Gentilhomme de Normandie, & Profeſ-

ſeur en Morale à *Padoue*, (a) en
ayant entendu parler favorablement,
& ne pouvant ſouffrir les Paſtorales,
qui commençoient à devenir en uſage en Italie, publia un Ouvrage intitulé : *Diſcorſo di Giaſon de Nores
intorno à quei principii, cauſe, & ac-
creſcimenti, che la Comedia, la Tragedia, e'l Poëma Eroico, ricevono dal-
la Filoſofia Morale e Civile, e da' Go-
vernatori delle Repubbliche. In Padoua*
1587. *in-*4°. Il y ſoutint que les Paſtorales étoient des monſtres pro-
duits par des gens, qui n'avoient
aucune connoiſſance de l'antiquité,
& contre les Regles de la Poëſie rap-
portées par *Ariſtote. Guarini* perſuadé que cette critique le regardoit,
& s'y voyant nommement attaqué
au feuillet 38. y répondit auſſitôt par
l'Ouvrage ſuivant.

9. *Il Verato, o vero difeſa di quanto hà ſcritto Giaſon de Nores contra le
Tragicommedie, e le Paſtorali. In Ferrara* 1588. *in-*8°. De *Nores* ne ſe tint
pas pour battu, mais revint à la charge par un nouveau livre intitulé : *A-
pologia contro l'Autore del Verato di
Giaſon de Nores, di quanto hà egli*

(a) *Bayle* s'eſt trompé en diſant à *Ferrare,*

B. GUA-
RINI.

B. Gua-
rini.

detto in un suo discorso delle *Tragicommedie e delle Pastorali. In Padoua* 1590.
in-4°. Guarini publia quelque temps
après une seconde réponse sous ce
titre.

10. *Il Verato secondo, o vero Replica dell' Attizzato Accademico Ferra-
rese, in difesa del Pastor fido, contra
la seconda scrittura di Giason di Nores
intitolata Apologia. In Firenze* 1593.
in-4°. De Nores ne vit point cette
réponse, étant mort la même année
qu'il publia son Apologie, c'est-à-
dire en 1590. Elle est si sanglante,
qu'on croit qu'elle auroit pû faire
mourir de chagrin l'adversaire des
Pastorales, mais peut-être *Guarini*
l'écrivit-il de ce stile là, parce qu'il
savoit que son adversaire étoit déja
mort. Il parut depuis ce temps-là
plusieurs Ouvrages pour & contre
le *Pastor Fido*, ausquels *Guarini*
sembla ne point prendre part; se
contentant de regarder d'un œil
tranquile ses amis & ses ennemis se
battre à son sujet. On fera peut-être
bien aise d'en trouver ici la liste. La
voici.

Discorso della Poësia rappresentati-

va di Angelo Ingegneri. In Ferrara B. Guaÿ 1598. *in-8°.* Cet Ouvrage eſt contre Rini, le *Paſtor Fido*, auſſibien que le ſuivant.

Conſiderazioni di Gio. Pietro Malacreta, ſopra il Paſtor Fido, Tragicomedia Paſtorale. In Vicenza 1600. *in-4°. It. In Venetia* 1601. *in-12.*

Riſpoſta di Paolo Beni alle Conſiderazioni o Dubbi del Malacreta ſopra il Paſtor Fido, con altre varie dubitazioni tanto contra detti dubbi e conſiderazioni, quanto contra lo ſteſſo Paſtor Fido. In Padoua 1600. *in-4°.* On voit par ce titre que *Beni* n'étoit pas tellement prévenu en faveur du *Paſtor Fido*, dont il prenoit la défenſe, qu'il n'y apperçût auſſi des défauts.

Diſcorſo di Paolo Beni, nel quale ſi dichiarano e ſtabiliſcono molte coſe pertinenti alla riſpoſta data a dubbi, e alle conſiderazioni del Malacreta ſopra il Paſtor Fido, e alle dubitazioni moſſe in oltre, tanto contra le dette conſiderazioni, quanto contra lo ſteſſo Paſtor Fido. In Venetia 1600. *in-4°.*

Scioglimento de' dubbi moſſi contra il Paſtor Fido. In Verona 1601. *in-4°.* C'eſt une réponſe aux difficultés de *Beni*, faite par *Orlando Peſcetti.*

B. GUA-
RINI.

Due difcorfi di Fauftino Summo, l'uno contra le Tragicommedie Moderne Paftorali, l'altro contra il Paftor Fido. Ce font le onziéme & le douziéme de fes *Difcorfi Poëtici. In Padoua* 1600. *in-4°.* It. feparément *con una Replica alla Difefa di Orlando Pefcetti. In Vicenza* 1601. *in-4°.* Cette replique eft deftinée à repondre à *Pefcetti*, qui avoit publié auparavant le livre fuivant.

Difefa del Paftor Fido, Tragicommedia Paftorale del Caval. B. Guarini, da quanto gli e ftato fcritto contra da Fauftino Summo, e da Gio. Pietro Malacreta, con una breve rifoluzione dei dubbi di Paolo Beni, per Orlando Pefcetti. In Verona 1601. *in-4°.*

Apologia di Giovanni Savio, Vincziano, in difefa del Paftor Fido, dalle oppofizioni fatteli da Fauftino Summo, da Gio. Pietro Malacreta; e da Angelo Ingegneri. In Venetia 1601. *in-* 12.

Apologia di Luigi d'Eredia, nella quale fi diffendono Teocrito, e i Doriefi Poëti Siciliani, dalle accufe di Battifta Guarini, e per incidenza fi mette in difputa il fuo Paftor Fido. In Paler-

me

mo 1603. *in-*4°. It. *In Vicenza* 1608. B. GUA-
*in-*8°. Ce font là tous les Ouvrages, RINI.
qui ont été compofés fur le *Paftor*
Fido.

11. *Compendio della Poëfia Tragi-*
comica, tratto da i due Verati per ope-
ra dell' Autore del Paftor Fido, con
l'aggiunta di molte cofe fpettanti all'
Arte. In Venetia 1601. *in-*4°.

12. *Il Secretario, Dialogo di Batt.*
Guarini, nel quale fi tratta dell' Ufficio
del Secretario, e del modo di comporre
lettere. In Venetia 1594. *in-*4°.

13. *Parere fopra la caufa del Prio-*
rato del Cavalier Roberto Papaffava.
In Verona 1586. *in-*4°. It. parmi les
Lettres du *Guarini. Robert Papafava*
avoit le 2 Octobre 1579. reçu l'habit de l'ordre Militaire de *S. Etien-*
ne, & avoit le 20 du même mois
affigné un certain héritage pour y
fonder un prieuré. Mais il y eut quelque difficulté fur cette fondation,
parce qu'on pretendit que cet héritage n'étoit pas un bien fûr; & ce
fut pour la défendre que *Guarini*
compofa cet Ouvrage; quelques Lettres qu'il écrivit fur le même fujet
au nom de *Robert Papafava* à *Gua-*

B. GUA-RINI. *rino Soazza* ou *Sacio* de *Pise*, fameux Jurisconsulte de ce temps-là & Professeur de Jurisprudence à *Padoue*, & qui sont insérées parmi les siennes, ont fait croire à quelques Auteurs, qui n'y ont pas pris garde de si près, qu'il avoit été lui-même Chevalier de *S. Etienne*, mais c'est une qualité qu'il n'a jamais eûe, & ce nom ne se trouve nulle part dans la liste des Chevaliers de cet Ordre. Il a été seulement Chevalier, qualité qu'il a reçue ou du Duc *Alphonse*, ou de quelque autre Prince qu'il a servi, ou auprès duquel il a été en Ambassade.

14. *Lettere, da Agostino Michele raccolte. In Venetia* 1594. *in-*4°. It. *Ibid.* 1598. *in-*8°. Cette édition est la quatriéme. Il n'y a rien de fort intéressant dans toutes ces lettres.

15. *Parere per li Decurioni di spada della citta di Cremona, contro le pretensioni de' Dottori, di precedere nel sedere in Consiglio. In Mantoua* 1601. *in-*4°.

16. *Rime del Caval. Bat. Guarini.* Ces Poësies ont été imprimées un grand nombre de fois, principale-

ment à la suite du *Pastor Fido* ; elles
confistent en Sonnets, & en Madri-
gaux.

17. *Jean Bonifacio*, fameux Jurifconfulte, ayant fait un difcours pour
prouver qu'il falloit tranfporter les
Reliques de *S. Bellino*, Evêque &
Martyr, de l'Eglife du village où
elles étoient, & qui avoit pris fon
nom, à la Cathedrale de *Rovigo*;
Guarini, dont la maifon de Campagne, nommée *la Guarina*, étoit
fituée dans le diftrict de ce Village,
oppofa au difcours de *Bonifacio*, un
autre difcours où il fe propofa de
prouver le contraire. Ce difcours a
été imprimé à *Ferrare* en 1609. mais
j'en ignore le titre. *Balthafar Boni-*
facio prit auffitôt la défenfe de fon
oncle, comme je l'ai dit dans fon article, *tome 16. de ces Memoires p.* 370.
& publia fous le nom de *Pierre-An-*
toine Salmone un Ouvrage auquel
Guarini repliqua par le fuivant.

18. *Il Barbiere, Rifpofta di Sera-*
fino Colato da S. Bellino, Barbiere,
all' invettiva di Pier-Antonio Salmo-
ne, nella quale rifpofta fi fcuoprono le
menzogne e le falfità del vero Autore

B. Gua- *della detta Invettiva. in-4°.*
rini.

19. *Guarini* publia auffi un Mani-
fefte pour fa défenfe fous fon propre
nom; il eft du mois de Septembre
1609. mais j'en ignore le titre. Au
refte les raifons de *Guarini* furent
trouvées meilleures que celles de
Bonifacio, puifqu'il vint une défenfe du Senat de *Venife*, de tranfporter
les reliques en queftion.

V. *Lorenzo Craffo*, *Elogii d'Huomini letterati tom.* 2. *p.* 115. *Jani Ni-
cii Erythrai Pinacotheca prima. Ghilini*, *Teatro d'Huomini letterati. tom.*
1. *p.* 27. *Joannis Imperialis Mufæum
Hiftoricum. p.* 129. *Bayle Dictionnaire.* Tous ces Auteurs ne difent que
fort peu de chofe de *Guarini*, & font
remplis de fautes dans ce qu'ils en
difent. Sa vie donnée par *Apoftolo
Zeno* dans la *Galleria di Minerva* eft
beaucoup plus exacte; mais nous
n'avons rien de plus étendu ni de
plus circonftancié que celle qu'*Alexandre Guarini*, fon arriere petit-fils,
a inferée dans le 2 vol. *du fupplé-
ment du Journal de Venife.* V. auffi
les additions faites à cette derniere
dans le 35e vol. du *Journal de Venife.*
p. 289.

JEAN ANTOINE VIPERANI.

JEAN *Antoine Viperani* naquit à J. A. VI-
Meffine en Sicile vers l'an 1540. PERANI.
de *Nicolas Viperani* , & de *Fran-*
çoife Arculei. Le lieu de fa naiffance
n'eft point douteux , puifqu'il le de-
figne lui-même dans fes Ouvrages ;
ainfi *Nicolas Toppi* s'eft trompé en
le faifant Napolitain. & le mettant
au nombre des Savans du Royaume
de Naples.

Il fit fes premieres études avec
fuccès , & ayant embraffé l'Etat Ecclefiaftique , il s'adonna avec ardeur
à la Théologie , qui ne lui fit point
negliger les Belles-Lettres & la Poëfie , pour laquelle il avoit beaucoup d'inclination.

Etant paffé en Efpagne , il s'y fit
connoître à la Cour du Roy *Philippe*
II. qui le mit au nombre de fes Cha-
pellains , & lui donna le titre de fon
Hiftorien. Ce Prince le nomma en
1581. à la dignité de Chantre de la
Chapelle Royale de *S. Pierre* dans le
Palais de *Palerme*.

R iij

J. A. VI-
PERANI.

Six ans après, c'est-à-dire en 1587. il fut fait Chanoine de *Gergenti*. Enfin l'année suivante 1588. il fut nommé à l'Evêché de *Giovenazzo* dans le Royaume de *Naples*, & sacré en 1589. par le Pape *Sixte V*.

Il le gouverna pendant 21 ans avec beaucoup de zele & de prudence, & mourut fort âgé au mois de Mars de l'année 1610. Il fut enterré dans une Chapelle de sa Cathedrale avec cette Epitaphe.

Joannes Antonius Viperanus, Messanensis, doctrinâ & integritate conspicuus, de Philippo II. Hisp. Rege optime meritus, ad ejusdem Regis nominationem Juvenacensis Episcopus, à Sixto V. Pontifice Maximo creatus; qui plurium scientiarum libros edidit, Populumque verbo & exemplo instruxit, XXIII. anno sui Præsulatus senio confectus obdormivit in Domino anno 1610.

Catalogue de ses Ouvrages.

1. *Laudatio funebris Caroli V. Imperatoris habita Messanæ anno 1558. Messanæ 1558. in-4°.* It. A la p. 511. du 3e volume des *Germanicarum Rerum Scriptores*, de *Marquard Freher*.

It. Avec deux autres Oraiſons fune- J. A. V_
bres, dont je parlerai plus bas. PERANI.

2. *De Bello Melitenſi. Peruſiæ* 1567. *in*-4°.

3. *De ſcribenda hiſtoria liber. An-tuerpiæ* 1569. *in*-8°. It. *Peruſiæ* 1570. *in*-4°. It. *Baſileæ* 1576. *in*-8°. It. dans le premier volume du Recueil inti-tulé : *Penus artis Hiſtoricæ. Baſileæ* 1579. *in*-8°. Cet Ouvrage, qui eſt aſ-ſez methodique, renferme d'excel-lens preceptes, ſuivant M. l'Abbé *Lenglet.*

4. *De Rege & Regno liber ad Phi-lippum Caroli V. Imperatoris filium. Antuerpiæ* 1569. & 1618. *in*-8°. It. *Peruſiæ* 1570. *in*-4°.

5. *Laudationes tres habitæ Meſſanæ in funere Caroli V. Imper. Caroli Regis Philippi filii, & Reginæ Iſabellæ. Pe-ruſiæ* 1570. *in*-4°. C'eſt une faute dans la *Bibliotheca Sicula* d'avoir mis *Phi-lippi II.* au lieu de *Caroli Regis Phi-lippi filii,* puiſque *Philippe II.* ne mourut qu'en 1598. & qu'il ne peut s'agir ici de lui.

6. *De ſcribendis Virorum illuſtrium vitis ſermo. Peruſiæ* 1570. *in*-8°.

7. *Ode Joanni Auſtriaco Turcarum*

R iiij

J. A. VI-*Victori.* Dans un livre intitulé : *In*
PERANI. *fœdus & Victoriam contra Turcas nonis*
Octobris 1571. *partam Poëmata varia.*
Venetiis 1572. *in-8°.*

8. *De summo Bono libri quinque.*
Neapoli 1575. *in-8°.*

9. *De Poëtica libri tres. Antuerpiæ*
1579. *in-8°.*

10. *Orationes sex. De Naturali scien-*
di cupiditate. De utilitate scientiarum.
De consensu disciplinarum. De perfecto
habitu hominis. De Philosophia. De
Legibus. Antuerpiæ 1581. *in-8°.*

11. *In M. T. Ciceronis de optimo*
genere Oratorum Commentarius. An-
tuerpiæ 1581. *in-8°.* It. *Venetiis* 1583.
dans une édition de *Ciceron* faite par
Alde Manuce.

12. *De componenda oratione libri*
tres. Antuerpiæ 1581. *in-8°.*

13. *De obtenta Portugallia à Rege*
Catholico Philippo Historia. Neapoli
1588. *in-4°.* It. à la page 1031. du
tome second de l'*Hispania illustrata.*
Francofurti 1603. *in-fol.*

14. *De ratione docendi liber. Romæ*
1588. *in-8°. Mongitore* & *Toppi* n'en
marquent point d'autre édition. J'en
trouve cependant une de l'an 1556.

faite auſſi à *Rome*, dans un Catalogue, qui peut être fautif.

15. *De divina providentia libri tres.*
Romæ 1588. *in* 8°.

16. *De Virtute libri* IV. *Neapoli*
1592. *in-*4°.

17. *Poëmata. Neapoli* 1593. *in-*8°.
Baillet n'a point connu *Viperani*,
dont il ne fait point la moindre
mention dans ſes Jugemens des Savans, ſur les Poëtes, quoiqu'il me-
ritât plus que bien d'autres, qu'il y
fut parlé de lui. *Mongitore* a oublié
cette édition des Poëſies de nôtre
Auteur.

18. *Orationum Dominicalium Ex-*
poſitio. Neapoli 1597. & 1600. *in-*8°.

19. *Conciones aliquot celebrioribus*
anni feſtivitatibus habitæ. Venetiis
1599. *in-*8°. C'eſt une vingtaine de
diſcours que *Viperani* a prononcés
en preſence du peuple de ſon Dioceſe, en differentes occaſions.

20. *Joan. Antonii Viperani Opera.*
Neapoli 1606. *in-fol.* trois volumes.
Pars prima, continens res Oratorias,
Hiſtoricas & Poëticas. Pars ſecunda
continens res Naturales. Pars tertia
continens res morales atque divinas.

V. *Toppi & Nicodemo Biblioteca Napoletana. Antonini Mongitoris Bibliotheca Sicula.*

CONSTANTIN CAJETAN.

C. CA-
JETAN.

CONSTANTIN *Cajetan* naquit à *Syracuse* en Sicile l'an 1560. de *Barnabé Cajetan*, & de *Jeronime Perno*, tous deux de familles nobles & illustres.

Il abandonna le monde de bonne heure, en entrant à *Catane* dans le Monastere de *S. Nicolas des Arênes*, de l'Ordre de *S. Benoît*, & de la Congregation du *Mont-Cassin*, où il fit profession le 29 Octobre 1586. à l'âge de seize ans.

Après avoir fait sa Philosophie & sa Théologie, il s'adonna à l'étude des Antiquités Ecclesiastiques, & parcourut la plûpart des Bibliotheques d'Italie, pour y trouver de quoi satisfaire sa curiosité.

La reputation, qu'il aquit en ce genre, le fit appeller à *Rome* par le Pape *Clement VIII.* & il continua dans cette ville à s'appliquer à la

recherche & à la lecture des anciens **C. CA-**
Monumens de l'Eglise. Le Cardinal **JETAN.**
Baronius , qui travailloit alors à ſes
Annales , avoüe en pluſieurs endroits, que l'érudition de *Cajetan*
lui a été utile , & qu'il lui a fait connoître des pieces , qu'il n'auroit
peut-être pas connues ſans lui. Ce
fut ce qui l'engagea à le faire nommer par le Pape *Paul V.* Garde de la
Bibliotheque du Vatican ; place dans
laquelle il fut confirmé par *Gregoire*
XV. Urbain VIII. & Innocent X. Outre cela *Paul V.* lui donna l'Abbaye
de *S. Baronte* , à quoi *Urbain VIII.*
joignit le Prieuré de *S. Nicolas de*
Latine en Sicile. Il eſt même à pre-
ſumer qu'il auroit été élevé au Car-
dinalat , ſi la jalouſie que quelques
perſonnes puiſſantes à la Cour de
Rome avoient conçue contre lui, n'y
avoient été un obſtacle.

En 1621. il entreprit de bâtir à
ſes frais le College *de Propaganda*
fide , dont il fut fait pour ce ſujet
Preſident , & voulut engager les Benedictins à s'obliger par un quatriéme vœu à travailler à la propagation
de la foy , mais cette entrepriſe étoit

C. CA-
JETAN.

au dessus de ses forces, & il ne put la mettre à execution; elle ne l'eut que dans la suite par les soins du Pape *Gregoire XV.*

Lorsqu'on fit une Congregation de Cardinaux pour le même sujet, il en fut nommé Consulteur.

Enfin il mourut à *Rome* le 17 Septembre 1650. âgé de 90 ans, & fut enterré dans l'Eglise de *S. Benoist.*

Il étoit fort zelé pour la gloire de son Ordre, qu'il a crû augmenter, en lui donnant quantité de grands hommes, que l'on croit communément n'en avoir pas été. C'est à cela que se rapportent la plûpart de ses Ouvrages.

Catalogue de ses Ouvrages.

1. *S. Petri Damiani Monachi Ordinis S. Benedicti S. R. E. Cardinalis Operum Tomus primus continens Epistolarum libros octo, multis ex Bibliothecis, & argumentis, notisque illustratos, atque nunc primum excusos, opera & studio D. Constantini Cajetani. Romæ 1606. in-fol. Tomus secundus continens Sermones & Sanctorum Historias. Ibid. 1608. in-fol. Tomus tertius continens opuscula. Ibid. 1651. in-fol.*

Ces trois volumes ont été réimpri- C. CA-
més à *Lyon* en 1623. *in-fol.* Les Let- JETAN.
tres l'ont été auſſi ſeparément avec
les notes de *Cajetan* à *Paris* en 1610.
in-4°. Tomus quartus, Continens Ora-
tiones, Carmina, & Rythmos, cum
notis ejuſdem Cajetani in eundem, &
in Regulam Clericorum Petri de Hone-
ſtis. Romæ 1640. *in-fol.* Ces quatre
volumes ont été réimprimés à *Paris*
en 1642. & en 1663. *in-fol. Cajetan*
travailla à publier tous ces Ouvrages de *S. Pierre Damien* par ordre
du Pape *Clement VIII.*

2. *B. Amalarii Fortunati, Ordi-*
nis S. Benedicti, Cardinalis, & Ar-
chiepiſcopi Treverenſis vita. Romæ
1612. *in-4°.*

3. *Venerabilis Viri Joannis Geſſen*
Abbatis Ordinis S. Benedicti de Imi-
tatione Chriſti libri quatuor recenſiti,
ac permultis in locis, ex veteri MSS.
codice reſtituti. Acceſſit ejuſdem D.
Conſtantini Cajetani defenſio pro hoc
ipſo Librorum Autore, necnon eorum-
dem librorum Methodus practica, &
brevis Epitome ex eodemmet opere de-
prompta, in quibus vitæ perfectæ forma
deſcribitur. Romæ 1616. *in-*12. La diſ-

C. CA-
JETAN.

-fertation de *Cajetan*, qui attribue les livres de l'Imitation à *Jean Gersen*, ayant été attaquée par *Heribert Rosweide*, dans fes *Vindiciæ Kempenfes pro Thoma de Kempis, adverfus Constantinum Cajetanum. Antuerpiæ* 1617. *in* 12. *Cajetan* lui oppofa auffi-tôt une reponfe, qu'il ajoûta à une nouvelle édition de fa premiere differtation ; le tout parut fous le titre fuivant :

4. *Concertatio priori editioni auctior ; cui accessit Apologetica Responfio pro hoc ipfo Librorum Auctore Joanne Gerfen adverfus Heribertum Rosweydum. Romæ* 1618. *in-*8°.

5. *Apologeticus libellus pro Joanne Gerfen de Imitatione Chrifti. Romæ* 1644. *in-*8°.

6. *Pro Joanne Diacono S. R. E. Cardinali de S. Gregorii Magni ejufque Difcipulorum Monachatu Benedictino libri duo. Salzburgi* 1620. *in-*4°. It. *Romæ* 1620. *in-*8°.

7. *Sanctorum trium Epifcoporum, Religionis Benedictinæ luminum, Ifidori Hifpalenfis, Ildephonfi Toletani, & Gregorii S. R. E. Cardinalis, Epifcopi Hoftienfis, vitæ & actiones, fcho-*

liis illuftratæ. Accefferunt opufcula quædam ejufdem Ifidori nondum edita. Romæ 1616. in-4°.

8. Animadverfiones in vitam S. An-
felmi Epifcopi Lucenfis. Elles fe trouvent dans le livre de Jacques Gret-
fer, Jefuite, qui a pour titre : Mo-
numenta contra Schifmaticos. Ingolfta-
dii 1613. in-4°.

9. S. Columbanum, Abbatem Bo-
bienfem & Lucenfem, cum fuis, fuiffe
Ordinis S. Benedicti, Affertio. Au-
guftæ Vindelicorum 1627. in-8°. Parmi
les fcholies de Martin Abbé de Far-
fe fur la vie de S. Atagne.

10. De Erectione Collegii Gregoria-
ni in urbe Epiftola Encyclica. Romæ
1622. in-4°.

11. Vita & Paffio S. Erafmi Antio-
chiæ Epifcopi, & Martyris Caetæ Urbis Patroni, fcripta à Joanne Caetano,
Cafinenfis Monafterii Monacho, qui
& Gelafius Papa II. Edita vero &
fcholiis illuftrata à D. Conftantino Abbate Caetano ejus Gentili. Romæ 1638.
in-4°.

12. Gelafii Papæ II. Montis-Cafini
Monachi, ex Caetanis Urbis Caetæ
Ducibus, Campaniæ Principibus, vita,

*à Pandulpho Pisano, ejus familiari,
conscripta, nunc primum edita & Commentariis illustra à D. Const. Caetano,
Gelasii ipsius Gentili. Romæ 1638. in-
4°.*

13. *De Religiosa S. Ignatii, sive S.
Enneconis Fundatoris Societatis Jesu
per Benedictinos institutione, deque libello exercitiorum ejusdem ab Exercitatorio
Garciæ Cisnerii Abbatis Montiferrati
magna ex parte desumpto, libri duo.
Venetiis 1641. in-8°.* Ce qui a servi
de fondement aux pretentions, que
Cajetan soutient dans ce livre touchant *S. Ignace*, est un ancien Mar-
tyrologe Monastique, où il est ainsi
parlé de lui.

» La veille des Calendes d'Août
» à *Rome* la deposition de *S. Ignace*
» ou de *S. Ennecon* Confesseur, qui
» voulant entrer dans la Milice de
» J. C. se revêtit du nouvel hom-
» me, & prit l'habit dans le Mona-
» stere de la bienheureuse Vierge
» Marie de *Montferrat*, ordre de *S.*
» *Benoît*, & fut mis au nombre des
» Oblats, que les Espagnols appel-
» lent Donnés, & fut instruit à me-
» ner

» ner une vie plus parfaite ſous la
» conduite de *Jean Chianones*, grand
» Serviteur de Dieu, Moine de ce
» Monaſtere, & reçût de lui l'exer-
» cice de la vie ſpirituelle du grand
» & très-ſaint homme *Garcias Ciſ-*
» *neros*, Moine & Abbé du même
» ordre, qui lui ſervit à faire de
» grands progrès dans la vie ſpiri-
» tuelle, & d'où il tira quelques an-
» nées après ſes Exercices ſpirituels.
» Cet admirable Fondateur de la So-
» cieté de *Jeſus* fit ſes vœux particu-
» liers dans l'Egliſe de *Sainte Marie*
» de *Montmartre* proche de *Paris*,
» & les ſolemnels dans l'Egliſe de
» *Sainte Marie* à *S. Paul* proche de
» *Rome* entre les mains des Moines
» Benedictins; & de là étant allé à
» l'Abbaye du *Mont-Caſſin*, il y fit
» tous les exercices de ſa nouvelle
» Societé chez les Moines Benedic-
» tins, & y dreſſa dans l'Oratoire de
» *Sainte Marie d'Albane*, avec le ſe-
» cours des Peres du *Mont-Caſſin* les
» Regles de ſa Societé : & enfin fait
» Pere Benedictin tout Convers qu'il
» étoit, il vit les heureux accroiſſe-
» mens de ſa Societé, & mourut dans

Tome XXV.   S

C. CA=
JETAN.

C. CA-
JETAN.

» le Seigneur la veille des Calendes
» d'Août l'an 1556. Il a été Canoni-
» fé par le Pape *Gregoire XV. Cajetan*
met à la fin de cet extrait ce Paſſage
d'*Iſaie*. ch. 51. *Attendite ad petram*
unde exciſi eſtis, & ad Cavernam la-
ci de qua præciſi eſtis. Attendite ad
Abraham (Benedictum) patrem ve-
ſtrum, & ad Sara (Benedictinam Re-
ligionem) quæ peperit vos.

Cet Ouvrage a été refuté par le P.
Jean de Rho Jeſuite, dans ſon *Acha-*
tes ad Conſtantinum Caetanum.

14. *De ſingulari Primatu S. Petri*
ſolius Commentarius ad Innocentium X.
P. M. Item de Romano ejuſdem S. Pe-
tri Domicilio & Pontificatu concertatio.
Inferé dans le 7ᵉ tome de la *Bi-*
bliotheca Maxima Pontificia Joannis
Thomæ de Rocchaberti. Roma 1698. *in-*
fol.

15. *Carmen in libros Ligni vitæ,*
& eorum Autoris Arnoldi Vioni com-
mendationem. Venetiis 1595. Cette pié-
ce de vers cité par *Leon Allatius* dans
ſes *Apes Urbanæ*, a été oubliée par
Mongitore.

16. *Giudicio ſopra la vita del Rè*
David ſcritta dal Signor Ranuccio Pi-

chi, Secretario dell' Altezza di Par- C. CA-
ma. In Roma 1631. JETAN.

17. *Lettera fopra il Crocififfo efiftente*
nella Bafilica di San Paolo di Roma.
Inferée à la p. 233. des *Lettere Me-*
morabili dell' Abbate Michaele Giu-
ftiniani. tom. 3.

Il a fait encore un grand nombre
d'Ouvrages qui font demeurés manufcrits , & dont on peut voir la li-
fte dans *Allatius & Mongitore.*

V. *Leonis Allatii Apes Urbanæ.*
p. 73. *Mongitore Bibliotheca Sicula.*
tom. 1. *p.* 143.

THOMAS RHOE.

THO*MAS Rhoe,* ou *Rowe,* na- T. RHOE.
quit à *Low - Layton* près de
Wanfted dans le Comté d'*Effex,* de
Robert Rhoe & de *Marie Gresham,*
vers l'an 1580.

Il perdit fon pere dans fon enfance , mais fa mere , quoique rema-
riée , ne laiffa pas de prendre un
grand foin de fon éducation , & le
mit lorfqu'il eut treize ans , c'eft-à-
dire en 1593. dans le College de *la*
S ij

T. RHOE. *Madeleine* à *Oxford.* Mais il en fut tiré avant que d'y avoir pris aucun degré ; & après qu'il eût passé quelque-temps à la Cour d'Angleterre & à celle de France, il fut fait Ecuyer de la Reine *Elizabeth* sur la fin du Regne de cette Princesse.

Le 23 Mars 1604. il reçût du Roi *Jacques I.* le titre de Chevalier à *Greenwich*, & aussitôt après le Prince de *Galles* l'envoya à la découverte des Indes Occidentales.

De retour en Angleterre il fut envoyé au Mogol, en qualité d'Ambassadeur du Roy *Jacques I.* mais aux frais des Marchands Anglois de la Compagnie des Indes Orientales, & pour les affaires de leur Commerce. Il partit en 1615. & arriva à la fin de cette année au Mogol. Il eut au commencement de la suivante audiance du grand Mogol *Jehan-Guire*, à la Cour duquel il demeura trois ou quatre ans.

Il étoit retourné en Angleterre en 1620. puisqu'il fut élû cette année deputé de *Cirencester*, dans le Comté de *Glocester*, pour assister au Parlement qui devoit s'assembler au mois de Janvier de l'année fuivante 1621. T. RHOE.

Cette même année 1621. il fut envoyé en Ambaffade à *Conftantinople* pour les affaires du Commerce, qu'il mit fur un meilleur pied, qu'elles n'avoient été jufques-là, par les exemptions qu'il obtint du grand Seigneur. Il demeura trois ans en Turquie, & écrivit de là plufieurs Lettres, que *Thevenot* promettoit de donner dans la fuite de fon Recueil, mais qui n'ont point paru en François.

Au commencement de l'an 1630. il fut encore envoyé en Ambaffade en Pologne, & en Suede, & quelque-temps après en Dannemarc, & vers quelques Princes d'Allemagne.

Le 17 Octobre 1640. il fut nommé deputé de l'Univerfité d'*Oxford*, pour affifter au Parlement, qui commença à s'affembler à *Weftminfter* le 3 Novembre de la même année.

Le Roi *Charles I.* ayant declaré au commencement de Juillet de l'an 1641. à ce Parlement, le deffein qu'il avoit de l'envoyer en Ambaffade vers l'Empereur, pour affifter à la Diete de *Ratisbonne*, on approuva fon deffein; & *Thomas Rhoe* par-

T. RHOE. tit aussitôt pour *Ratisbonne.* Il s'y
rendit si agréable à l'Empereur, que
ce Prince dit un jour, qu'il avoit eu
à faire jusques-là avec plusieurs personnes de mérite de differentes Nations, mais qu'il en avoit à peine
trouvé d'autre que *Rhoe,* qui meri-
tât le nom d'Ambassadeur, & qui
en remplît dignement les fonctions.

A son retour dans sa Patrie, il
fut fait Chancelier de l'Ordre de la
Jarretiere, & Conseiller du Conseil privé du Roi, & il remplit avec
honneur tous ces postes.

Il mourut le 6 Novembre 1644.
âgé de 64 ans, & fut enterré dans
l'Eglise de *Woodfort* près de *Wan-
sted,* dans le Comté d'*Essex.*

Catalogue de ses Ouvrages.

1. *Relation fidele de ce qui est arrivé à Constantinople à la mort du Sul-
tan Osman, & a l'installation de Mu-
stapha son oncle.* (en Anglois) *Londres* 1622. *in-*4°.

2. *Lettres écrites de la Cour du grand
Mogol dans les Indes Orientales.* (en
Anglois) Ces Lettres qui sont datées
du 30 Octobre 1616. du 23 Novembre de la même année & du 17 Jan-

vier 1617. fe trouvent dans le 4ᵉ li- T. RHOE.
vre de la premiere partie des Voyages de *Samuel Purchas. Thevenot* les
a inferées en François dans le premier volume de fon Recueil de
Voyages.

3. *Memoires de Thomas Rhoe fur*
fon Voyage au Mogol. (en Anglois)
Dans le Recueil de *Parchas.* It. traduits en François dans le 1ʳ. vol. de
celui de *Thevenot. Purchas* a omis
exprès plufieurs endroits de ces Memoires, qui regardoient le Commerce de la Compagnie des Indes
Orientales, parce qu'il ne jugeoit pas
à propos que tout le monde fût in-
ftruit de ces fortes de chofes. Cela
en rend la narration quelquefois ob-
fcure. *Thevenot* a tâché d'y fuppléer
dans la Préface de fa traduction Françoife.

4. *Difcours fait dans le Confeil con-*
tre la Monnoye de Cuivre au mois de
Juillet 1641. *in-*4º.

5. *Difcours fait dans le Parlement,*
dans lequel on découvre la caufe de
la ruine du Commerce. (en Anglois)
Londres 1641. *in-*4º.

6. Il a traduit en Anglois un *Dif-*

T. RHOE. *cours touchant la prise de la Valteline par le Roi d'Espagne* ; mais je ne sçai quand cette traduction a été imprimée.

V. *Antonii Wood Athenæ Oxonienses.*

THOMAS MORUS.

T. Mo-
RUS.

THOMAS *Morus*, en Anglois *More*, naquit à *Londres* l'an 1480. de *Jean More* Chevalier, & un des Juges du Banc du Roi.

Il apprit les premiers élemens de la langue Latine dans une Ecole de cette ville ; ce qu'il fit avec tant de facilité, que l'on jugea dès lors des progrès qu'il feroit par la suite dans les Sciences.

Son heureux naturel, & la vivacité de son esprit, plurent tellement au Cardinal *Jean Morton*, Archevêque de *Cantorbery*, que ce Prélat le prit chez lui, & voulut se charger de son éducation.

Il l'envoya à *Oxford*, où il s'appliqua à l'étude de la Philosophie, & de la langue Gréque, qu'il apprit de
Groci-

Grocinus, & de *Linacer.* Comme on
n'a point les Regiſtres de l'Univerſité de ſon temps, on ne ſait point
s'il y prit des degrez, ni en quelle
année il y entra.

T. Mo-
RUS.

De retour à *Londres*, il s'adonna
à la Juriſprudence, & ſuivit enſuite le Barreau. Il s'y fit bientôt une
reputation, qui lui ouvrit une porte
aux honneurs. Il n'avoit encore que
28 ans, lorſqu'il fut fait *Sheriff* de
Londres. Le Roi *Henri VIII.* ayant
conçu de l'eſtime pour lui, le fit en
differens temps Maître des Reque-
ſtes, Chevalier, Tréſorier de l'Echi-
quier, & Chancelier du Duché de
Lancaſtre. Il ſe ſervit auſſi de lui en
diverſes Ambaſſades & Negotia-
tions; & ſur tout à la paix qui ſe
conclut à *Cambray* en 1529. entre
François I. & *Charles-Quint*, & *Morus* ſoutint également bien en toutes ces occaſions les interêts de ſon
Maître, & ſa propre réputation.

Le Cardinal *Wolſey* ayant été diſ-
gracié la même année 1529. *Henri
VIII.* lui ôta le grand Sceau, & le
donna quelques jours après, c'eſt-
à-dire le 25 Octobre, à *Morus*, qu'il

Tome XXV. T

T. Mo-
rus.

éleva à la charge de Grand-Chance-
lier d'Angleterre.

Morus l'administra d'une maniere
toute opposée à celle de son Prede-
cesseur. *Wolsey* s'y étoit conduit avec
fierté & avec hauteur. *Morus* au contraire s'y rendit affable à tout le monde ; exact dans l'administration de
la Justice, il terminoit les affaires
le plutôt qu'il étoit possible, sans
faire languir ceux qui avoient recours à lui ; d'une integrité à toute
épreuve, il ne faisoit acception de
personne ; parfaitement desinteressé,
il refusoit tous les presens qu'on lui
offroit. On rapporte à cette occasion
un trait qui merite de trouver ici sa
place. Un Gentilhomme, qui avoit
un procès à la Chancellerie lui ayant
envoyé deux Flacons d'argent par
un Domestique, *Morus* appella quelqu'un de sa maison, & lui dit : *Me-
nés cet homme dans ma Cave, & rem-
plissés du meilleur vin qu'il y ait ces
deux flacons ;* ensuite s'étant tourné
du côté de celui qui les avoit appor-
tés ; *mon ami,* lui dit-il, *dites, s'il
vous plaît, à votre maître, qu'il ne
l'épargne pas, s'il le trouve bon.*

T. Mo-
RUS.

Son deſintereſſement deplaiſoit à ſa famille, & ſes enfans ſe plaig-noient quelquesfois à lui de ce qu'il négligeoit de profiter de ſon éleva-tion pour leur avancement ; mais il leur repondoit : *mes enfans, laiſſés moi rendre la juſtice à tout le monde ; il y va de votre gloire & de mon ſalut ; mais ne craignés rien, il vous reſtera toûjours le meilleur partage, la bene-diction du Ciel & celle des hommes.*

En effet lorſqu'il quitta la charge de Chancelier, il ne ſe trouva pour tout bien que ſon Patrimoine, quel-ques terres de peu de revenu, que le Roi lui avoit données, & environ cens livres ſterling en Eſpeces.

Les Sceaux ne demeurerent entre ſes mains que deux ans & demi. Les demarches du Roi *Henri VIII.* à l'égard de la Cour de *Rome*, qui n'a-voit point voulu donner les mains à la diſſolution de ſon mariage avec *Catherine d'Arragon*, lui firent bien-tôt juger que les choſes ne manque-roient pas d'aller juſqu'à une rupture entiere. Il auroit volontiers conſen-ti qu'on reformât quelques abus, mais il comprenoit bien par le train

T ij

que les affaires prenoient, que la reforme iroit plus loin qu'il ne fouhaittoit. Ainfi ne voulant point fervir d'inftrument à la rupture qui fe preparoit, il demanda plufieurs fois au Roi permiffion de fe retirer, fous pretexte de fes infirmités, fans pouvoir l'obtenir. L'ayant enfin obtenue, il remit à ce Prince le grand Sceau le 16 May 1532. & fe retira à fa maifon de *Chelfey* près de *Londres*.

Son merite l'avoit élevé à la charge de Chancelier, fans qu'il l'eût briguée, il l'avoit exercée fans ambition, & il la quitta fans regret.

S'il faut croire ce que l'on rapporte de l'entretien qu'il eut avec fa femme & avec fa fille le lendemain de fa demiffion, il faut avoiier qu'il avoit un grand mepris pour les biens de la fortune; mais il femble en même temps qu'il ne favoit pas affez conferver fa gravité.

Après qu'il eut remis le Sceau, il partit de *Londres* avec fa famille fans lui en avoir rien dit & fe rendit à fa terre de *Chelfey*. Il fut le lendemain à la Meffe, & après qu'elle fût dite, il alla au banc de fa femme lui dire,

Madame, Mylord eſt parti. C'eſt ce
que ſon Ecuyer avoit coûtume de lui
annoncer, afin qu'elle ſortît de l'E-
gliſe. Elle qui connoiſſoit les plai-
ſanteries de ſon Mari, qui lui faiſoient quelquefois oublier ce qu'il
devoit à la dignité de ſon caractere,
n'y fit pas grande attention. Mais
Morus lui declara nettement qu'il
n'avoit plus le Grand Sceau, & lui
apprit ce qu'il avoit fait. Cette femme s'abandonna alors à tout ce que
la douleur & l'ambition ſont capables d'inſpirer à une perſonne qu'on
dépouille de toute ſa grandeur. *Mo-*
rus appella ſur cela ſa fille, & lui
dit en plaiſantant toûjours, d'examiner ſi les habits de ſa mere ne la
bleſſoient point, pour voir ce qui la
faiſoit crier ſi fort. Il ajouta d'autres
quolibets, qui étoient peut-être du
goût de ſon ſiecle, mais qu'on n'ap-
prouveroit pas maintenant.

Peu de temps après il congedia
ſes domeſtiques, en leur donnant
des lettres de recommandation pour
les nouveaux Maîtres qu'ils alloient
ſervir. Il avoit ſon Fou, ſuivant la
coûtume de ce temps-là, & il en fit

T. Mo-
Rus.

present au Maire de *Londres*, & à ses successeurs après lui, comme s'il avoit voulu marquer par-là l'opinion qu'il avoit de ce Magistrat.

S'étant ainsi debarassé de tout son train, il se reduisit à vivre en homme privé dans sa terre, qui ne lui rapportoit que quatre ou cinq cens écus de rente ; *& si cela ne suffit pas, disoit il à sa fille en riant, nous irons chanter aux portes pour demander l'aumône.*

Au reste il ne badinoit pas toûjours ; ses plaisanteries étoient un effet de son temperament & une suite de la tranquillité de son esprit ; mais il devoit cette tranquilité à sa vertu & à sa Philosophie.

Quelque temps après sa retraite, il composa son Epitaphe, qu'il fit graver sur une tombe, qu'il destinoit à couvrir son tombeau. Quoiqu'elle soit fort longue, je la rapporterai ici, pour faire connoître sa maniere de penser & d'écrire.

Epitaphium Thomæ Mori.

Thomas Morus, urbe Londinensi, familia non celebri, sed honesta natus, in literis utcumque versatus, quum &

caufas aliquot juvenis egiſſet in foro, & *T. Mo-*
in urbe ſua pro Shyrevo jus dixiſſet, ab RUS.
invictiſſimo Rege Henrico VIII. (cui
uni Regum omnium gloria prius inau-
dita contigit, ut fidei defenſor, qualem
& gladio ſe & calamo vere præſtitit,
merito vocaretur) adſcitus in Aulam
eſt, delectuſque in Conſilium, & creatus Eques, Proquæſtor primum, poſt
Cancellarius Lancaſtriæ, tandem Angliæ miro Principis favore factus eſt.
Sed interim in publico Regni Senatu
lectus eſt Orator populi; præterea Legatus Regis nonnumquam fuit, aliàs
alibi, poſtremò verò Cameraci, Comes
& collega junctus principi legationis
Cuthberto Tonſtallo, tum Londinenſi,
mox Dunelmenſi Epiſcopo, quo viro
vix habet orbis quicquam eruditius,
prudentius, melius. Ibi inter ſummos
orbis Monarchas rurſus refecta fœdera,
redditamque mundo diu deſideratam pacem & lætiſſimus vidit, & Legatus in-
terfuit.

Quam ſuperi pacem firment faxint-
que perennem! In hoc officiorum vel
honorum curſu cum ita verſaretur, ut
neque princeps optimus operam ejus im-
probaret, neque nobilibus eſſet inviſus,

T iiij

T. Mo-
RUS.

neque injucundus populo ; furibus autem, homicidis, Hæreticifque moleftus ;
Pater ejus tandem Joannes Morus E-
ques, & in eum Judicum ordinem à
Principe cooptatus, qui Regius Con-
feffus vocatur, homo civilis, innocens,
mitis, mifericors, æquus, & integer,
annis quidem gravis, fed corpore plus
quam pro ætate vivido, poftquam eò
productam fibi vidit vitam, ut filium
videret Angliæ Cancellarium, fatis in
terra jam fe moratum ratus, lubens
migravit in cœlum. At filius defuncto
patre, cui quamdiu fupererat compara-
tus, & juvenis vocari confueverat, &
ipfe quoque fibi videbatur, amiffum
jam patrem requirens, & editos ex fe
liberos quatuor, ac Nepotes undecim
refpiciens, apud animum fuum cœpit
perfenefcere. Auxit hunc affectum animi fubfecuta ftatim velut adpetentis fe-
nii fignum, pectoris valetudo deterior.
Itaque mortalium harum rerum fatur,
quam rem à puero penè femper optave-
rat, ut ultimos aliquot vitæ fuæ annos
obtineret liberos, quibus hujus vitæ ne-
gotiis paulatim fe fubducens, futuram
poffet immortalitatem meditari, eam rem
tandem (fi cœptis annuat Deus) indul-

gentiſſimi Principis beneficio incompa- T. MO-
rabili reſignatis honoribus impetravit : RUS.
atque hoc ſepulchrum ſibi, quod mortis
eum numquam ceſſantis adrepere quo-
tidie commonefaceret, tranſlatis huc
prioris uxoris oſſibus, extruendum cu-
ravit. Quod ne ſuperſtes fruſtra ſibi
fecerit, neve ingruentem trepidus mor-
tem horreat, ſed deſiderio Chriſti lu-
bens oppetat, mortemque ut ſibi non
omnino mortem, ſed januam vitæ feli-
cioris inveniat, precibus eum piis,
Lector optime, ſpirantem precor, de-
functumque proſequere.

Morus demeura tranquille dans
ſa retraite pendant deux ans, juſqu'à
l'avanture d'*Elizabeth Barton*, Re-
ligieuſe de *Kent*, qui fut condam-
née à mort pour avoir debité des
Révélations qu'elle pretendoit avoir
ſur les malheurs, qui arriveroient
au Roi *Henri VIII.* s'il ſe ſeparoit
de la Reine *Catherine. Morus*, qui
avoit eu quelque commerce avec
elle, la voyant arrêtée, ne douta
point qu'on ne l'inquietât ; il eut
donc recours à la Clemence du Roi,
qui lui pardonna, & ne voulut point
qu'on le comprît dans le procès qui
fut fait alors à cette fille.

T. Mo-
RUS.

Mais si son innocence & sa sou-
mission le tirerent de ce mauvais pas,
sa fermeté invincible à ne point
prêter le serment de supremacie que
le Roi exigeoit de tout le monde,
l'engagerent dans un autre, où il
perit.

Ayant été appellé pour ce sujet au
Conseil d'Etat assemblé à *Lambeth*
au mois de May 1534. il refusa de
prêter le serment, & sur ce refus
dans lequel il persista malgré tout ce
qu'on pût lui dire, il fut envoyé
quelques jours après à la Tour de
Londres. Il y demeura une année,
pendant laquelle il fut traité avec
assez de rigueur; & au bout de ce
temps on lui fit son procès, & il
fut condamné au supplice des Trai-
tres; mais le Roi modera la sentence, & voulut qu'il fût seulement
décapité.

Il reçut la nouvelle de son jugement avec cette égalité d'ame qui
lui étoit naturelle. Non seulement
il n'en témoigna pas d'émotion, il
fit même éclater sa joye, de ce qu'on
alloit, disoit-il, mettre fin à ses
peines. Il conserva jusqu'à ces der-

niers momens son esprit goguenard, T. Mo-
& le porta même sur l'échaffaut. RUS.

Pendant qu'il étoit en prison, un
Courtisan vint l'exhorter à avoir
quelque complaisance pour la volonté du Roi, & lui répetoit souvent ces mots : *Que ne changés vous
d'avis ? Morus* pour s'en débarasser,
lui repondit enfin : *J'en ai changé.*
Le Courtisan courut aussitôt en aver-
tir le Roi, qui le renvoya à *Morus,*
pour avoir de lui une explication
plus precise. *Il est vrai,* lui répondit le Prisonnier, *que j'ai changé d'a-
vis ; mais il s'agit de ma barbe, que
j'avois dessein de faire couper, & que
je suis à present resolu de porter sur
l'échaffaut.*

Il fut executé le 6 Juillet 1535.
En montant sur l'échaffaut, il pria
une personne qui étoit presente de
lui donner la main, *aidés moi, je
vous prie,* lui dit-il, *à monter ; je
n'aurai besoin de personne pour descen-
dre.* Le Bourreau s'étant approché,
pour le prier, suivant la coûtume,
de lui pardonner sa mort. *Je te par-
donne,* lui dit-il, *mais j'ai le cou si
court, que j'ai peur que tu n'en vienne*

T. Mo-
RUS.

pas à ton honneur en le coupant. Lorſque ſur le point d'être decapité, il
eut mis la tête ſur le billot pour recevoir le coup mortel, il s'apperçut
que ſa barbe étoit engagée ſous ſon
menton. Cela le fit lever promptement, en diſant à l'Executeur, qu'il
ſe donnât un peu de patience, juſqu'à ce qu'il eût mis ſa barbe dans
une autre ſituation, puiſque n'ayant
pas commis de trahiſon, il n'étoit
pas juſte qu'elle fut coupée. Il retourna enſuite à ſes dévotions, &
un moment après on lui trancha la
tête. Il étoit alors âgé de 55 ans.
Son corps fut d'abord enterré dans
une chapelle dependante de la Tour
de *Londres*, par les ſoins de *Mar-*
guerite ſa fille, qui le fit enſuite
tranſporter dans l'Egliſe de *Chelſey*,
où on lui mit l'Epitaphe que j'ai rapportée ci-deſſus. Pour ce qui eſt de
ſa tête, après qu'elle eut été expoſée
pendant quatorze jours ſur le pont
de *Londres*, la même *Marguerite* la
fit mettre dans une boëte de plomb,
qu'elle conſerva religieuſement, &
qui fut enſuite enterrée avec elle à
Cantorbery dans l'Egliſe de *S. Dun-*
ſtan.

Erasme fait dans une de ses let- T. Mo-
tres à *Ulric Hutten* un beau portrait RUS.
de l'esprit & des mœurs de *Morus.*
Il l'y depeint comme un homme
accompli, pieux, savant, vertueux,
prudent, équitable, de bonne humeur, agréable en conversation,
humble, charitable, constant; en
un mot, orné de toutes les belles
qualités qu'un homme puisse sou-
haiter. Sa maison étoit comme le
domicile des Muses. Il écrivoit très-
bien en Latin, mais il étoit encore
plus habile dans la langue Gréque.
Il s'étoit exercé à toutes sortes de
stiles pour s'en faire un bon. Personne ne parloit mieux sur le champ.
Il avoit l'esprit présent & pénétrant:
sa memoire ne lui manquoit jamais :
ses pensées sont fines ; son discours
est vif, élegant & sublime. Il ne
manque point de sel ni de subtili-
té. Il étoit même fort piquant dans
la dispute, comme il le fait voir dans
son traité contre *Luther.* Il a été ge-
neralement estimé de tous les Savans de son temps. (*Du Pin Bibl. des
Auteurs Ecclesiastiques.*)

Il a été marié deux fois, mais il

T. Mo-
RUS.

n'a eu des enfans que de sa premiere femme, nommée *Jeanne Cowlt*, qui lui donna un fils & trois filles.

Le fils, nommé *Jean*, qui étoit presque imbecille, épousa *Anne Cres-sacre*, dont il eut un fils nommé *Thomas*, qui s'étant aussi marié eut treize enfans, & entre autres un nommé *Thomas*, dont il faut dire quelque chose.

Ce *Thomas* naquit le 6 Juillet 1566. Après avoir été quelque temps marié & avoir perdu sa femme, il embrassa l'état Ecclesiastique, & fut ordonné Prêtre à *Rome*. Il mourut en cette ville le onze Avril 1625. Toutes les particularités de sa vie se trouvent dans son Epitaphe, qui est dans l'Eglise de *S. Louis* à *Rome*, où il fut enterré. La voici.

D. O. M. S.

Thomæ Moro Diæc. Ebor. Anglo, Magni illius Thomæ Mori Angliæ Cancellarii & Martyris Pronepoti atque hæredi, viro probitate & pietate insigni, qui, raro admodum apud Britannos exemplo, in fratrem natu minorem am-

plum tranfmifit patrimonium, & Pres- T. Mo-
byter Romæ factus, inde juffu fedis RUS.
Apoftolicæ in patriam profectus, plufcu-
los annos, ftrenuam fidei propagandæ
navavit operam: poftea Cleri Angli-
cani negotia feptem annos Romæ, &
quinque in Hifpania PP. Paulo V.
& Gregorio XV. fumma cum integri-
tate & induftria fuifque fumptibus pro-
curavit. Tandem de fubrogando An-
glis Epifcopo ad Urbanum VIII. mif-
fus, negotio feliciter confecto, laborum
mercedem recepturus, ex hac vita mi-
gravit undecimo Aprilis an. 1625.
Ætatis fuæ. 59. *Clerus Anglicanus*
mœftus P.

Il a écrit en Anglois la vie de
Thomas Morus fon bifayeul, qui a
été imprimée pour la premiere fois
à *Londres* vers l'an 1627. *in-*4°. &
pour la feconde dans la même ville
en 1726. *in-*8°.

Marguerite More, premiere fille
de notre Auteur, époufa *Guillaume
Roper*, qui a auffi écrit la vie de fon
beaupere, & eut entre autres enfans
une fille nommée *Marie*, qui fut
très-favante, & qui traduifit en Anglois un difcours fur la paffion de

Notre Seigneur que *Thomas Morus*,
fon grand pere, avoit écrit en Latin. Elle traduifit auffi du Grec en
Latin l'hiftoire Ecclefiaftique d'*Eu-
febe*, qui n'a pas été imprimée, parce que *Chriftophorfon* en fit dans ce
temps-là une autre traduction plus
exacte.

Les deux autres filles de *Thomas
Morus* furent auffi mariées, la feconde nommée *Elizabeth* à *Jean
Damfé*, & *Cecile* la troifiéme à *Gilles Geron*.

Catalogue de fes Ouvrages.

1. *De Optimo Reipublicæ ftatu, deæ
que nova infula Utopia Thomæ Mori
libri duo*, *quibus præfiguntur Epiftolæ
Defiderii Erafmi*, *Gul. Budæi*, *Petri
Ægidii*, *ac in fine adjuncta Hieron.
Buflidii Epiftola. Bafileæ. Joan. Froben.
1518. in-4°.* C'eft-là la premiere édition. *Maittaire* pretend que l'Ouvrage a été imprimé d'abord en 1516.
parce que les Lettres de *Buflidius* &
de *Pierre Gilles* qui l'accompagnent,
& où ils témoignent l'avoir lû avec
plaifir, font de cette année. Mais s'il
avoit fait attention à un endroit de
celle de *Pierre Gilles*, il auroit reconnu

connu fans peine qu'ils l'avoient lû T. Mo-
feulement en Manufcrit. Voici cet RUS.
endroit. *Cæterum quod is (Thomas
Morus) ambigit de editione, equidem
laudo & agnofco viri modeftiam. At
mihi vifum eft opus, modis omnibus in-
dignum, quod diu premeretur, & cum
primis dignum quod exeat in manus
hominum.* D'ailleurs *Erafme* dans fa
Lettre à *Jean Froben* datée du 23
Août 1517. lui marque qu'il lui en-
voye le Manufcrit de l'Utopie afin
qu'il voye s'il veut faire par fa Pref-
ge prefent de cet Ouvrage au mon-
de. It. *Coloniæ* 1555. *in-*8°. It. *Bafileæ* 1563. *in-*8°. It. *Oxonii* 1663. *in-*
8°. It. *Amftelod.* Jo. Janffon. 1629.
*in-*24. It. *a mendis vindicata & juxta
Indicem expurgatorium Card. & Archiep. Toletani correcta. Coloniæ A-
gripp.* 1629. *in-*24. Cette édition ne
vaut rien du tout, parce qu'on en a
retranché une infinité d'endroits. It.
Amftel. 1631. *in-*24.

On en a une traduction Angloife
faite par *Ralph Robinfon*, qui y a
ajouté des notes Marginales. Cette
traduction a été imprimée à *Londres*
en 1557. & en 1639. *in-*8°. *Gilbert*

Tome XXV. V

Burnet, Evêque de *Salisbury*, en a
fait depuis une nouvelle, qui a été
imprimée en 1683. & à la tête de laquelle il a mis une belle Preface sur
la nature des traductions.

Trois Auteurs ont traduit l'Utopie en François. *Barthelemi Aneau*,
dont la Traduction a été imprimée
vers l'an 1550. à *Paris in-8°*. & à
Lyon in-16. Samuel Sorbiere, qui a
donné la sienne en 1643. à *Amster-*
dam in-12. Gueudeville, qui a publié
la sienne à *Leyde* en 1715. *in-12.*
réimprimée à *Amsterdam*, en 1730.
avec des figures. * Ce dernier a gâté
l'Ouvrage de *Morus* par un stile bur-
lesque, qui n'est qu'un mélange
d'expressions triviales, de mauvai-
ses plaisanteries, de mots hasardés
qui choquent, & de pensées froides
& insipides.

* Cette
Edition se
trouve
chez Brias-
son à Pa-
ris.

Les Italiens en ont aussi une traduction en leur langue, qui a été
imprimée à *Venise* en 1548. *in-8°*.

Le Systeme Politique que *Thomas*
Morus forme dans cet Ouvrage,
quoique bon en certaines choses, est
cependant reprehensible en d'autres, & impossible dans la pratique.

Il ſemble l'avoir compoſé dans l'y- **T. Mo-**
vreſſe d'une eſpece de debauche Phi- **RUS.**
loſophique.

2. *Epigrammata Thomæ Mori, pla-*
raque e Græcis verſa, cum Beati Rhe-
nani ad Bilibaldum Pirckeimerum E-
piſtola. Præmittuntur Thomæ Mori &
Gulielmi Lilii Sodalium Progymnaſma-
ta, ſive Epigrammata Græca, ab utro-
que metris Latinis verſa. Baſilea 1518.
*in-*4°. Ces Poëſies de *Thomas Morus*
ont été imprimées pluſieurs fois,
tantôt ſéparément, & tantôt avec
quelques uns de ſes autres Ouvrages. Il y a fait paroître aſſez de naturel & de feu. *Borrichius* pretend
même qu'on lui trouve quelque
choſe de relevé & de gracieux; ce
qui eſt d'autant plus remarquable,
qu'il n'avoit eu d'autre maître ni
d'autre guide que ſon propre genie.
Il s'eſt porté de lui même à l'imitation des anciens, autant qu'il a été
poſſible, & il s'eſt montré un des
plus zelés adverſaires des vers Leo-
nins, c'eſt à-dire de ces ſortes de
vers, qui ont une même conſonan-
ce au milieu qu'à la fin. Il a fait cependant en ces ſortes de vers, pour

T. Mo-
RUS.

se divertir , l'Epitaphe d'un Mufi-
cien du Roi d'Angleterre *Henri VIII.*
fous le titre d'*Epitaphium Abyngdo-
nii Cantoris.* Neuf Epigrammes ,
qu'on trouve ici contre *Germain de
Brie* , ou *Brixius* , ont produit l'*Anti-Morus ,* dont il faut dire quelque
chofe. Je ne ferai que rapporter ce
que M. de *la Monnoye* nous en apprend dans fes notes fur les *Jugemens
des Savans* & dans le *Menagiana*
tom. I. p. 130. ‚‚ *Brixius* , dit-il ‚
‚‚ ayant compofé en 1512. un Poëme
‚‚ intitulé : *Cordigera* , où il decri-
‚‚ voit en 300 vers Hexametres le
‚‚ combat donné le jour de la S. Lau-
‚‚ rent de la même année entre le
‚‚ Vaiffeau de France nommé *la Cor-
‚‚ deliere,* & celui d'Angleterre, nom-
‚‚ mé *la Regente , Thomas Morus* , qui
‚‚ n'étoit pas alors conftitué en digni-
‚‚ té , fit diverfes Epigrammes , pour
‚‚ fe moquer de quelques endroits
‚‚ de ce Poëme. *Brixius* fenfible à
‚‚ l'injure, s'en vangea par l'*Anti-
‚‚ Morus ,* Elegie d'environ 500 vers,
‚‚ où il releva impitoyablement tout
‚‚ ce qu'il crut avoir remarqué de
‚‚ fautes dans les Poëfies de *Morus.*

» Il garda néanmoins long-temps
» cette piece ſans la publier , témoi-
» gnant que s'il en conſentoit l'im-
» preſſion, c'étoit par déference pour
» ſes amis , qui lui remontroient
» que ces ſortes d'Ouvrages perdent
» beaucoup de leur grace , quand
» ils tardent trop à paroître. Il y a
» trois éditions de l'*Anti-Morus.*
» La 1e par les ſoins de l'Auteur en
» 1520. on il y a 22 vers plus que
» dans toutes les autres , ſavoir 14
» vers Grecs & 8 Latins. La 2e. en
» 1560. dans le ſecond tome des
» *Flores Epigrammatum* de la Col-
» lection de *Leodegarius à Quercu ,*
» en François *Leger du Cheſne.* La
» 3e de *Francfort* dans le corps des
» Poëſies Latines des Auteurs Fran-
» çois récueillies par *Ranutius Ghe-*
» *rus ,* nom Anagrammatiſé de *Janus*
» *Gruterus.* On en pourroit conter
» une quatriéme, ſi le bruit, qui ,
» au rapport d'*Eraſme ,* courut en
» 1520. avoit été vrai, que *Thomas*
» *Morus* ſe mettant fort au-deſſus
» de cette Satyre l'avoit fait lui-mê-
» me imprimer. Je ne penſe pas qu'il
» en ſoit venu là , quoique dans une

T. Mo-
Rus.

» longue & très - piquante Lettre
» contre *Brixius*, réimprimée l'an
» 1642. à *Londres* à la suite des Epî-
» tres de *Melanchton*, il temoigne
» à *Erasme* en avoir eu le dessein.

3. *Ex Luciano quædam e Græca lingua in Latinam conversa.* Dans les Editions de *Lucien* faites à *Paris* en 1514. *in-4°.* à *Basle* en 1521. *in-fol.* & dans les suivantes. Les Ouvrages que *Thomas Morus* a traduits sont les trois Dialogues intitulés : *Cynicus*, *sive Necromantia*; *Philopseudes*, & la déclamation *pro Tyrannicida*, à laquelle il en a ajouté une de sa façon, qui lui sert de réponse. M. *Huet* juge favorablement de ces traductions : le stile en est simple, mais limé & naturel, on n'y voit ni enflure ni affectation; le traducteur y est maître de sa phrase & de celle de son Auteur, & il a sçu faire si bien répondre son Latin au Grec, que qui voit la copie, voit en même temps l'Original.

4. *Historia Ricardi Regis Angliæ ejus nominis tertii.* Dans le Recueil de ses œuvres Latines, dont je parlerai plus bas. Cette histoire ne contient

que le récit des crimes qui ont fervi T. Mo-
à ce Prince pour monter fur le thrô- RVS.
ne ; l'Auteur s'eft borné là. Il n'y a
pas même mis la derniere main ; ce
qui fait que la Latinité n'en eft pas
fi pure ni fi élegante, que celle de
fes autres Ouvrages. Il l'avoit d'a-
bord écrite en Anglois, & elle parut en cette langue à *Londres* l'an
1651. *in-*8°. & enfuite dans le Recueil
des fes Oeuvres Angloifes, fous le
titre d'*Hiftoire Tragique de Richard
III.*

5. *Vindicatio Henrici VIII. Regis
Angliæ à Calumniis Lutheri. Londini*
1523. *in-*4°. *Thomas Morus* voulant
répondre à *Luther* avec un ftile auffi
vif & auffi fort que celui dont cet
Auteur s'étoit fervi, crut devoir fe
cacher fous le nom de *Guillaume
Roffeus*, pour le faire plus librement.
Sa reponfe eft plus élegante que celle que l'Evêque de *Rochefter* fit dans
le même temps au même Ouvrage
de *Luther*, mais elle n'eft pas fi profonde ni fi folide. Il y entre plus de
perfonnalités, que de raifonnemens
Théologiques. Elle a été imprimée
dans le Recueil de fes Oeuvres fous

T. Mo-
rus.

le titre de *Responsio ad convitia Martini Lutheri , congesta in Henricum
Angliæ Regem , nomine Octavum , conscripta anno* 1523.

6. *Expositio Passionis domini ex con-
textu quatuor Evangelistarum , usque
ad comprehensum Christum.* Inserée
dans le Recueil de ses Oeuvres Latines p. 118. J'ai dit ci-dessus que
Marie Roper sa petite fille avoit traduit cet Ouvrage en Anglois. *Morus* n'eut pas le temps de l'achever,
parce qu'au bout de quelques mois
de prison , on lui ôta tout ce qui
pouvoit lui servir à écrire.

7. *Quod pro fide mors fugienda non
est : Item Precatio ex Psalmis collecta.*
Inseré dans le même recueil. Il composa encore ces deux petites pieces
dans sa prison.

8. *Thomæ Mori omnia , quæ huc usque ad manus nostras pervenerunt , Latina opera , quorum aliqua nunc primum in lucem prodeunt , reliqua vero
multo quam antea castigatiora. Lovanii* 1565. *in-fol.* C'est un Recueil de
tous les Ouvrages dont je viens de
parler à la tête duquel on voit son
Epitaphe faite par lui-même.

9. *Epistolæ*

9. *Epiſtola ad Academiam Oxo-* T. Mo-
nienſem , & Poëmata quædam in mor- RUS.
tem Roberti Cottoni , & Thomæ Alleni.
Oxonii 1633. *in-4°.* Les Poëſies ſont
de *Richard James ;* il n'y a de *Tho-*
mas Morus , que la Lettre , dans laquelle il exhorte l'Univerſité d'*Ox-*
ford à faire revivre l'étude de la langue Gréque , que ſes Membres negligeoient depuis long-temps.

10. *Epiſtola ad M. Dorpium de ali-*
quot Theologaſtrorum ſui temporis inep-
tiis, deque correctione Tranſlationis vul-
gatæ Novi Teſtamenti. Lugd. Bat.
1625. *in-8°.*

11. *Epiſtola in qua reſpondetur li-*
bris Joannis Pomerani. Lovanii 1568.
in-8°.

12. *Epiſtolæ. Londini* 1642. *in-fol.*
A la ſuite de celles d'*Eraſme.*

13. Tous ſes Ouvrages Anglois
ont été imprimés enſemble à *Lon-*
dres en 1557. *in-4°.*

Pluſieurs Auteurs ont écrit ſa
vie. 1°. *Thomas More ,* ſon arriere
petit-fils , en a écrit une en Anglois,
qui a été imprimée à *Londres* vers
l'an 1627. *in-4°.* & qui étant deve-
nue rare , a été imprimée pour la

Tome XXV. X

T. Mo-
RUS.

feconde fois dans la même ville en 1726. *in-8°.* par un Anonyme, qui en a comparé les faits avec ce qu'on trouve dans les autres vies de ce grand homme. Celle-ci eſt écrite d'une maniere très-naïve & très-devote, mais d'un ſtile un peu trop diffus. 2°. *Guillaume Roper*, ſon Gendre, en a compoſé une en Latin, dans laquelle ont puiſé tous ceux qui ont voulu l'écrire après lui, & qui après avoir demeuré long-temps Manuſcrite dans les Archives de la Bibliotheque d'*Oxford*, a été enfin imprimée par les ſoins de *Thomas Hearne* à *Oxford* en 1716. *in-8°.* 3°. *Thomas Stapleton* dans un livre intitulé : *Tres Thomæ, ſeu res geſta S. Thomæ Apoſtoli. S. Thomæ Archiepiſcopi Cantuarienſis & Martyris. Thomæ Mori Angliæ quondam Cancellarii. Duaci* 1588. *in-8°.* It. *Colonia Agripp.* 1599. & 1612. *in-8°.* Celle-ci eſt extrémement diffuſe. 4°. J. *Hoddeſdon*, dont l'Ouvrage eſt tiré de ceux de *Stapleton* & de *Thomas More*, & a été imprimé à *Londres* en 1662. *in-8°.* 5°. *Maurice Chawney*, Chartreux, dans ſon *Hi-*

ſtoria aliquot noſtri ſæculi Martyrum. T. Mo-
Moguntiæ 1550. *in*-4°. 6°. *Ferdinand* RUS.
de Herrera en Eſpagnol. *Vida y muer-*
te de ·Toma Moro. Sevilla 1592. *in-*
8°. 7°. *Dominico Regi* en Italien: *Del-*
la vita di Tomaſo Mori libri duo. In
Milano 1675. *in*-12. 8°. *Antoine*
Wood Athenæ Oxonienſes. tom. 1. *p.*
36.

JEAN MAIRET.

JEAN *Mairet* naquit vers l'an J. MAI-
1610. à *Bezançon*, & vint de RET.
bonne heure à *Paris*, où à peine
eut-il fini ſa Philoſophie à l'âge de
ſeize ans qu'il commença à ſe donner à la Poëſie Dramatique, qu'il a
cultivée pendant toute ſa vie, &
compoſa une piece intitulée *Chry-*
ſeide & Arimand. Cette circonſtance
auroit dû lui faire trouver place parmi les Enfans celebres de *Baillet*,
qui l'a cependant omis; parce qu'il
l'a ignorée.

Il fut Secretaire de M. de *Mont-*
morenci, qui étoit auſſi le Patron de
Theophile, & ce fut chez lui, qu'il

I. MAI-
I.
contracta un étroite amitié avec (
Poëte.

C'est à cela que se termine tout
ce que nous sçavons de la vie de
Mairet, qui tomba presque en enfance
sur la fin de ses jours., quoiqu'il fût
encore assez jeune, & qui mourut
vers l'an 1660. âgé d'environ 50 ans.

On lit dans le *Menagiana*, que la
Reine *Anne d'Autriche* lui fit present de dix mille écus pour un sonnet qu'il avoit fait pour la paix des
Pyrenées ; mais c'est un Conte. Il
n'y a eu ni sonnet de la part de Mairet, qui étoit dans ce temps-là comme en enfance, ni present de la part
de la Reine.

La versification de *Mairet*, quoique préferable à celle de *Theophile*
dans le genre Dramatique, n'y seroit
pas supportable aujourd'hui.

Catalogue de ses Ouvrages.

1. *Chryseide & Arimand, Tragicomedie. Rouen* 1629. *in*-8°. C'est sa
premiere piece, qui fut imprimée
à son insçu.

2. *Sylvie, Tragicomedie Pastorale,
& autres œuvres Poëtiques. Paris* 1629.
in-4°. *Sorel* nous apprend que la *Syl-*

vie fut une des premieres pieces , J. Maɪ-
qui mirent le Théatre François en ret.
reputation.

3. *La Silvanire ou la Morte-Vive ,
Tragicomedie Paſtorale , avec les figures de Michel Laſne. Paris* 1631. *in-*
4°. Le ſujet de cette piece eſt tiré de
la 3e partie de l'*Aſtrée* de M. d'*Urfé,*
qui en a fait auſſi une Paſtorale en
vers non rimés à la façon des Italiens. Elle eſt précedée d'une Préface de *Mairet* ſur la Poëſie en general & ſur la Poëſie Dramatique en
particulier. On trouve à la ſuite *Autres œuvres Lyriques du St. Mairet.*
pp. 96. Ce ſont differentes pieces de
Poëſie.

4. *Virginie , Tragicomedie. Paris*
1635. *in-*4°. ɔɔ La fable de *Virginie*
ɔɔ entre les Romaneſques eſt ample
ɔɔ & belle. Le Caractere n'en eſt pas
ɔɔ tout-à-fait heroïque, & il y a quel-
ɔɔ ques ſpectacles irreguliers; pour
ɔɔ les vers ils ſont paſſables, hors la
ɔɔ ſterilité des penſées. Ce jugement
& les ſuivans ſont tirés d'un Memoire Manuſcrit d'une perſonne
d'eſprit , & de merite. Il a paru depuis deux autres pieces ſur le même

J. MAI-
RET.

sujet, l'une de *Michel le Clerc* en 1645. & l'autre de M. *Campistron.*

5. *Sophonisbe, Tragedie. Paris* 1635. *in*-4°. » La fable de *Sophonisbe* est » fort unie & peu surprenante ; mais » elle est nette, & parut beaucoup, » pour avoir la premiere décrit la » Majesté de la vertu Romaine. Les » passions en font naturelles & bien » traitées. Les vers par quelque secret » imperceptible du tour en paroif- » fent forts, quoiqu'ils foient peu » remplis ; à tout prendre pourtant » la piece est excellente. Cette Tragedie a eu un succès prodigieux, on la joüoit encore du temps de *Corneil-le*, & quelques-uns même la preferoient à celle que ce fameux Poëte composa fur le même sujet, parce que *Mairet* avoit tâché de rendre les mœurs de ses personnages conformes à celles de fon fiecle, au lieu que Corneille leur a confervé le genie de leur nation. Mais les chofes ont bien changé depuis ce temps, & la piece de *Corneille*, qui est mieux entré dans le genie de la Poëfie dramatique, a fait oublier celle de *Mairet. Chorier* p. 35. de la vie de *Pierre*

Boiffat, dit que *Theophile*, au rapport J. MAI-
de *Des-Barreaux*, qui l'avoit connu RET.
particulierement, étoit le veritable
Auteur de la *Sophonisbe*; ce qui n'eft
pas probable, puifqu'il y avoit déja
neuf ans que *Theophile* étoit mort,
lorfque cette piece parut; & que ce
dernier n'étoit pas capable de faire
quelque chofe de fi bon dans le genre Dramatique. Il avoit paru avant
la *Sophonisbe* de *Mairet* deux autres
Tragedies fous le même titre; l'une
de *Mellin de S. Gelais* imprimée à
Paris l'an 1560. *in-*8°. qui eft une
traduction libre de l'Italien de *Jean
George Triffino*; & l'autre de *Claude
Mermet*, imprimée à *Lyon* l'an 1584.
*in-*8°.

6. *Les Galanteries du Duc d'Offone,
Viceroi de Naples. Comedie.* 1636. *in-*
4°. » La fable du Duc d'*Offone* eft fa-
» le, & contre la pureté du Théatre ;
» du refte elle eft affez divertiffante.
» Les vers en font très-foibles; il
» n'y a point de tour, & point de
» penfées. *Mairet* dans l'Epitre dédicatoire de cette piece, dit qu'il étoit,
quoiqu'il n'eût alors que 26 ans, le
plus ancien Poëte dramatique de fon

temps. Cette Epitre étant de l'an 1656. fert à nous faire connoître qu'il étoit né vers l'an 1610.

7. *Marc-Antoine, ou Cleopatre Tragedie. Paris* 1637. *in*-4°. It. *Paris* 1658. *in*-12. » Cette piece eft très-foible pour toutes chofes.

8. *Lettre à* * * * *fous le nom d'Arifte. in*-8°. *pp.* 8. C'eft une critique fort emportée, mais très-generale de la Tragicomedie du *Cid* de *Corneille*, qui parut en 1637.

9. *Epitre familiere du Sr. Mairet au Sieur Corneille fur la Tragicomedie du Cid.* Avec une *Reponfe à l'Amy du Cid fur ces invectives contre le fieur Claveret. Paris* 1637. *in*-8°. *pp.* 58. V. fur cette difpute le tome 20. de ces Memoires p. 89. Le *difcours à Cliton*, que j'ai donné en cet endroit à *Mairet*, fur un Memoire de M. *Bofcheron*, paroît n'être point de lui, puis qu'on s'y declare contre la regle des vingt-quatre heures, que *Mairet* dans la Préface de fa *Sylvanire* dit être une des loix fondamentales du Théatre, dont il s'eft prefcrit l'obfervation.

10. *Apologie pour M. Mairet con-*

tre les *Calomnies du ſieur Corneille de* J. MAI-
Rouen (dans ſon advertiſſement au RET.
Beſançonnois *Mairet*) 1637. *in*-4°.

11. *Le grand & dernier Solyman ,*
ou la mort de Muſtapha , Tragedie.
Paris 1639. *in*-4°. » *Solyman* ne vaut
» gueres mieux que *Marc-Antoine*
» pour les vers; mais il eſt meilleur
» pour le ſujet.

12. *Roland furieux , Tragicomedie.*
Paris 1640. *in*-4°. » *Roland* eſt Ro-
» maneſque & irregulier pour la fa-
» ble , mais il a quelques agrémens.
» Les vers en ſont foibles, & pour-
» tant ils ont une certaine tendreſſe
» en leurs paſſions, qui les fait ai-
» mer.

13. *L'Illuſtre Corſaire , Tragicome-*
die. Paris 1640. *in*-4°. » Cette piece
» eſt imaginée avec aſſez d'artifice
» pour le ſujet ; mais les vers n'en
» valent rien pour la plûpart.

14. *Nouvelles œuvres de feu M.*
Theophile , compoſées de Lettres Fran-
çoiſes & Latines recueillies par M.
Mairet. Paris 1642. *in*-8°. Il y avoit
déja ſeize ans que *Theophile* étoit
mort , lorſque *Mairet* s'aviſa de publier ces Lettres de ſon ami.

**J. MAI-
RET.**

15. *Athenais*, *Tragicomedie*. Paris 1642. *in-4°*. It. *Ibid.* 1645. *in-12.* » L'*Athenais* n'a rien, qui la puisse » faire estimer.

16. *Sidonie*, *Tragicomedie*. Paris 1643. *in-4°*. » C'est la plus foible » piece de *Mairet*, qui depuis *So-* » *phonisbe* a toûjours diminué, & » n'a rien fait après *Sidonie*, parce » qu'il ne pouvoit faire plus mal. Son feu & sa vivacité étoient déja éteints, quoiqu'il n'eût encore que 33 ans.

V. *M. de la Monnoye*, notes sur les *Jugemens des Savans de Baillet.* L'*Anti-Baillet de Menage.* Le *Parnasse François de M. Titon du Tillet.*

JEAN DE MANDEVILLE.

**J. DE
MANDE-
VILLE.**

JEAN de *Mandeville*, ou *Monteville* (en Latin *Magnovillanus*, comme l'appelle *Leland*) surnommé, je ne sçai pour quelle raison, *ad Barbam*, comme on le marque dans son Epitaphe, naquit à *Saint Albans* d'une famille noble & illustre.

Porté naturellement à l'étude, il

joignit celle des Sciences aux exerci-
ces propres à un Cavalier ; il se ren-
dit habile dans la Medecine, sur la-
quelle il composa même quelques
Ouvrages, qui n'ont cependant pas
été imprimés.

La passion qu'il avoit pour les
Voyages le fit sortir de son pays l'an
1322. & non pas en 1332. comme
on lit dans *Balæus*, & dans ceux qui
l'ont copié.

Autant qu'on peut conjecturer
par la relation assez embroüillée qu'il
a donnée de ses voyages, qui ont été
de 33 ans, il vint d'abord en France,
& s'étant embarqué à *Marseille*, il
passa à *Constantinople*, visitant par-
tout les Reliques qui se conservoient
en chaque lieu de son passage ; ce
qui paroît avoir fait sa principale
attention.

Il alla ensuite dans la terre Sainte,
ou peut-être en Egypte ; car il assure
qu'il porta longtemps les armes au
service de *Melechinam*, Soudan de
Babylone, c'est-à-dire d'Egypte, qui
l'auroit comblé de biens, s'il eût vou-
lu embrasser le Mahometisme, &
qui lui donna, quand il partit, des
passeports très-amples.

J. DE MANDE-VILLE.

Après avoir visité l'Armenie, la Chaldée, le prétendu Royaume des Amazones, il passa en Ethiopie où il se trouva, suivant ses observations, à 18 degrés d'élevation du Pole Antarctique dans un pays, où il prétend qu'il y a des hommes, qui n'ont qu'un pied.

Il rapporte une infinité de choses aussi fabuleuses des Indes, où il suppose, qu'il y a plus de cinq mille grandes Isles, & une forest de dix-huit journées de long, où croît le poivre.

Il place à l'Orient l'Empire du *Prete-Jean*, qu'il croit être l'Antipode de l'Angleterre; ce qui fait voir son habileté dans la Géographie.

Les noms qu'il donne à quantité de villes ou d'Isles sont entierement inconnus, ou du moins fort defigu-rés.

Il dit quelque chose de la Chine & de la Perse, & suppose que les dix tribus des Juifs possedent un Royaume inaccessible dans les Monts Caspies, & sont cependant tributaires de la Reine des Amazones.

Parmi une infinité de fables, dont

ſa relation eſt remplie, on trouve
pluſieurs coûtumes qui toutes ſingu-
lieres qu'elles paroiſſent, ont été con-
confirmées par d'autres voyageurs
poſterieurs.

Il retourna en Angleterre l'an
1355. après trente-trois années d'ab-
ſence ; mais l'habitude qu'il avoit de
voyager ne lui permit pas de s'y fi-
xer ; puiſqu'il étoit à Liege, lorſqu'il
mourut le 17 Novembre 1372. dans
un âge fort avancé.

Il fut enterré dans l'Egliſe des Religieux Guillelmites de cette ville,
avec cette Epitaphe.

Hic jacet vir nobilis, Dominus Joan-
nes de Mandeville, alias dictus ad
Barbam, Miles, Dominus de Camp-
di, natus de Anglia, Medicinæ Pro-
feſſor, devotiſſimus Orator, & bonorum
ſuorum largiſſimus pauperibus erogator,
qui toto quaſi orbe luſtrato Leodii diem
vitæ ſuæ clauſit extremum anno Domi-
ni 1372. Menſis Novembris die 17.

Mandeville à ſon retour du Levant
compoſa ſon Itineraire, ou la Relation de ſes voyages, en Latin, en
Anglois, & en François, c'eſt-à-dire
en langue Romance ; on en trouve

plusieurs passages en cette derniere langue, dans le *Trésor des Langues* de *Duret*. Cette Relation a été depuis imprimée en diverses langues.

Joannis de Mandeville Itinerarius à terra Angliæ in partes Jerosolymitanas, & in ulteriores transmarinas ab Autore primum Gallice conscriptus anno 1355. & postea Latine versus. In-4°. En caracteres Gothiques, sans date, & sans nom de lieu. Je ne sçai si l'Ouvrage publié à *Anvers* en 1564. sous le titre de *Descriptio Jerusalem locorumque Sacrorum* fait partie de l'Itineraire, ou est un nouvel Ouvrage.

Elle a été imprimée en François à *Lyon* l'an 1487. & l'an 1542. *in-*4°. & à *Paris in-*8°. En Anglois à *Londres* l'an 1696. *in-*4°. & dans les Recueil d'*Hackluit*, & de *Purchas*. En Italien en 1496. *in-*4°. & à *Venise* l'an 1534. *in-*8°. En Espagnol à *Valence* l'an 1540. *in-fol*. En Flamand l'an 1483. Malgré toutes ces éditions & celles que j'ignore, cet Ouvrage est rare ; mais il n'y a pas grand mal; car c'est un amas de fables & rien autre chose.

V. *Joannis Balæi scriptores Majoris*
Britanniæ p. 478. *Joannis Lelandi*
Commentarii de scriptoribus Britanni-
cis. p. 366. *Joannes Pitseus de illustri-*
bus Angliæ scriptoribus p. 511.

J. DE
MANDE-
VILLE.

JEAN-JACQUES CHIFFLET.

JEAN-*Jacques Chifflet* naquit à
Besançon le 21 Janvier 1588. de
Jean Chifflet, Medecin de cette ville, dont le pere, *Laurent Chifflet*,
avoit été Conseiller de Dole.

J. CHIF-
FLET.

Il fit ses premieres études dans sa
patrie, & se tourna ensuite du côté
de la Medecine, qu'il étudia à *Pa-*
ris sous les deux *Riolan*, le pere, &
le fils, à *Montpellier* sous *Jean Va-*
randé, & à *Padoue* sous *Fabricius*
d'Aquapendente, *Jean Thomas Mina-*
dous, & *Eustache Rudius*.

Il visita encore plusieurs autres
Royaumes de l'Europe, tant pour
se perfectionner dans la Science,
dont il faisoit son principal objet,
que pour connoître les gens de lettres des differens pays, & pour voir
les Bibliotheques & les Cabinets des
Curieux.

A son retour dans la Franche-Comté, il se donna à la pratique de la Medecine, & fit concevoir une idée si favorable de son habileté qu'en 1614. il fut choisi pour être Medecin de la ville à la place de son pere.

Après avoir passé par les principales charges de sa patrie, & y avoir été Consul, il fut deputé de sa part vers l'Archiduchesse *Isabelle Claire-Eugenie*, souveraine des Pays-Bas, pour des affaires d'importance.

Cette Princesse fut si contente de lui, qu'elle le retint auprès de sa personne en qualité de son premier Medecin. Elle l'envoya depuis en Espagne au Roi Philippe IV. dont il fut fait Medecin, & qui le chargea d'écrire l'Histoire de l'Ordre de la Toison d'or.

De retour en Flandres, & après la mort de la Princesse, arrivée le 1 Decembre 1633. il fut premier Medecin du Cardinal *Ferdinand* Gouverneur des Pays-Bas.

Il mourut en 1660. âgé de 72 ans.

Cata-

Catalogue de fes Ouvrages. J. CHIF-

1. *Afitiæ in puella Helvetica mira-*FLET.
bilis Phyfica Exftafis. Vefontione 1610.
*in-*8°.

2. *Dædalmatum libri duo priores. Pa-*
rif. 1612. *in-*8°.

3. *Vefontio, Civitas Imperialis, li-*
bera, Sequanorum metropolis, plurimis
necnon vulgaribus facræ & prophanæ
hiftoriæ monumentis illuftrata, & in
duas partes diftincta. Lugduni 1618.
*in-*4°. It. *Secunda editio auctior. Lug-*
duni 1650. *in-*4°.

4. *De loco legitimo Concilii Eponen-*
fis obfervatio. Lugduni 1621. *in-*4°.
On difpute fort fur le lieu de ce
Concile, qui fe tint en 517 fuivant
les Peres *Sirmond* & *Labbe*, ou en
509. felon d'autres. *Chifflet* foutient
ici que c'eft *Nions* fur le lac de *Ge-*
neve. Mais ce fentiment a été com-
batu par *Chorier*, qui veut qu'*Epona*
foit un petit village, ou une paroiffe
située entre *Falavier* & *Colombier*,
nommée à prefent *Ponas*; à quatre
lieües de *Vienne* & à la même diftan-
ce de *Lyon*. M. *de Valbonnays* dans
une Differtation inferée dans les *Me-*
moires de Trevoux du mois de Fevrier

Tome XXV. Y

J. CHIF-
FLET.

1715. p. 232. a substitué aux Systè-
mes de ces deux Auteurs un autre
plus problable, qui place le lieu en
question dans le Voisinage de *Vienne.*

5. *Lacrymæ prisco ritu fusæ in Exe-
quiis Ser. Archiducis Alberti Pii, Belgarum Principis. Antuerpiæ* 1621. *in-
4°.* It. dans un Recueil intitulé :
*Tumulus Alberti Archiducis Austriæ.
Antuerpiæ* 1622. *in-4°.* L'Archiduc
Albert mourut le 13 Janvier 1621.

6. *De Linteis Sepulchralibus Christi
Servatoris Crisis historica. Antuerpiæ*
1624. *in-4°.* On a une traduction
Françoise de cet Ouvrage fous ce
titre : *Hierothonie de J. C. ou discours
des Saints fuaires de N. S. traduit du
Latin de J. Jacques Chifflet par A. D.
C. P. Paris* 1631. *in-8°.* Le livre en
lui-même est plein de recherches &
d'érudition ; mais l'Auteur y témoigne trop de credulité.

7. *Portus Iccius Julii Cæsaris démon-
stratus per Joan. Jac. Chifletium, Regis Hispaniæ Archiatrum. Madriti*
1626. *in-4°.* It. *Editio* 2ª *auctior Antuerpiæ* 1627. *in-4°.*

& *Unitas fortis à Marchione de Le-*

gancs Provinciis Belgicis nomine Phi- J. Chif-
lippi IV. propofita anno 1627. *illuftra-* flet.
ta politicis fapientum dictis. Antuerpiæ
1628. *in-*4°.

9. *Infignia Gentilitia Equitum Or-*
dinis Velleris aurei, Fecialium verbis
enunciata. Le Blafon des Armoiries des
Chevaliers de l'Ordre de la Toifon d'or,
depuis la premiere inftitution, jufqu'à
prefent, en Latin & en François. Anvers 1632. *in-*4°.

10. *Acia Cornelii Celfi, propriæ*
fignificationi reftituta. Alphonfus Nun-
nez, Regius Archiater, defenfus. An-
tuerpiæ 1633. *in-*4°.

11. *Geminianæ Matris Sacrorum*
Titulus Sepulchralis explicatus, & ve-
rus Exequiarum ritus una detectus.
Antuerpiæ 1634. *in-*4°. It. dans le
premier tome du *Novus Thefaurus*
Antiquitatum Romanarum de *Sallen-*
gre. Chifflet y explique une infcription
trouvée fur la pierre d'un tombeau
en 1633. à Befançon, en creufant pour
conftruire le baftion de S. Claude.

12. *De morte præcellentis Viri D.*
Francifci de Paz, Archiatri primarii
Epiftola. Antuerpiæ 1640. *in-*4°. *pp.*
11.

J. CHIF-
FLET.

13. *Diſſertatio militaris de Vexillo Regali in Caſtellenſi pugna Francis erepto (anno 1642.) armis Philippi IV. Regis Catholici, ductu Franciſci de Mello, Turris Lacunæ Marchionis. Antuerpiæ 1642. in-4°.*

14. *Recueil des Traitez de Paix, de Treve, de Neutralité entre les Couronnes d'Eſpagne & de France, depuis le Traité de Madrit en 1526. juſqu'en 1611. Anvers 1643. in-4°.* It. 2ᵉ *Edition. Anvers 1645. in-8°.* It. 3ᵉ *Edition 1664. in-12.* Cette édition eſt continuée juſqu'à la paix de l'Iſle des Faiſans, faite en 1659. It. *Amſterdam 1664. in-12.*

15. *Vindiciæ Hiſpanicæ. Antuerpiæ 1643. in-4°.* It. *Antuerpiæ 1647. in-fol.* It. *Ibid. 1650. in-fol.* Chifflet prétend dans cet Ouvrage que la race de *Hugues Capet* ne deſcend pas en ligne maſculine de *Charlemagne*, & que du côté des femmes la Maiſon d'Autriche précede celle de *Hugues Capet*, dont il ſe vante de donner la veritable origine. Il a été attaqué ſur ce ſujet dans un Traité qui a pour titre : *Aſſertor Gallicus contra vindicias Hiſpanicas Joannis Jacobi*

Chiffletii , five Hiftorica difceptatio , J. CHIF-
qua Arcana regia , po itica , & Genea- ELET.
logica Hifpanica confutantur , Franci-
ca ftabiliuntur. Autore Marco Antonio
Dominicy , Jurifconfulto. Parif. 1646.
*in-*4°.

16. *Prælibatio de Terra & Lege Sa-*
lica , & Vindiciis Lotharingicis. Bru-
xellæ 1643. *in-*8°.

17. Il y a une piece de lui dans
un livre qui a pour titre : *De Caufis*
naturalibus pluviæ purpureæ Bruxel-
lenfis Clarorum Virorum Judicia. Bru-
xellæ 1647. *in* 8°.

18. *Ad Vindicias Hifpanicas Lu-*
mina nova Genealogica de Stemmate
Hugonis Capeti , adverfus Affertorem
Gallicum. Antuerpiæ 1647. *in-fol.* It.
dans le Recueil de fes Oeuvres Hiftoriques & Politiques. *Ibid.* 1650.
in-fol. C'eft une réponfe à l'Ouvrage
de *Dominicy ,* dont j'ai parlé ci-deffus.

19. *Ad Vindicias Hifpanicas Lu-*
mina nova prærogativa; hoc eft de ori-
gine domus Auftriacæ , adverfus Mar-
cum Antonium Dominicy. Antuerpiæ
1647. *in-fol.* It. dans le Recueil de
fes Oeuvres Hiftoriques & Politiques. *Ib.* 1650. *in-fol.*

J. CHIF-
FLET.

20. *Ad Vindicias Hispanicas Lumina nova Salica. Antuerpiæ* 1647. *in-fol*. Cet Ouvrage est encore contre *Dominicy*, qui avoit parlé dans son *Affertor Gallicus* de la loy Salique d'une maniere contraire aux prétentions de *Chifflet*. Ces trois derniers Ouvrages ont été imprimés avec les *Vindiciæ Hispanicæ*, réimprimées cette année à Anvers *in fol*.

21. *Lotharingia Mafculina. Antuerpiæ* 1648. *in-fol*.

22. *Commentarius Lothariensis, quo præsertim Lothariensis Ducatus Imperio afferitur, Jura ejus regalia Carolo III. Lotharingiæ Duci vindicantur. Antuerpiæ* 1649. *in-fol*. Cet Ouvrage a été refuté par *David Blondel* dans le livre qu'il publia sous le titre de *Barrum Campano-Francicum, adverfus Commentarium Lotharingicum Joannis Jacobi Chiffletii. Amftelodami* 1652. *in-fol*.

23. *Ad Vindicias Hispanicas Lampades Hiftoricæ contra novas M. A. Dominicy cavillationes in rediviva Ansberti familia. Antuerpiæ* 1649. *in-fol*. L'Ouvrage auquel Chifflet se propose ici de répondre a pour titre:

Ansberti familia rediviva contra Lu- J. CHIF-
dovici Cantarelli Fabri , & Joan. Jac. FLET.
Chiffletii objectiones vindicata. Parif.
1648. *in-*4°. Il a été lui-même réfuté
à fon tour par *David Blondel* dans
des *Animadverfiones adverfus Lampa-*
des Hiftoricas , qui font inferées dans
le livre de cet Auteur intitulé : *Ge-*
nealogiæ Franciæ plenior Affertio. Amftelod. 1655. *in-fol.*

24. *Alfatia Jure proprietatis & pro-*
tectionis Philippo IV. vindicata. Antuerpiæ 1650. *in-fol.*

25. *Stemma Auftriacum Millenis*
abhinc annis. Hieronymus Vignier ,
Cong. Oratorii Presbyter, priores no-
vem gradus elucubravit ; Joan. Jac.
Chiffletius afferuit atque illuftravit.
Antuerpiæ 1650. *in-fol.*

26. *Opera Politico-hiftorica ; nempe*
Vindiciæ Hifpanica , Lumina nova
Genealogica , Salica , prærogativa , five
refponfa ad Francorum objectiones; Lam-
pades hiftoricæ , contra M. Ant. Do-
minicy Cavillationes ; Alfatia Philippo
IV. Regi Catholico vindicata ; Lotha-
ringia mafculina , & Commentarius
Lotharienfis. Accedunt Leges Salicæ
illuftratæ , cum gloffario falico vocum

*Atuaticarum, à Gotefrido Wendeli-
no; nec non Hieron. Vignerii Stemma
Auſtriacum aſſertum & illuſtratum ab
eodem Chiffletio. Antuerpiæ 1650. in-
fol.*

27. *De Pace cum Francis ineunda
Conſilium a præteritorum exemplis.
Antuerpiæ 1650. in-fol.*

28. *De Ampulla Remenſi nova &
accurata diſquiſitio ad dirimendam li-
tem de prærogativa ordinis inter Reges.
Acceſſit Parergon de unctione Regum,
contra Jacobum Alexandrum Tenneu-
rium fucatæ veritatis alterum vindicem.
Antuerpiæ 1651. in-fol.* Chifflet traite
de fable l'hiſtoire de la Sainte Am-
poule, & prétend prouver, qu'*Hinc-
mar*, Archevêque de *Reims*, en a été
l'inventeur, pour faire valoir les
droits de ſon Egliſe. Son livre a été
refuté par *Jacques Alexandre le Tenneur*, dans un autre intitulé : *De Sacra Ampulla Remenſi Tractatus Apologeticus, adverſus Joan. Jac. Chiffle-
tium, cæcum veritatis diſquiſitorem;
Acceſſerunt Reſponſio ad Parergon ejuſdem & Chiffletius ridiculus. Pariſ.
1652. in-4°.*

29. *Tenneurius expenſus, ejuſque ca-
lumniæ*

J. CHIF-
FLET.

lumnia repulſa. Subjecta eſt appendix ad Corollarium de Baptiſmo Clodovei I. Regis Francorum. Antuerpiæ 1652. *in-fol.* Cet Ouvrage tend à réfuter celui que le Tenneur avoit publié ſous ce titre : *Veritas vindicata adverſus Chiffletii vindicias Hiſpanicas, Lumina nova, Lampades hiſtoricas, quâ retectis variis arcanis Salicis, Hiſtoricis, & Genealogicis, Chriſtianiſſimorum Regum jura, dignitas, & prærogativæ demonſtrantur. Pariſ.* 1651. *in-fol.*

30. *Pulvis febrifugus orbis Americani, juſſu Leopoldi Guilielmi Archiducis Auſtriæ, Belgii ac Burgundiæ Proregis ventilatus à Joan. Jac. Chiffletio, Equite Regio, Archiatrorum Comite* 1653. *in-8°.* Les Jeſuites ayant apporté du Perou le Quinquina à *Rome* en 1650. pluſieurs Medecins ſe déclarerent contre ce remede, & ce fut pour les ſeconder que *Chifflet* compoſa cet Ouvrage. Le P. *Honorat Fabri,* Jeſuite, en prit la défenſe, & publia ſous le nom d'*Antimus Coningius* le livre qui a pour titre : *Pulvis Peruvianus Febrifugus vindicatus. Romæ* 1655. *in-8°.* Ce livre ne demeura

Tome XXV. Z

J. CHIF-
FLET.

pas fans réponfe, il fut bientôt fui-
vi de celui-ci : *Antimus Coningius*
Peruviani Pulveris defenfor repulfus à
Melippo Protymo 1655. *in-*8°. Ce *Me-*
lippus Protymus n'eft autre que *Vo-*
pifcus Fortunat Plempius. On vit paroître encore quelques années après
Sebaftiani Badii Anaftafis Corticis Pe-
ruviani. Genuæ 1663. *in-*4°.

31. *Imago Francici everforis, Da-*
vidis Blondelli, Clypei Auftriaci liber
prodromus. Antuerpiæ 1655. *in-fol.*

32. *Anaftafis Childerici I. Franco-*
rum Regis, five Thefaurus Sepulchra-
lis Tornaci Nerviorum effoffus, & Com-
mentario illuftratus. Antuerpiæ 1655.
*in-*4°. Il y a beaucoup d'érudition
dans cet Ouvrage, où l'Auteur a inferé plufieurs chofes touchant les ca-
chets, les Sceaux, & les marques
d'honneur de nos Rois.

33. *Verum ftemma Chilbrandinum*
contra Davidem Blondellum, Mini-
ftrum Calviniftam, aliofque Auftriaci
fplendoris adverfarios. Antuerpiæ 1656.
in-fol.

34. *Lilium Francicum veritate Hi-*
ftorica, Botanica, & Heraldica illu-
ftratum. Antuerpiæ 1658. *in-fol.* C'eft

une Réponfe au livre intitulé : *Trai-* J. CHIF-
té du Lys , Symbole de l'efperance , FLET.
contenant la jufte défenfe de fa gloire ,
dignité & prérogatives. Enfemble les
preuves irreprochables que nos Monar-
ques François l'ont toûjours pris pour
leur devife en leur Couronne , Sceptre,
Ecus , Etendars &c. par Jean Triftan,
Seigneur de Saint Amand. Paris 1656.
*in-*4°. Livre qui avoit été fait pour
combattre ce que *Chifflet* avoit avancé fur ce fujet dans fon *Anaftafis*
Childerici I.

35. *Memoires des fiecles paffez con-*
tre le faux Childebrand du Philofophe
inconnu , ou le faux Childebrand rele-
gué aux fables. Autrement , Memoires
touchant les Carliens iffus de S. Arnoul
de Mets , & les Capetiens de race Sa-
xone contre le faux Childebrand du
Philofophe inconnu. Opus Genealogi-
cum Gallice & Latine de induftria mix-
tum. Bruxelles 1659. *in-*4°. *Chifflet*
fe propofe ici de répondre à un Ouvrage anonyme d'*Auteüil de Com-*
bault , publié contre fon *Verum Stem-*
ma Chilbrandinum , fous ce titre : *Le*
vrai Childebrand, ou Réponfe au Traité
injurieux de Jean Jacques Chifflet ,

contre le Duc *Childebrand*, frere du *Prince Charles Martel*, & duquel descend la Maison de *Hugues Capet*; par un bon François. *Paris* 1659. *in-4°*.

Jean Jacques Chifflet a eu trois fils, qui ont été aussi Auteurs, & dont il faut dire quelque chose.

I. *Jules Chifflet* étudia à *Louvain* où il apprit les Belles-Lettres sous *Erycius Puteanus*, & le Droit sous *Diodore Tuldenus*; & ensuite à *Bruxelles*, où il s'appliqua à la langue Hebraïque. De retour à *Besançon* il fut pourvû d'un Canonicat de cette ville, & du Prieuré de *Dampierre* dans la Franche-Comté. Il prit le bonnet de Docteur à *Dole* en 1646. & fut nommé Grand-Vicaire par l'Archevêque de Besançon. Enfin *Philippe IV*. l'ayant appellé à Madrit en 1648. le fit Chancelier de l'Ordre de la Toison d'Or. On a de lui les Ouvrages suivans.

1. *Histoire du bon Chevalier Jacques de Lalain, frere & compagnon de l'Ordre de la Toison d'Or, écrite par George Chastelain, & mise nouvellement en lumiere par Jules Chifflet. Bruxelles* 1634. *in-4°*.

2. *Le Voyage du Prince Don Fernand* J. CHIF-
Infant d'Efpagne, Cardinal, & fes FLET.
expeditions depuis l'an 1632, *qu'il par-*
tit de Madrit pour Barcelonne avec
le Roy Philippe IV. fon frere, jufqu'à
fon entrée à Bruxelles en 1634, *tra-*
duit de l'Efpagnol de Diego de Aedo &
Gallart, par Jules Chifflet. Anvers
1635. *in-*4°.

3. *Audomarum obfeffum & libera-*
tum anno 1638. *Antuerpiæ* 1640. *in-*12.

4. *Traité de la Maifon de Rye.*
(1644) *in-folio.*

5. *Les marques d'honneur de la Mai-*
fon de Taffis. Anvers 1645 *in-folio.*

6. *Aula Sancta Principum Belgii,*
five Commentarius Julii Chiffletii de
Capellæ Regia in Belgio principiis, Mi-
niftris, ritibus &c. Accedunt pro ea-
dem Capella conftitutiones & Diarium
officii divini. Edente Joanne Chiffletio.
Antuerpiæ 1650 *in-*4°.

7. *Breviarium Hiftoricum Ordinis*
Velleris Aurei. Antuerpiæ 1652 *in-*4°.

II. *Jean Chifflet*, autre fils de *Jean*
Jacques, Avocat à *Bezançon*, s'étoit
appliqué à la Langue Hébraique
qu'il avoit apprife à *Bruxelles* avec
Jules Chifflet fon frere. On a de fa

Z iij

J. CHIF- façon les ouvrages suivans.

FLET.   1. *Apologetica Paranesis ad linguam sanctam. Antuerpiæ.* 1642. *in-4°.*

2. *Consilium de Sacramento Eucharistiæ ultimo supplicio afficiendis non denegando. Bruxellis.* 1644. *in-4°.*

3. *Palmæ Cleri Anglicani. Bruxellis.* 1645. *in-8°.*

4. *De sacris inscriptionibus, quibus tabella D. Virginis Cameracensis illustratur lucubratiuncula. Antuerpiæ.* 1649. *in-4°.*

5. C'est lui qui a donné au public l'ouvrage de *Jules Chifflet* son frere, intitulé: *Aula sancta Principum Belgii. Antuerpiæ.* 1650. *in-4°.*

6. *Apologetica dissertatio de juris utriusque architectis, Justiniano, Triboniano, Gratiano, & S. Raymondo. Antuerp.* 1651. *in-4°.*

7. *Joannis Macarii Abraxas, seu Apistopistus, quæ est antiquaria de Gemmis Basilidianis disquisitio. Accedunt Abraxas Proteus, seu multiformis Gemmæ Basilidianæ portentosa varietas, tabulis æneis exhibita, & Commentario Joannis Chiffletii illustrata, nec non ejudem Chiffletii Socrates, sive de Gemmis ejus imagine cælatis jus*

licium , cum earum Iconibus. Antuerp. J. CHIF-
1657. *in-*4°.   FLET.

8. *Annulus Pontificius Pio Papæ II.*
adfertus (Antuerpiæ 1658.) *in* 4°.

9. *Vetus imago Dei-paræ in jaſpide*
viridi inſcripta Nicephoro Botoniatæ
Græcorum Imperatori , nunc primum
edita. (An. 1661.) *in-*4°.

10. *Aqua Virgo , Fons Romæ ce-*
leberrimus , & priſca religione ſacer ,
opus Ædilitatis M. Agrippæ in vetere
annulari gemma. (1662.) *in-*4°. It. à
la p. 1779 du 4ᵉ. tome des *Antiquitez*
Romaines de Grævius.

11. *Judicium de fabula Joannæ*
Papiſſæ. Antuerpiæ 1666. *in -* 4°.

III. *Henri Thomas Chifflet ,* Chapé-
lain de *Chriſtine ,* Reine de Suede,
s'eſt fort appliqué à l'étude des Mé-
dailles. Il n'a cependant donné ſur
ce ſujet au Public qu'un ouvrage ,
qui n'a pas eu l'approbation des Sçavans , parce qu'il prétend y ſoûtenir
le ſentiment de *Jean-Jacques Chif-*
flet ſon oncle , qu'on n'a point de
veritables Othons en bronze , ce
qu'il a reconnu dans la ſuite être faux,
comme il paroît par une de ſes lettres à *Charles Patin ,* que ce ſçavant

J. Chif- a inſerée à la p. 131. de ſes *Imperatorum*
flet. *Romanorum numiſmata.* *Argentinæ.*
1671. *in-fol.*

Diſſertatio de Othonibus aereis, avec
une ſeconde édition de *Claudii Chif-*
fletii de antiquo numiſmate liber poſthu-
mus. Antuerpiæ. 1656. *in-4°.* It. dans
le premier tome du *novus Theſaurus*
antiquitatum Romanarum de *Sallengre.*

Jean-Jacques Chifflet a eu auſſi un
oncle paternel, nommé *Claude,* &
trois freres, *Laurent, Philippe* &
Pierre-François, qui ont quelque
nom dans la République des lettres.
Je ferai des Articles ſéparés des deux
derniers ; pour ce qui eſt des deux
premiers, ayant peu de choſe à en
dire, j'en ferai mention ici.

Claude Chifflet, Profeſſeur en
Droit à *Dole,* mort en 1580, âgé
de quarante ans, étoit oncle de
Jean-Jacques Chifflet, qui fait le ſujet de cet article. Je ne connois de ſa
façon que les deux ouvrages ſuivans.

1. *De Ammiani Marcellini vita &*
libris Monobiblion ; item ſtatus Rei-
publicæ Romanæ ſub Conſtantino Magno
& filiis. Lovanii 1627. *in-8o.*

2. *De Numiſmate antiquo liber poſt-*

bumus. Lovanii. 1628. *in-*80. It. avec J. CHI-
Henrici Thomæ Chiffletii Diſſertatio de FLET.
Othonibus æris. Antuerpiæ. 1656. *in-*4°.
It. avec l'ouvrage de *Rodolphe Capel-
lus ,* inſtitulé : *Nummophylacium Lude-
rianum. Hamburgi.* 1678. *in-fol.* It.
dans le premier tome du *Novus
Theſaurus antiquitatum Romanarum
de Sallengre.* C'eſt un traité des
Monnoyes anciennes.

Laurent Chifflet , frere de *Jean Jacques ,* né à *Beſançon ,* ſe fit Jeſuite
l'an 1617 , à l'âge de dix-neuf ans.
Le ſalut des ames l'a occupé toute ſa
vie , & il a compoſé dans cette vûë
pluſieurs ouvrages de devotion ,
dont on peut voir la liſte dans la
Bibliothéque de *Soüwel.* Il mourut à
Anvers le 9. Juillet 1658 , âgé de
ſoixante ans.

V. *Franciſci Sweertii Athenæ Ba-
tavæ. Auberti Miræi Bibliotheca Ec-
cleſiaſtica.*

PHILIPPE CHIFFLET.

PHILIPPE CHIFFLET nâquit à *Bezançon* le 10 Mai 1597 de *Jean Chifflet* Medecin de cette Ville.

On l'envoya, comme son frere *Jean-Jacques Chifflet*, dans les Païs-Bas pour y faire ses études, & il y étudia à *Louvain* sous Erycius Puteanus, avec lequel il fut toujours lié depuis d'une étroite amitié.

Ayant embrassé l'état Ecclesiastique, il fut fait en differens tems Chanoine de *Bezançon*, Prieur de *Belle-Fontaine*, Abbé de *Ballerne*, & Grand-Vicaire de *Claude d'Achey*, Archevêque de *Bezançon*. Il fut aussi Aumônier de la Princesse *Isabelle-Claire-Eugenie*, & du Prince *Ferdinand* Infant d'Espagne, soit que ce fût un titre simplement honoraire à son égard, soit qu'il en ait rempli veritablement les fonctions.

Il a été estimé pour sa pieté, pour son zéle & pour sa doctrine, qui cependant n'étoit pas à beaucoup

près auſſi-grande que celle de ſon P. CHIF-
frere *Jean - Jacques Chifflet*. FLET.

On ignore la date de ſa mort, qui
doit être placée après l'année 1663.

Catalogue de ſes ouvrages.

1. *Le Phœnix des Princes, ou la
vie du pieux Albert mourant, dépeinte
par l'Epitre d'André Treviſe, & par
la Paraphraſe d'Eryce-Putean, trad.
du latin par Philippe Chifflet.* Cette
traduction ſe trouve dans le livre
intitulé : *Pompa funebris Alberti Pii
Belgarum Principis à Jacobo Fran-
quart imaginibus expreſſa. Bruxellæ
1623. in-fol. oblongo.*

2. *Hiſtoire du Prieuré de Nôtre-Dame
de Belle-Fontaine, par Philippe Chifflet, Prieur & Seigneur du lieu.* Anvers. *1631. in-4°.* It. traduite en latin ſous ce titre· *Erycii Puteani Divâ
Virgo Bellifontanâ in Sequanis, loci
ac pietatis deſcriptio, originem, in-
crementa, ſeriemque Hierotoparcharum
complectens. Antuerpiæ. 1631. in-4°.*

3. *Le Siége de Breda traduit du
latin du P. Herman Hugo, Jeſuite.*
Anvers *1631. in-fol. fig.*

4. *Concilii Tridentini Canones &
Decreta. Ex Officina Plantiniana.
1640. in-12.* C'eſt *Philippe Chifflet,* qui

F. CHIF- a eu soin de cette édition, laquelle a
FLET. été copiée dans celles qui se font faites
à *Cologne* en 1644. *in-12*, & à *Paris*
l'an 1646. *in-12.*

5. *Thomæ à Kempis de Imitatione Christi libri quatuor ex officina Plantiniana.* 1647. *in-12.*

6. *Copie de deux lettres écrites par M. Philippe Chifflet touchant le véritable Auteur du livre de l'Imitation de Jesus-Christ, avec un avis sur le Factum des Benedictins,* (par Gabriel Naudé.) *Paris* 1651. *in-8º.*

7. *Advis de Droit sur la nomination à l'Archevêché de Bezançon, en faveur de Sa Majesté Catholique.* 1663. *in-4º.*

V. *Aüberii Miræi Bibliotheca Ecclesiastica. Dupin, Bibliothéque des Auteurs Ecclesiastiques.*

PIERRE FRANÇOIS CHIFFLET.

P. F. **P**IERRE-*François Chifflet* nâ-
CHIFFLET quit à *Bezançon* l'an 1592 de
Jean Chifflet, Medecin de cette Ville.

Après avoir fait ses études, il entra dans la Compagnie de *Jésus* en 1609, âgé de dix-sept ans, & y fit les quatre vœux.

Tout ce qu'on fçait de lui, eft **P. F.** qu'il profeffa pendant plufieurs an- **CHIFFLET** nées la Philofophie, la Langue Hébraïque & l'Ecriture Sainte ; du refte il eft plus connu par fes ouvrages que par les circonftances de fa vie.

Il mourut à Paris le 11. Mai 1682, âgé de 90 ans, & non pas de 92, comme M. de la *Monnoye* le dit dans le *Menagiana*, tom. 3. p. 199.

Il ne manquoit pas d'érudition, & il avoit une grande connoiffance des temps aufquels ont vêcu les Auteurs qu'il a publiés ; mais on lui auroit fouhaité un peu plus de difcernement. *Baillet, Jugemens des Sçavans.*

Catalogue de fes ouvrages.

1. *De l'offrande de foi-même.* Ce petit ouvrage a été imprimé en Latin & en François.

2. *De la pratique quotidienne de l'amour de Dieu, & de la devotion envers la Vierge, les Anges & les Saints.* Dole 1629. *in-*12.

3. *Fulgentii Ferrandi, Diaconi Carthaginienfis, opera, junctis Fulgentii & Crifconii, Africanorum, Epifcoporum opufculis relativis. Ex editione & cum*

P. F. *notis Petri Francisci Chiffletii. Divio-*
CHIFFLET *ne* 1649. *in-*4°.

4. *Scriptorum veterum de fide ca-*
tholica quinque opuscula, edita à P. Fr.
Chiffletio, qui suam in S. Ferrandum
redivivum animadversionem adjecit.
Divione 1656. *in-*4°. L'Ouvrage que
Chifflet a eu ici en vûë, a pour titre:
Joannis Ferrandi è Soc. J. Sanctus
Ferrandus redivivus. Sive S. Ferrandi
Archiepiscopi Toletani vita. Lugduni
1650. *in-*4°. Ce dernier prit la défense de son livre attaqué par *Chifflet*,
en publiant pour lui répondre *Ani-*
madversioni Chiffletianæ animadversio
cum fœnore repensa. Divione 1662. *in-*
4°. Le livre de *Chifflet* donna encore
occasion à deux autres ouvrages, l'un
de *Jean Daillé* publié sous ce titre :
De Autore Confessionis fidei Aluini
nomine à P. Fr. Chiffletio edita, dis-
sertatio. Rothomagi 1673. *in-*40. l'autre de *Pierre Allix*, qui est intitulé:
Judicium de autore libri contra Judæos
sub Rabani nomine à P. Fr. Chiffletio
vulgati Rothomagi. 1673. *in-*4°.

5. *Lettre touchant Beatrix Comtesse*
de Châlons, laquelle déclare quel fut
son mari, quels ses enfans, ses ancêtres

& *ſes armes, avec une Carte génealo-*
gique, qui fait deſcendre du Comte
Lambert cette Princeſſe auſſi-bien que
ſon mari, & avec les preuves. Dijon
1656. in-4°. Sotwel a oublié cet ouvrage.

6. *Manuale Solitariorum, ex vete-*
rum Patrum Cartuſianorum cellis de-
promptum. Divione 1657. in-4°. Ce ſont
divers opuſcules de pieté.

7. *De Eccleſiæ S. Stephani Divionen-*
ſis antiquitate, dignitate, ſacris opibus,
ſtatu multiplici, variis caſibus & Præ-
fectis, Petri Fr. Chiffletii Soc. J.
Diſſertatio. Divione 1657. in-8°. Cette diſſertation a été auſſi oubliée par
Sotwel.

8. *S. Bernardi Clarevallenſis Ab-*
batis, genus illuſtre aſſertum. Acce-
dunt Odonis de Diogilo, Joannis Ere-
mitæ, Herberti Turrium Sardiniæ
Archiep. & aliorum ſcriptorum Opuſ-
cula ſæculi XII. Hiſtoriam Eccle-
ſiaſticam ſpectantia. Divione 1660.
in-4°.

9. *Paulinus illuſtratus, ſive Appendix*
ad opera & res geſtas S. Paulini
Nolenſis Epiſcopi. Divione 1662. in-4°.

10. *Victoris Vitenſis & Vigilii Tap-*

P. F.
CHIFFLET *senſis Provinciæ Biſacenæ Epiſcoporum opera ; edente cum notis P. Fr. Chiffle-tio. Divione* 1664. *in-*4º.

11. *Hiſtoire de l'Abbaye Royale & de la Ville de Tournus, avec les preu-ves, enrichies de pluſieurs pieces très-rares. Dijon* 1664. *in-*4º.

12. *Diſſertationes tres.* I. *De uno Dionyſio.* II. *De loco & tempore converſionis Conſtantini Magni.* III. *De S. Martini Turonenſis tempo-rum ratione. Paris* 1676. *in-*8º. Il pré-tend prouver dans la premiere diſſer-tation que *S. Denis* l'Areopagite eſt le même que l'Apôtre de la France.

13. *Opuſcula quatuor.* I. *De S. Dio-niſii ætate.* II. *De una S. Cyra Vir-gine.* III. *Origo prima Comitum Valen-tinienſium ex Pictavienſibus.* IV. *Gauf-fridi excerpta de vita & geſtis S. Ber-nardi Appendix de Concilio Nivmagen-ſi, anni* 821. *Paris* 1679. *in-*8º.

14. *Bedæ Presbyteri & Fredegarii ſcholaſtici concordia, ad ſenioris Dago-berti definiendam Monarchiæ Perio-dum, atque ad primæ totius Regum Francorum ſtirpis chronologiam ſtabi-liendam. Opus bipartitum, cujus pars prior continet Hiſtoriam Eccleſiaſticam*
Gentis

Gentis Anglicanæ Venerabilis Bedæ P. F.
longe quam hactenus auctiorem; & emen- CHIFFLET.
datiorem, cum notis ad eandem Hiſtoriam
& diſſertationem de Autore hujus hiſto-
riæ; poſterior diſſertationem de annis
Dagoberti Francorum Regis eo nomine
primi. Cum appendice de S. Dionyſio
Areopagita & S. Genovefa, Pariſ.
Patronis. Pariſ. 1681. *in* 4°.

15 *Illuſtrationes Claudianæ, opus*
poſthumum. Ces éclairciſſemens ſur la
vie de *S. Claude* Archevêque de *Be-*
zançon, ſe trouvent dans *Bollandus*
au 6. Juin.

17. *De S. Albrico ſeu Aldrico ex-*
cerpta ex ſchedis P. Fr. Chiffletii. Dans
Bollandus au 15. Juin.

V. *Nath. Sotwel ſcriptores Soc. Jeſu.*

LEONARD ARETIN.

LEONARD *Aretin*, plus con- LEONARD
nu ſous ce nom, qui lui fut ARETIN.
donné parce qu'il étoit d'*Arrezo*,
que ſous celui de *Bruni*, qui étoit ſon
nom de famille, nâquit à *Arrezo*,
Ville de Toſcane, l'an 1370. comme le marque *Mathieu Palmieri*

Tome XXV. A a

LEONARD ARETIN. dans sa Chronique. Son pere *François Bruni* étoit d'une famille obscure; mais le mérite du fils suppléa à ce qui manquoit à sa naissance. *Marc Guazzo* le fait dans sa Chronique de la famille d'*Accolti*; c'est une méprise de cet Auteur.

Il apprit les Belles Lettres de *Colluccio Salutati*, Secretaire de la République de *Florence*, & la Langue Gréque d'*Emmanuel Chrysoloras*.

Le *Pogge* qui étoit auprès du Pape *Innocent* VII. en qualité de Secretaire-Apostolique, prévenu d'estime & d'amitié pour *Leonard Aretin*, voulut l'avoir pour Collegue dans ce poste, & en vint à bout par la recommandation de *Colluccio*, qui en écrivit au Pape.

Aretin fut donc Secretaire Apostolique en 1405, & il s'acquitta dignement de cette Charge, non-seulement sous le Pontificat d'*Innocent* VII, mais encore sous les trois suivans, de *Gregoire* XII. d'*Alexandre* V. & de *Jean* XXIII. Lorsque *Jean* XXIII. alla à *Boulogne*, la République de *Florence* offrit à *Leonard Aretin* la charge de Secretaire de cette République, & *Leo-*

nard l'accepta ; mais il ne la conſer- LEONARD
va que peu de temps, & retourna au ARETIN.
ſervice du Pape , avec lequel il paſſa
en Allemagne , pendant la tenuë du
Concile de *Conſtance*. Cependant
voyant que les affaires de *Jean* XXIII
tournoient mal , il l'abandonna de
nouveau , & ſe rendit en 1415 à
Florence , où on lui offrit pour la
ſeconde fois la place de Secretaire de
la République. Il l'accepta , & la
conſerva cette fois juſqu'à la fin de
ſa vie ; il paſſa auſſi par les principales charges de la République , & auroit été élevé à celle de Gonfalonier,
qui étoit alors la premiere , s'il eût
vêcu plus long-temps.

Lorſqu'il entreprit d'écrire l'hiſtoire de *Florence* , il reçut le droit de
Bourgeoiſie de cette Ville , avec
tous ſes deſcendans , & c'eſt pour
cette raiſon que dans l'oraiſon funébre de *Nanni Strozzi* , il a appellé
Florence ſa Patrie.

Il mourut à Florence l'an 1444, pendant que *François Venturi* étoit Gonfalonier , comme le marque *Scipion*
Ammirato. Ce qui fait voir que ceux
qui ont mis ſa mort en 1443 ſe ſont

LEONARD trompés; puisque suivant la liste des
ARETIN. Gonfaloniers, *François Venturi* le
fut pendant les mois de Mars & d'A-
vril de l'an 1444. *Leonard Aretin*
étoit alors âgé de 74 ans.

Ses funerailles se firent avec beaucoup de solemnité. On le porta en
terre avec son histoire de Florence
sur son cercüeil, & une Couronne
de laurier sur sa tête, & *Giannozzo
Manetti* fit son Oraison funebre. Il
fut enterré dans l'Eglise de *Sainte
Croix*, où l'on voit son Tombeau
avec sa Statuë en marbre, de la façon de *Bernardin Rossellino*, sculpteur
Florentin.

Sa qualité de Secretaire Apostolique a fait croire à *Casimir Oudin*,
qu'il avoit été Ecclesiastique & même
Prêtre; mais il s'est trompé en ce
point; car *Leonard* se maria avant que
de retourner au service du Pape *Jean*
XXIII. & après avoir été quelque
temps Secretaire de la République
de Florence, & épousa une jeune
Florentine, dont il n'eut qu'un fils
qui lui survêcut. Il fait mention de ce
mariage dans une lettre au *Pogge*, où
il se plaint des frais qu'il fut obligé

de faire à cette occasion, & décrit LEONARD
d'une maniere un peu cynique la ARETIN.
conduite qu'il tint alors à l'égard de
son épouse. Elle se trouve dans le
troisiéme livre du recüeil de ses lettres, p. 125.

Erasme reconnoît dans son Cice-
ronien, qu'il avoit beaucoup de facilité & de netteté dans sa diction,
& qu'il approchoit même assez de
Ciceron ; mais que son discours n'a-
voit point de nerfs, ni plusieurs de
ces autres qualitez, qui peuvent le
rendre achevé ; qu'il y a même des
endroits où son latin n'est pas pur,
mais que d'ailleurs c'étoit un hom-
d'érudition & de probité. *Paul Jove*
prétend que sa principale gloire, &
celle qui lui est particuliere, est
d'avoir remis sur pied les Lettres
Gréques, & de les avoir pour ainsi
dire délivrées de la tyrannie des
Barbares, par laquelle elles avoient
été étouffées depuis un grand nombre d'années.

Il avoit amassé de grands biens,
tant par les largesses fréquentes qui
lui avoient été faites, que par sa
grande épargne.

Catalogue de ses ouvrages.

1. *Epistolarum libri 8. quarum singulis ita sua sunt argumenta, ut nulla fere non justus liber videri nominarique possit. Basileæ* 1535. *in-* 8°. pp. 363. La plûpart de ces lettres sont curieuses & interessantes, & on y trouve plusieurs particularitez sur l'histoire du temps où vivoit l'Auteur. *Maittaire* en cite une édition de l'an 1493. *in fol.* sous le titre d'*Epistolæ familiares.*

2. *De bonis studiis epistola. Argentinæ* 1521. *in-*8°. C'est apparemment le même ouvrage que celui que *Gabriël Naudé* a fait imprimer sous ce titre : *Leonardus Aretinus de studiis & litteris ad Isabellam Malatestam. Paris* 1542. *in* 8° & qui se trouve à la p. 414. d'un recueil intitulé : *Hugonis Grotii & aliorum dissertationes de studiis instituendis. Amstelod.* 1645. *in-*12. & dans le premier volume d'un autre recueil, qui a pour titre ; *Variorum Autorum consilia & studiorum methodi, collecta à Thoma Crenio. Roterodami.* 1692. *in-*4°.

3. *Libellus de disputationum exercitationisque studiorum usu, adeoque*

neceſſitate in litterarum genere quolibet. LEONARD
Baſlea. Henr. Petrus. 1536. *in*-8°. ARETIN.

4. *S. Baſilius de liberalibus & in-
genuis moribus , Leonardo Aretino interprete , & de invidia Nicolao Perroto
interprete. Bononiæ.* 1497. *in-fol.* It.
Paris. 1543. *in*-8o.

5. *Baſilus Magnus de legendis Anti-
quorum libris, latine, in*-4°. ſans date.
It. *Argentorati.* 1507. *in*-4°. It. *Paris. Aſcenſius.* 1508. *in*-4°. It. Avec
le texte Grec par les ſoins de *Jerôme Brunelli* , Jeſuite Italien. *Rome*
1594. *in*-12.

6. *Ariſtotelis Ethica, interprete Leon.
Aretino. Paris. Henr. Steph.* 1504.
in-fol. Item dans un titre intitulé
*decem Librorum moralium Ariſtotelis
tres converſiones. Pariſ. Henr. Steph.*
1510. *in-fol.*

7. *Ariſtotelis Oeconomica , & Po-
litica , interprete Leon. Aretino.* Dans
un recueil de traductions des ouvrages d'*Ariſtote* imprimé à *Veniſe*
en 1504. *in-fol. Henr. Steph.* 1505.
1511. & 1517. *in-fol.*

8. *Dialogus de moribus, dialogo
parvorum moralium Ariſtotelis, ad Eu-
demium amicum ſuum reſpondens.* AVEC

LEONARD
ARETIN. le Commentaire de *Jacques le Fe-vre d'Estaples* sur les Ethiques d'A-ristote.

9. *Xenophontis Apologia pro Socrate, & Tyrannus. Bononiæ* 1502. *in-fol.* Joachim *Camerarius* ne donne pas une grande idée de cette traduction de *Xenophon*, dont le stile est fort médiocre, & la composition & la forme encore plus rudes; il estime cependant que *Leonard Aretin* a tellement exprimé les pensées de son Auteur, qu'il est aisé de l'entendre & de le reconnoître dans la traduction.

10. *Æschinis adversus Ctesiphontem & Demosthenis pro Ctesiphonte de corona orationes, interprete Leon. Aretino.* Cette traduction a été imprimée à *Bale* dans le 2ᵉ. volume des œuvres de *Ciceron* de l'édition de 1528. & 1540. *in fol.*

11. *Plutarchi vitæ Pauli Æmilii, Tiberii & Caii Gracchorum, Pyrrhi, Sertorii, Demostenis, & Antonii; interprete Leonardo Aretino.* Avec la traduction des autres vies de *Plutarque. Basileæ.* 1535. *in-fol.*

12. *De Bello Punico libri duo, quorum prior bellum inter Romanos & Car-*

Carthaginienses primum continet, hac- LEONARD
tenus apud Livium desideratum; alter ARETIN.
seditionem militis conductitii, & po-
pulorum Africæ à Carthaginiensibus
defectionem. Bellum item Illyricum &
Gallicum, quæ & ipsa apud Livium
desiderantur. Augustæ Vindel. 1537.
*in-*4°. Il y a des éditions où cette Histoire est divisée en trois livres. Le premier livre a été traduit
en Italien sous ce titre. *La prima*
Guerra Cartaginese di Leonardo Are-
tino. In Venetia 1545. *in-*8°. *Are-*
tin n'a presque fait que traduire le
Grec de *Polybe*, quoiqu'il l'ait nié
dans sa préface; de-là vient que
Badius Ascensius a mis le nom de
Polybe à la tête de cet ouvrage dans
une édition qu'il en a faite à *Paris.*

13. *Libro intitolato Aquila volante,*
di Latino in volgar Lingua dal magni-
fico & eloquentissimo Messer Leonardo
Aretino tradotto. Nel qual si contiene
dal principio del Mundo molte dig-
nissime Historie & favole di Saturno &
Giove, delle gran guerre fatte da Gre-
ci, Trojani, Romani fin al tempo di
Nerone; con molte degne allegationi
di Dante, & altri autori. In Napoli.

Tome XXV.   B b

LEONARD 1492. *in-fol.* It. *In Venetia.* 1497 &
ARETIN. 1506. *in-fol.* It. *Ibid.* 1543. *in-8°.*
Cette derniere édition a un cinquié-
me livre plus que les autres. Il y a
bien des fables dans l'ouvrage.

14. *De Bello Italico adversus Go-
thos gesto Historia. Basilea* 1531. *in-fol.*
avec *Procope* & quelques autres Historiens des Goths. It. *Paris* 1534.
in-8°. It. traduite en Italien par *Louis
Petroni*, Siennois, en 1456. & imprimée plusieurs fois en cette langue.
Leonard Aretin a été accusé de Pla-
giarisme par rapport à cet ouvrage.
On a prétendu que ce n'étoit qu'une
traduction de l'Histoire de *Procope,
de Bello Gothico*, dont il avoit trouvé un Manuscrit, qu'il l'avoit cependant donnée comme sa propre pro-
duction; & que tout le monde avoit
été dans l'erreur à cet égard, jusqu'à ce que *Christophe Persona*, en
donnant une traduction de *Procope*,
découvrît la supercherie. Quoiqu'on
puisse justifier en quelque maniere
Aretin, en disant qu'ayant fait divers
changemens dans l'ouvrage de *Procope*, soit en retranchant, soit en
ajoûtant, il ne jugea peut-être pas

à propos par cette raifon, de donner LEONARD
le nom de traduction à fes quatre li- ARETIN,
vres de l'Hiftoire des Goths ; il faut
cependant avoüer, que comme il
avoit emprunté toute fa matiere de
Procope, dont il étoit tout au moins
le Paraphrafte, il devoit à ce qu'il
femble le nommer quelque part, &
qu'en ne le faifant pas, il a donné
lieu de foupçonner qu'il y avoit de
la malice dans fon fait. Quant à ce
qu'on dit que *Chriftophe Perfona* fut
le premier qui découvrit la fupercherie ; c'eft une chofe entierement
fauffe, puifque le *Pogge*, dans l'Oraifon Funébre de *Leonard Aretin*,
marque pofitivement que fon Hiftoire des Gots étoit tirée de *Procope*.
Ex Procopio Hiftoriam Gothorum quatuor libris complexus eft.

15. *Leonardi Aretini Hiftoriarum
Florentinarum libri* XII. *Necnon
Commentarius rerum fuo tempore in
Italia geftarum, & Commentarius rerum Græcarum. Argentorati* 1610. *in-*8°.
Ces Hiftoires ont été publiées fur les
Manufcrits par les foins de *Sixte Bruno*, Jurifconfulte de *Naumbourg*, que
Burcard Gotthelf Struve en a mal ap-

LEONARD
ARETIN.

pellé Traducteur Latin, puisque *Aretin* les a composées originairement en cette Langue. *Donat Accia- joli* a fait une traduction Italienne de l'Histoire de *Florence d'Aretin*, qui fut imprimée pour la premiere fois sous le titre d'*Istoria Fiorentina di Leonardo Aretino. In Venetia* 1473. & 1476. *in-fol.* & ensuite dans la mê- me forme, à *Florence* en 1492. Com- me cette Histoire finit en 1404. l'Au- teur prevenu par la mort n'ayant pas été plus loin, *François Sansovino* a donné une édition nouvelle de la tra- duction Italienne, avec une conti- nuation jusqu'à l'an 1560, & des no- tes de sa façon, à *Venise* l'an 1561. *in-*4°. *Leonard Aretin* avoit outre ce- la fait en Grec un Livre de la Ré- publique de *Florence*, *Libellum*, dit *Raphaël Volaterran*, *ut viri Latini nonadmodum inelegantem. Philibert de la Mare*, Conseiller au Parlement de *Dijon*, mort l'an 1687, en avoit le Manuscrit, avec la traduction la- tine qu'en avoit fait *Jean-Bapt. Lan- tin*, Conseiller au même Parle- ment, mort l'an 1695. mais tout ce- la n'a point été imprimé.

15. *De crudeli amoris exitu Guisgar-*

di & Sigiſmundæ, Tancredi Salernita- LEONARD
norum Principis filiæ, Hiſtoria ex Bo- ARETIN.
cacio tranſlata. Cette traduction Latine de la premiere nouvelle de la
quatriéme journée du *Decameron de*
Bocace, eſt de *Leonard Aretin,* quoiqu'elle ſe trouve jointe aux œuvres
d'*Æneas-Sylvius,* à qui *Menage* l'a
attribuée mal à propos dans ſon *An-*
ti-Baillet- tom. 2. p. 336.

17. *Adverſus Hypocritas Libellus.*
Dans un Recueil de differentes pieces, qui commence par *Æneæ Syl-*
vii Commentariorum de Conſilio Baſi-
leæ celebrato libri duo.

18. *Vita di Dante e del Petrarca. In*
Firenze 1672. *in-*12. Cet ouvrage eſt
cité par *Haym.*

V. *Voſſius de Hiſtoricis Latinis p.*
556. Le *Journal de Veniſe* tom. 9. p.
201. c'eſt ce que nous avons de plus
exact ſur cet Auteur. *Son Oraiſon*
Funébre par le Pogge dans le 3^c. *vo-*
lume des Miſcellanea de M. Baluze.
P. *Jovii Elogia doctorum virorum n°.*
9. ce qu'en dit cet Auteur n'eſt pas
pas exact. *Giulio Negri, Iſtoria De-*
gli Scritori Fiorentini; Auteur rempli
de fautes. *Jacques Gaddi de ſcriptori-*

294 *Mem. pour servir à l'Hist.*
bus non Ecclesiasticis, tom. 1. p. 10?
Bayle Dictionnaire.

CHARLES ARETIN.

CHARLES *Aretin*, naquit à
Arezzo, d'où il a pris son nom,
de la Famille des *Marsuppini*, noble & illustre dans cette Ville.

Gregoire Marsuppini, son pere,
étoit Docteur en Droit, & fut Secretaire du Roi de France *Charles* VI.
au nom duquel il fut Gouverneur
de *Gennes*. On lui accorda en 1431.
aussi-bien qu'à tous ses descendans
le droit de Bourgeoisie à *Florence*,
où il mourut âgé de plus de 90. ans.

Charles, dont il s'agit ici, tint un
rang considerable parmi les sçavans
du XV Siecle. *Pogge* lui donne de
grands éloges; mais ces éloges doivent être suspects, parce que *Charles Aretin* étoit grand ennemi de
Philelphe, que *Pogge* haïssoit mortel-
lement. D'un autre côté *Philelphe*
s'est plaint amèrement de *Charles
Aretin*, & l'a representé comme un
méchant homme, fourbe, rusé &
malin. Mais ces qualifications ne

peuvent être aussi que très-suspectes, CHARLES venant d'un ennemi tel que *Philel-*ARETIN. *phe*, qui naturellement médisant n'épargnoit point les injures à l'égard de ceux avec qui il avoit eu quelque chose à démêler.

Pour juger du mérite d'*Aretin*, il vaut mieux s'en rapporter à des personnes desinteressées, tels que *Flavio-Biondo*, *Platine*, *Antoine Panormita*, & d'autres, qui témoignent qu'il étoit habile dans les Langues Gréque & Latine, bon Orateur & assez bon Poëte, & qu'il avoit outre cela plusieurs bonnes qualités.

Il enseigna pendant quelque temps l'Eloquence à *Florence*, & après la mort de *Leonard Aretin* arivée en 1444 il fut fait Secretaire de cette République à sa place, emploi qu'il remplit pendant neuf ans.

La plûpart de ceux qui ont parlé de lui ont ignoré le temps de sa mort, ou l'ont mal placée en 1443, c'est-à-dire un an avant qu'il fût Secretaire de la République de *Florence*.

Il est sûr qu'il mourut au mois

CHARLES d'Avril 1453. car *Scipion Ammirato*
ARETIN. parlant du Gonfalonierat de *Loüis*
Guicciardini, qui remplit cette Charge pendant les mois de Mars & d'A-
vril de cette année, met fous le
Gouvernement de ce Magiftrat la
mort de *Charles Aretin*, & raconte
à cette occafion tout ce qui fe paffa
à fes Funerailles. D'ailleurs on a un
Decret de la Ville d'*Arezzo* en date
du 25 Avril de la même année 1453,
qui depute à *Florence* des perfonnes
pour affifter aux Funerailles d'*Aretin*, qui devoient fe faire deux jours
après, c'eft-à-dire le 27 du même
mois.

Matthieu Palmieri fit fon éloge en
cette occafion, & fon corps fut en-
feveli dans l'Eglife de *Sainte Croix*
vis-à-vis celui de *Leonard Aretin*. On
lui dreffa depuis en ce lieu un tombeau de marbre, fur lequel on mit
fon bufte fait au naturel. *Le Poggé*
fut fon fucceffeur dans la Charge de
Secretaire de la République de
Florence.

Il avoit époufé la fille *de Gerard*
Corfini, dont il eut plufieurs enfans, & entre autres un nom-

mé *Charles*, qui étoit fçavant, CHARLES
& fur lequel *Ange Politien* a fait une ARETIN.
Epigramme que *Poccianti* a cru être à
la loüange de *Charles Aretin* fon pere, & cela par une erreur énorme,
puifqu'*Aretin* le pere étoit mort un
an avant que *Politien* vînt au monde.
C'eft au jeune *Charles Aretin* que
Ficin a dreffé plufieurs lettres, qui fe
trouvent parmi celles que l'on a de
lui.

Ce qui nous refte de notre Auteur
fe réduit à peu de chofes.

1. *Scipion Ammirato* parle dans fon
Hiftoire de *Florence* d'un difcours
qu'il prononça en 1452 à l'arrivée
de l'Empereur *Frederic III.* à *Florence*; mais il n'a point été imprimé.

2. Il a traduit en Vers hexamétres
la *Batrachomyomachie* attribuée à *Homere*, & cette traduction a été imprimée à *Parme* en 1492. *in-4°*.

3. *Gefner* dit dans fa Bibliothéque
qu'il a fait quelques Comédies Latines qu'*Albert d'Eyb* a citées dans fa
Margarita Poetica. Mais toutes ces
Comedies fe réduifent à une feule,
intitulée *Philodoxios. Alde Manuce*,
le jeune, l'ayant trouvée manufcrite

CHARLES
ARETIN.
fous le nom d'un *Lepidus*, *Comicus*,
la crut d'un ancien Auteur, & la
publia fous ce titre : *Lepidi*, *Comici*
veteris, *Philodoxios*, *Fabula ex anti-*
quitate eruta ab Aldo Manucio. *Lucæ*
1580. *in-8°*. Les Critiques modernes ont reconnu fans peine l'erreur
de *Manuce* ; quelques-uns même
ont prétendu que c'étoit un ouvrage
de *Leon Batifte Alberti* Florentin. Au
refte cette Piece qu'*Eyb* attribue à
Charles Aretin, & qui eft en profe,
ne vaut abfolument rien ni pour
le deffein, ni pour le ftile.

V. *Voffius de Hiftoricis Latinis. Le*
Journal de Venife tom. 10. p. 474.
Michaelis Poccianti Catalogus fcripto-
rum Florentinorum. Giulio Negri, *Ifto-*
ria de Fiorentini Scrittori.

JEAN ARETIN.

JEAN
ARETIN.
JEAN *Aretin* étoit de la famille des
Tortelli, ainfi c'eft fans raifon
que *Voffius* a prétendu dans fes Hifto-
riens Latins, qu'il étoit frere de *Char-*
les Aretin dont je viens de parler.
Toute la liaifon qu'ils pouvoient

avoir, étoit que tous les deux JEAN
étoient natifs d'*Arezzo*, d'où ils a- ARETIN,
voient tiré leur nom. L'erreur de
Vossius, qui a été suivie par *Tom-
masini*, dans sa *Bibliotheca Patavina
MSS.* p. 28. paroît être venuë d'un
endroit de *Volaterran*, qui nomme
conjointement *Charles* & *Jean Aretin* comme deux beaux esprits de
leur temps.

Il s'appliqua avec beaucoup d'ardeur à l'étude des Langues Latine &
Gréque; on voit même par une Lettre de *Jerôme Aliotti* Benedictin, son
parent, qu'il avoit été en Gréce pour
se perfectionner dans cette derniere,
& qu'outre cela il avoit étudié en
Théologie à Padoue sous un Théologien de l'Ordre de Saint Benoît.

Il fut d'abord Archiprêtre de la
Cathédrale d'*Arezzo*, & passa en
1445 à la Cour de *Rome*, avec des
Lettres de recommandation de Jerôme *Aliotti*. Il devint dans la suite
Soûdiacre de l'Eglise Romaine sous
Eugene IV. & fut fait après Camerier
d'honneur & Secretaire de *Nicolas V*.
qui l'aimoit & le consideroit.

C'étoit un homme d'une conver-

JEAN ARETIN.

fation agréable, & qui se distingua avantageusement des autres Sçavans ses contemporains, en ne deshonorant pas, comme ils faisoient, par des disputes violentes & emportées, la profession des Belles-Lettres. Il étoit principalement versé dans la connoissance de la Grammaire dont il faisoit son capital ; quelques - uns cependant prétendent qu'il n'avoit qu'une médiocre litterature, même pour son temps, mais que comme il étoit fort officieux, & qu'il étoit en faveur auprès du Pape, les beaux esprits de ce temps-là lui donnerent de grandes louanges, ausquelles il fut redevable de sa reputation. Il y en eut même qui se retracterent de ce qu'ils avoient dit en sa faveur, entre autres *Philelphe*, qui après l'avoir beaucoup loüé sur sa litterature Latine & Gréque dans une Lettre du 1. Août 1465, en parla tout differemment huit ans après, dans une autre lettre du 29 Mai 1473, où il s'exprime ainsi. *Video quosdam nostræ tempestatis homines, qui cum magnum quiddam de se voluerunt in arte Grammatica profiteri, in maximos errores devenerunt. E quorum numero principatum mihi tenere viſus eſt Joannes Tortellus Aretinus, qui cum Græcam & Latinam Litteraturam noviſſe videri vult, utramque ignoraviſſe apertiſſime declarat.*

Jean Aretin doit être mort vers l'an 1466. Il eſt du moins ſûr, qu'il n'a point paſſé cette année, puiſque l'Abbé *Salvino Salvini* témoigne avoir vû un Acte de Collation de l'Abbaye de *Capolona* dans le Dioceſe d'*Arezzo*, faite cette année, *per obitum D. Joannis Tortelli Aretini, Subdiaconi Domini Papæ.*

Les Ouvrages qui nous reſtent de ſa façon, ſont les ſuivans.

I. *Joh. Tortellii, Aretini, Commentariorum de Ortographia dictionum e Græcis tractarum opus. Venetiis* 1471. *in fol.* C'eſt la premiere édition de cet Ouvrage, que *Paul Jove* a intitulé *de Poteſtate Litterarum*, *Trithème Commentarii Grammaticæ*, *Volaterran Ortographia*, *Geſner Commentarii Linguæ Latinæ*, & *Jerôme Magius Lexicon*; titres differens d'un ſeul & unique Ouvrage. Cette édition fut ſuivie d'une autre faite à *Vicence* l'an

1479. *in-fol.* Il y en a auſſi une de *Veniſe* de l'an 1495, *in-fol.* à laquelle on a joint une cenſure de *Georges Valla* ſur le Livre de *Jean Aretin*. Ce Livre eſt diviſé en deux parties, dont la premiere qui eſt fort courte, contient quelques chapitres ſur l'invention, le nombre, la figure, la prononciation & l'aſſemblage des lettres de l'Alphabet. La ſeconde qui eſt fort longue, contient un Catalogue Alphabetique des mots Latins, la plûpart tirés du Grec, deſquels l'Auteur enſeigne ou tâche d'enſeigner l'Ortographe. Le tout eſt dédié au Pape *Nicolas V.*

2. Il a compoſé, ou traduit du Grec une Vie de *S. Athanaſe*, à la ſollicitation du Pape *Eugene IV.* Cette Vie a été imprimée à la tête des Opuſcules de ce Saint, imprimés en Latin à *Paris* l'an 1520, dans l'Agiologe de *George Vicelius*, qui a paru en *Mayence* en 1541, & dans le troiſiéme tome des Vies des Saints de *Lipoman.*

3. *Vita S. Zenobii Epiſcopi Florentini.* Cette vie qui eſt ſûrement de *Jean Aretin*, ſe trouve dans *Surius*

au vingt - cinq de Mai.

On a aussi de sa façon une Histoire manuscrite de la Medecine, qui est
intitulée. *De Medicina & Medicis ad
Simonem Romanum Medicum , liber.*

V. *Vossius de Historicis Latinis. Le
Journal de Venise , tom.* II. p. 304.
Pauli Jovii Elogia n°. 108. *Bayle
Dictionnaire.*

JEAN HERBINIUS.

JEAN *Herbinius* naquit l'an 1633 J. HER-
à *Bitschen ,* Ville de Silesie sur BINIUS.
les Frontieres de Pologne.

Les Guerres qui affligerent ce Pays
dans sa premiere jeunesse, ayant obligé ses parens de se retirer en Hon-
grie , ils s'établirent dans le Comté
de *Cepus ,* au bas du Mont *Crapack;*
& ce fut en ce Pays qu'*Herbinius*
commença ses études , qu'il alla finir
dans l'Université de *Wittemberg.*

De retour en sa Patrie , il fut fait
Recteur de l'Ecole de *Bitschen ,* &
ensuite de celle de *Wolaw ,* & il
remplit ce dernier poste pendant
trois ans.

J. HER-
BINIUS.

En 1664, il fut député par les Eglises Polonoifes de la Confeffion d'*Augsbourg*, pour aller folliciter en leur faveur des fecours de la part des autres Eglifes Lutheriennes.

Il parcourut pour cela l'Allemagne, la Suiffe & les Frontieres de France & la Hollande. Son plus long féjour fut en Dannemarc, d'où il paffa à Stokolm & fur les Frontieres de la Norvege, étudiant par tout la nature, & recherchant avec foin tout ce qui pouvoit avoir quelque rapport aux Cataractes ou chutes des Fleuves.

Pendant qu'il demeura à *Stokolm*, *André Lilliehoek*, qui fut depuis Ambaffadeur en Pologne pour le Roi de Suede, le choifit pour fon Prédicateur, & ce fut pour cette raifon qu'*Herbinius* lui dedia dans la fuite fon Livre des Cataractes. Il y fut auffi Recteur de l'Ecole des Allemands.

En 1672, il fut nommé Miniftre de l'Eglife Lutherienne de *Vilna* en Lithuanie; emploi qu'il quitta en 1675, pour en remplir un femblable à *Graudentz* petite Ville de Pruffe,

Ce

Ce fut en ce lieu qu'il mourut le J. HER-
14. Fevrier de l'année suivante 1676 BINIUS.
dans sa 44ᵉ année.

Catalogue de ses Ouvrages.

1. *Terræ motus & quietis Examen.*
Ultrajecti 1655. *in-*12.

2. *Disputatio de Fœminarum Illus-*
trium eruditione. Witteberga 1657.
*in-*4°.

3. *Calendæ Festivæ anni* 1667. *quas*
Archiepiscopo, Episcopis, Academiæ
Upsaliensi, Superintendentibus, eorum-
que Ecclesiis nuncupat. Holmia 1667.
*in-fol. & in-*4°.

4. *Tragico-Comedia & Ludi in-*
nocui de Juliano Imperatore Apostata,
Ecclesiarum & Scholarum Eversore.
Holmia 1668. *in-*4°.

5. *Admiranda Michaelis Koributhi*
in Regem Poloniæ Electio. Hafnia 1669.
*in-*4°.

6. *Disputatio de Paradiso. Hafnia*
in - 4°.

7. *Dissertationes de Admirandis mun-*
di Cataractis supra & subterraneis,
earumque principio, Elementorum cir-
culatione, ubi eadem occasione Æstus
maris reflui vera ac genuina causa as-
seritur, necnon terrestri ac primigenio

Tome XXV.   C c

*Paradiso locus situsque verus in Palesti-
na restituitur, in Tabula Chrorogra-
phica ostenditur, & contra Utopios,
Indianos, Mesopotamios, aliosque as-
seritur; cum figuris æneis. Hafniæ*
1670. *in* 4°. It. *Amstelodami* 1678.
*in-*4°. Cet Ouvrage est curieux, &
il y a bien des recherches.

8. *Religiosæ Kijovienses Cryptæ, sive
Kijovia subterranea : in quibus Laby-
rinthus sub terra & in eo emortua,
à sexcentis annis, Divorum atque Heroum Græco-Ruthenorum, & necdum
corrupta corpora, ex nomine atque
ad oculum e* Πατερικῶ *Slavonico dete-
git M. Joannes Herbinius. Jenæ* 1675.
*in-*8°. pp. 178. Cet Ouvrage, qui
est singulier, est tiré d'un Livre Scla-
von de *Nestor*, Historien Mosco-
vite, imprimé à *Kiovie* l'an 1661.
in-fol.

9. *Tractatus de statu Ecclesiarum
Augustanæ Confessionis addictarum in
Polonia. Hafniæ* 1670. *in-*4°.

V. Joh. Schefferi *Suecia Litterata*, &
Joannis Molleri *Hypomnemata*. On
trouve aussi plusieurs particularitez de
sa vie dans ses Ouvrages.

PHILIPPE DES PORTES.

PHILIPPE *des Portes* naquit à Chartres l'an 1546. de *Philippe des Portes* Bourgeois de cette ville, & de *Marie Edeline.*

Etant venu à Paris, il s'attacha à un Evêque, avec qui il alla à *Ro-me,* où il apprit parfaitement la langue Italienne.

De retour en France il s'appliqua à la Poëſie Françoiſe, qu'il tâcha de débaraſſer de tout cet attirail de Gre-ciſme, de fables payennes, d'Epi-thetes obſcures, & d'expreſſions con-traintes, que les Poëtes qui l'avoient precedé, & ſur-tout *Ronſard* y a-voient introduites, pour lui donner de la tendreſſe & de la douceur.

Il y réuſſit, & la réputation qu'il acquit par-là, lui procura bientôt de puiſſans protecteurs. S'étant attaché au Duc d'Anjou, il le ſuivit en Po-logne l'an 1573. lorſque ce Prince fut appellé à la Couronne de ce Royaume, & il revint avec lui en France l'année ſuivante.

Ce Roi étant monté sur le Thrône sous le nom d'*Henri III.* com-
bla de biens *des Portes*, qu'il aimoit.
Il lui donna en 1582. l'Abbaye de
Tiron au Diocèse de *Chartres*. Il eut
de plus l'année suivante 1583. un
Canonicat de l'Eglise de *Chartres* ;
mais il ne le conserva pas long-
temps, apparemment parce qu'il
vouloit faire sa demeure ordinaire à
Paris. Il fut dedommagé de la perte
de ce benefice par deux autres Abbayes que le Roi lui donna, celle
de *Josaphat* au même Diocèse de
Chartres qu'il obtint le 13 Février
1589. & celle de *Bon-port*, ordre de
Citeaux, au Diocèse d'*Evreux*,
près du *Pont-de-l'Arche* ; outre un
Canonicat de la Sainte Chapelle de
Paris. Benefices qui lui faisoient ensemble un revenu de dix mille Ecus,
& qui joints aux liberalitez de plusieurs Seigneurs de la Cour, le met-
toient dans la situation la plus agréable.

Claude Garnier nous apprend dans
sa *Muse infortunée* que *Des Portes* reçut huit cens écus d'or du Roi *Charles IX.* pour la petite piece du Ro-

domont , & il eſt à préſumer que le Duc de *Joyeuſe* , & l'Amiral de *Villars* , à qui il étoit attaché , lui faiſoient reſſentir à proportion des effets de leur liberalité.

Au reſte il uſa ſi noblement de la faveur du Roi & de ſes grands revenus , que perſonne ne lui porta envie. Exempt d'ambition , il ſe ſoucioit peu des dignités , & l'on prétend qu'il refuſa l'Archevêché de *Bordeaux* , qui lui fut offert. Il employa une partie de ſes biens à former une riche & nombreuſe Bibliotheque ; tous les gens de merite étoient bien reçus à ſa table , qui étoit toûjours bien ſervie , & ſa bourſe étoit ouverte à ceux dont il connoiſſoit les beſoins.

Les critiques que la jalouſie lui ſuſcita ne firent ſur lui aucune impreſſion. Un Poëte de ſon temps ayant entre autres fait un livre intitulé : *La Rencontre des Muſes* , où il prétendoit faire voir que *Des Portes* avoit tiré des Poëtes Italiens ce qu'il y avoit de bon dans ſes Poëſies , celui-ci prit galamment la choſe , & ayant lû cet Ouvrage , ſe conte

ta de dire : *En verité, si j'eusse sçu
que l'Auteur de ce livre eût eu dessein
d'écrire contre moi, je lui aurois fourni
de quoi le grossir ; car j'ai pris des Italiens beaucoup plus de choses qu'il ne
pense.*

Le plaisir qu'il prenoit à la Poësie
l'occupoit tellement qu'il negligeoit
le soin de lui-même, & qu'il ne prenoit pas la peine de s'habiller d'une
maniere convenable à un homme
de sa sorte. L'on dit à cette occasion
qu'un jour, apparemment avant
qu'il eût les Abbayes qu'il eut dans
la suite, étant allé faire sa Cour avec
un habit mal-propre, *Henri III.*
lui demanda combien il lui donnoit
de pension, & qu'après qu'il le lui
eut dit, ce Prince lui repliqua :
*j'augmente vôtre pension d'une telle
somme, afin que vous ne vous présen-
tiez point devant moi, que vous ne
soyez plus propre.*

Après la funeste mort du Roi *Henri III.* arrivée le 2 Août 1589. il se
retira en Normandie à son Abbaye
de *Bon-port.* Là son attachement
pour l'Amiral de *Villars,* qui tenoit
le parti de la Ligue, & qui étoit

Gouverneur de *Rouen* en fon nom, **P. des**
le fit devenir Ligueur; & c'eft pour **PORTES.**
cela qu'il eft appellé dans le Catholicon, le Poëte de l'Amirauté. Mais
il changea de fentiment dans la fuite, & M. de *Sainte-Marthe* rapporte dans fon Eloge, qu'il eut part à
la réduction de la Normandie à l'o-
béiffance du Roi *Henri IV.* qui fe fit
en 1594. Ce qui lui concilia tellement l'affection de ce Prince, qu'il
n'en fut pas moins aimé & favo-
rifé qu'il l'avoit été du Roi *Henri*
III.

Il renonça fur la fin de fa vie à
la Poëfie Galante qui l'avoit occupé jufques-là, & ne compofa plus
que des pieces Chrétiennes; & ce
fut alors qu'il travailla à la traduction des Pfeaumes.

Il mourut dans fon Abbaye de
Bon-port le 5 Octobre 1606. âgé de
60 ans & 5 mois, comme porte fon
Epitaphe, & non pas de 61 comme
le difent plufieurs Auteurs, qui
devoient, pour s'exprimer correcte-
ment, dire dans fa 61e. année; voici fon Epitaphe, qui fe lit dans
l'Abbaye de *Bon-port.*

P. DES
PORTES.

Philippo Portæo, hujusce Mona-
sterii Abbati Commendatario, morum
suavitate, elegantia ingenii, omnique
eruditionis ac virtutis genere præclaro,
Poëtices vero peritia adeo excellenti
ut ei uni Musæ omnes suas artes ape-
ruisse videantur, quibus dotibus, om-
nium calculo, Gallorum Poëtarum su
sæculi Princeps, antiquis etiam Lati-
nis ac Græcis non inferior habitus
Christianissimis Regibus Carolo IX.
Henrico III. ac IV. tam gratus ex-
titit, ut Principum liberalitate plu
ei collatum sit, quam moderatissimi
viri natura capere potuit, raroque hac
ambitiosa tempestate spretæ potestatis
exemplo, primo amplissimam Notarii
Sacrarum Jussionum dignitatem, dein-
de Burdigalensem Archiepiscopatum
recusavit. Huic licet ad sempiternam
gloriam inter tot eximias virtutes Psal-
morum Davidis absolutissima versibus
Gallicis expressio sufficeret, attamen
Theobulus Portius pietatis gratique ani-
mi ergo, erga Fratrem optimum, bene de
se meritum, hic in spe resurrectionis Bea-
tæ quiescentem, istud monumentum ex-
tare voluit. Vixit annos 60 Mens.
5. obiit 3. Nonas Octobris, anno 1606.

Thibaud

Thibaud des Portes, fieur de *Be-villier,* frere de *Philippe des Portes,* qui lui fit mettre cette Epitaphe, étoit grand Audiancier de France. C'étoit fon feul frere ; ainfi le P. *Li-ron* qui dans fa *Bibliotheque Char-traine,* a prétendu que *Joachim des Portes,* Auteur d'un *Difcours fom-maire du Regne de Charles IX. de fa mort, & de fes dernieres paroles,* im-primé à *Paris* l'an 1574. *in-*8°. étoit auffi fon frere, s'eft trompé.

Philippe des Portes eut encore une fœur, nommée *Simone,* qui époufa *Jacques Regnier,* Bourgeois de *Char-tres,* dont elle eut le fameux Poëte François *Mathurin Regnier.*

Les Poëfies de *Defportes* furent imprimées pour la premiere fois à *Paris* l'an 1573. par *Robert Eftienne* le fils *in-*4°. Les pieces contenues dans cette édition font les fuivan-tes.

Deux livres des Amours de Diane, dont le premier contient 57 *Sonnets, Complaintes, Stances, Chanfons, Dia-logues, Chants d'Amour, Procez con-tre Amour au Siege de la Raifon, Contr'Amour ;* & le fecond 48 *Son-*

P. DES
PORTES.

nets, Chansons, Priere au sommeil, Baiser, contre une nuict trop claire, Ode, De la Jalousie, Elegie, Tombeau d'Amour, Rimes Tierces.

Un livre de Meslanges.

Un livre des Amours d'Hippolite, contenant 61 Sonnets, Chansons, Complaintes, du Cours de l'An, Stances, Elegies 16.

Un livre d'Imitations de l'Arioste, sçavoir Roland le furieux, La mort de Rodomont & sa descente aux enfers, partie imitée de l'Arioste, partie de l'invention de l'Auteur, Complainte de Bradamante, Angelique.

Satyre contre un Tresorier.

Cette édition a été suivie de plusieurs autres faites à Paris chez Patisson l'an 1579. in-4°. Ibid. 1600. in-8°. & ailleurs; dont quelques-unes sont augmentées de quelques pieces, entre autres des Amours de Cleonice.

Ces Poësies Galantes sont ce qu'il a fait de meilleur; on y trouve le stile de Tibulle, ce qui lui a fait donner le nom de Prince des Poëtes Erotiques de la France.

J'ai déja dit qu'on lui avoit fait un

crime d'avoir imité plusieurs endroits des Poëtes Italiens ; mais il faut ajouter ici quelque chose sur le livre qu'on publia à cette occasion. Il est intitulé : *Rencontre des Muses. Lyon. Jacques Roussin* 1604. *petit in-4°.* Il contient 43 Sonnets de *des Portes*, traduits, ou imitez d'autant de Sonnets Italiens, imprimez à côté. Il n'y a pour Préface qu'une simple liste des noms de quinze Poëtes Italiens, d'où il est dit que *des Portes* a tiré ses 43 Sonnets. L'Auteur qui a pris soin de publier cette conformité ne se nomme point; mais il y a grande apparence que c'est un *M. R. G. de Saint-Jory*, sous le nom duquel il y a un petit Dialogue en vers imprimé à la suite. (*La Monnoye, notes sur les Jugemens des Savans de Baillet*) *Du Verdier* dans sa *Bibliotheque Françoise* p. 957. marque aussi quelques imitations de *des Portes*.

Les Pseaumes de David mis en vers François par *des Portes*, ont été imprimés à *Paris* en 1595. 1598. 1603. &c. *in-8°.* & plusieurs autres fois depuis. Il en avoit d'abord paru seu-

P. DES
PORTES.

lement 60. à Paris chez Mamert Patisson l'an 1592. *in*-12. C'est un des
moindres Ouvrages de notre Auteur , qui avoit perdu tout son feu
lorsqu'il le composa ; on peut dire
aussi la même chose des Poësies suivantes.

Poësies & Prieres Chrétiennes. A la
suite de quelques éditions de ses
Pseaumes.

V. *Les Eloges de Sainte-Marthe
Liv.* 5. *Le P. Liron , Bibliotheque
Chartraine p.* 218. *Les Eloges de M.
de Thou & les Additions de Teissier.
Les Jugemens des Savans de Baillet
sur les Poëtes N°.* 1368. *Memoire inseré dans le Mercure de Fevrier* 1723.
p. 256. *Le Parnasse François de M.
Titon du Tillet. p.* 169. *Les Bibliotheques Françoise de du Verdier & de
la Croix du Maine.*

ZACHARIE BOVERIUS.

Z ACHARIE *Boverius* naquit à Z. Bové-
Saluces l'an 1568. Il entra à rius.
l'âge de 22 ans dans l'Ordre des Capucins, où il ſe diſtingua par ſa pieté, par ſon zele pour la converſion
des Heretiques, & par la compoſition de pluſieurs Ouvrages. Ce fut
là ce qui l'occupa toute ſa vie, auſſi
bien que les fonctions des differentes charges, auſquelles il fut élevé;
car il fut pluſieurs fois Gardien, &
Definiteur General.

Il mourut à *Gennes* le 31 Mars
1638. dans ſa 70 année.

Catalogue de ſes Ouvrages.

1. *Demonſtrationes Symbolorum ve-*
rä & falſæ Religionis adverſus præci-
puos ac vigentes Catholicæ Religionis
hoſtes, Atheiſtas, Judæos, Hæreticos,
præſertim Lutheranos & Calviniſtas.
Lugduni 1617. *in-fol.* deux tom.

2. *Paræneſis Catholica ad Marcum*
Antonium de Dominis, olim Archie-
piſcopum Spalatenſem, poſtea Sanctæ
Romanæ Eccleſiæ Apoſtatam, & in

Z BOVE-
RIUS.

Angliam transfugam. In qua exami-
nantur & refelluntur quatuor libri
ejusdem de Republica Ecclesiastica.
Lugduni 1618. *in-*8°.

3. *Censura Parænetica in* 4 *libros*
de Republica Christiana M. A. de
Dominis. Mediolani 1621. *in-fol.*

4. *Censura in Tractatum de Legi-*
tima Cardinalium creatione Dominici
Veneti Episcopi Torcellani nomine in-
scriptum, sed ab eodem Marco Anto-
nio de Dominis in lucem editum. Me-
diolani 1622.

5. *Orthodoxa consultatio de ratione*
veræ fidei, & Religionis amplectendæ:
Ad Carolum Valliæ Principem, Jaco-
bi Magnæ Britanniæ Regis filium, in
duas partes distributa. Madriti 1623.
in 4°. Le Pape *Urbain* VIII. ayant
choisi *Boverius* pour accompagner
le Cardinal *François Barberin*, qui
alloit en qualité de Legat *à Latere*
en France & en Espagne, & lui ayant
donné le titre de Théologien de ce
Prélat, ce Père composa cet Ouvrage en Espagne, où le Prince de
Galles s'étoit rendu dans le dessein
d'épouser la sœur du Roi, pour lui
persuader d'embrasser la Religion

Catholique. Le Cardinal *François Z. Bove*, *Barberin*, Protecteur des Capucins, RIUS. le fit enfuite réimprimer à *Rome* en 1635. *in*-4°.

6. *Directorium Fori Judicialis pro Regularibus. Augufta Taurinorum.* 1624. *in*-4°.

7. *De Sacris Ritibus juxta Romanam Regulam ufui Fratrum Minorum Capucinorum accommodatis libri tres; adjunctis quibufdam externis ritibus, qui ad Religionis Capucinorum politiam, & ad plæraque domeftica munera obeunda fpectant. Neapoli* 1626. *in*-4°. *Wading* nous apprend que les Capucins n'ont point été contens de cet Ouvrage, & qu'ils n'ont pas voulu s'y conformer.

8. *Demonftrationes undecim de vera habitus forma à Seraphico P. N. S. Francifco inftituta. Ad Urbanum VIII. Pontificem Maximum. Lugduni* 1632. *in*-8°. It. *Colonia Agrippina* 1655. *in*-8°. Ouvrage fort peu intereffant.

9. *Annales feu Sacra Hiftoria Ordinis Minorum S. Francifci, qui Capuccini nuncupantur. Tomus primus. Lugduni* 1632. *in-fol.* Ce premier tome traite de l'origine & de l'éta-

2. BOVE- blissement de l'Ordre des Capucins
RIUS. & rapporte son histoire jusqu'à l'an
1580. *Tomus secundus. Lugduni* 1639.
in-fol. Celui-ci s'étend depuis 1581.
jusqu'en 1612. *Boverius* entreprit cet
Ouvrage par l'ordre du Chapitre general des Capucins à son retour
d'Espagne ; mais il seroit à souhai-
ter, au jugement de *Wadding*, qu'il
y eût apporté plus d'exactitude, de
discernement, & d'équité. En effet
cette histoire n'est presque qu'un
tissu de contes pueriles & entierement éloignés de la vraisemblance.
L'Auteur y adopte toutes les fables
qui avoient été debitées avant lui
par rapport à son Ordre, & à ceux
dont il parle ; & c'est peut-être lui
faire grace, que de ne pas croire
qu'il en ait lui-même inventé plusieurs. Elle a été cependant traduite
en plusieurs langues. Nous l'avons
en François de la traduction du P.
Antoine Caluze, imprimée à *Paris*
l'an 1675. *in-fol.* en Italien, traduite
par le P. *San-Benedetti*, & imprimée à *Venise* en 1648. *in-fol.* 4 vol.
en Espagnol, traduite par *Antoine
de Madrit, Moncada*, & imprimée à

Madrit l'an 1644. en trois vol. *in-* Z. Bove-
fol. Au reste elle fut attaquée par RIUS.
Jacques de Ridere , & défendue par
un Capucin dans un Ouvrage publié sous ce titre : *Dilucidatio specu-*
li Apologetici R. P. Jacobi de Ridere,
sive Propugnaculum Historiæ Anna-
lium R. P. Zachariæ Boverii , per An-
tonium Mariam Galitium. Antuerpiæ
*1653. in-*4°. Un autre Capucin nommé *Marcellin de Pise* a donné une
continuation des Annales des Capucins , depuis l'an 1612. où *Bove-*
rius avoit fini , jusqu'en 1638. Ce
troisiéme volume a été imprimé à
Lyon 1676. *in-fol.* Il a laissé aussi un
4ᵉ volume pour servir de supple-
ment aux trois premiers, mais il n'a
pas été imprimé.

V. *Allatii Apes Urbanæ. Andreæ*
Rossotti Syllabus Scriptorum Pedemon-
tii. Wadding, scriptores ordinis Mi-
norum. Dionysii Genuensis Bibliotheca
Scriptorum Capuccinorum.

CLAUDE FAUCHET.

CLAUDE *Fauchet* naquit à *Paris* vers l'an 1529.

Les circonstances de sa vie ne nous font guéres connuës, & ce que nous en savons se réduit à peu de choses.

L'étude de l'ancienne Histoire de France, sur laquelle roulent tous ses Ouvrages, paroît avoir fait long-temps son occupation.

Etant allé en Italie avec le Cardinal de *Tournon*, ce Prélat l'envoya plusieurs fois au Roi l'an 1554. pendant que la ville de *Sienne* étoit assiegée par les Troupes du Pape & des Florentins, & défendue par les Françoises, que commandoit *Blaise de Montluc*, pour le consulter sur des affaires importantes.

Ces voyages lui furent utiles; car ils le firent connoître si avantageusement à la Cour, qu'ils lui ouvrirent la voye des honneurs, & le firent parvenir dans la suite à la charge de Premier Président de la Cour des Monnoyes.

On ne sait quand il prit possession C. FAU-
de cette charge, qu'il possedoit en CHET.
1579. lorsqu'il publia pour la premiere fois ses *Antiquitez Gauloises.*
Mais il est sûr qu'il s'en demit en
1599. puisqu'après avoir pris la qualité de *Premier Président* dans une
édition des *Antiquitez Gauloises &*
Françoises, faite cette année 1599.
il signe l'Epitre Dedicatoire de ses
Origines des Dignitez & Magistrats
de France, qui est datée du 15 Janvier 1600. *Claude Fauchet, naguieres*
Premier Président en la Cour des Mon-
noyes. Ajoutez à cela que *Guillaume*
le Clerc fut reçû Premier Président
à sa place le 21 Juin 1599.

Au reste sa dignité, qui ne lui
donnoit pas beaucoup d'occupation,
ne l'empêcha pas de se livrer au penchant qu'il avoit pour l'étude, &
de publier tous les Ouvrages que
nous avons de sa façon.

Le P. *le Long* dans sa *Bibliotheque*
Historique de la France, met sa mort
en 1603. Mais il se trompe sure-
ment. Le P. *Pierre de S. Romuald*,
Feuillant, la place plus à propos en
1601. dans sa *Continuation de la Chro-*

C. FAU-
CHET.

nique d'Ademar, imprimée l'an 1652.
Date, qui est autorisée par l'édition
Posthume du livre de *Fauchet, Du
declin de la Maison de Charlemagne,*
où le Libraire dans une Epitre dedicatoire datée du 15 Avril 1602. dit
que le Manuscrit lui en avoit été
laissé par l'Auteur peu de temps
avant sa mort. Il étoit alors âgé de
72 ans, puisqu'en 1599. dans la
Préface de ses *Antiquitez Gauloises*
il disoit être dans sa 70e année.

Catalogue de ses Ouvrages.

1. *Les Antiquitez Gauloises & Françoises,* contenant les choses advenues
en Gaule depuis l'an du Monde 3379.
jusqu'à Clovis en deux livres. Paris
1579. in-4°. It. *Augmentées de trois
livres,* contenant les choses advenues
jusqu'à l'an 751. Paris 1599. in-8°.
It. *Fleur de la Maison de Charlemagne, parti en trois livres,* contenant les
faits de Pepin & ses successeurs depuis
l'an 751. jusqu'à l'an 840. Paris 1599.
in-8°. Ces trois livres font la premiere partie du second volume de
l'Ouvrage. It. *Declin de la Maison
de Charlemagne divisé en 4 livres,*
contenant l'histoire de Charles le Chau-

ve & ſes Succeſſeurs, depuis l'an 840. C. FAU-
juſqu'à l'an 987. *Paris* 1602. *in-*8°. CHET.
Ces douze livres ont été réimprimés
avec quelques corrections & additions dans le Recueil des Oeuvres
de *Fauchet*, dont je parlerai plus
bas. On y trouve tout ce qui ſe pouvoit alors recueillir de nos bons Hi-
ſtoriens. Ils ſont écrits avec beaucoup de fidelité, mais le langage
en eſt groſſier, & l'Auteur n'y a pas
mis aſſez d'ordre; d'ailleurs quoiqu'il fût ſavant, il étoit quelquefois un peu trop crédule. Le P. *le*
Long rapporte un Fragment curieux,
qui s'eſt trouvé écrit à la main à la
fin d'un volume de ces Antiquitez
de *Fauchet*. Le voici.

» Pour récompenſe de cet Ou-
» vrage laborieux, ce grand perſon-
» nage ne reçut du Roi qu'une mo-
» querie, laquelle advint en cette
» ſorte. Le ſieur *Fauchet* étant allé à
» *S. Germain en Laye* pour ſaluer Sa
» Majeſté, le Roi augré, pour ſe
» decharcher du ſieur *Fauchet*, lui
» montra dans une niche une me-
» daille de pierre au bâtiment neuf,
» du tout ſemblable à *Fauchet. M.*

» le *Président*, dit-il, *j'ai fait mettre*
» *là votre effigie pour perpetuelle Me-*
» *moire*; de quoi le dit *Fauchet* in-
» digné, fit ces vers, lesquels furent
» presentez au Roi.

> *J'ai trouvé dedans Saint-Germain*
> *De mes longs travaux le salaire;*
> *Le Roi, de pierre m'a fait faire,*
> *Tant il est courtois & humain.*
> *S'il pouvoit aussi bien de faim*
> *Me garantir que mon image,*
> *Ah! que j'aurois fait bon voyage!*
> *J'y retournerois des demain.*
> *Viens Tacite, Salluste, & toy*
> *Qui as tant honoré Padoue,*
> *Venez ici faire la mouë*
> *En quelque coin ainsi que moy.*

» De quoi le Roi se sentant pi-
» qué, & noté d'ingratitude, à la
» poursuite de quelques uns le fit
» coucher sur son Etat à six cens
» écus de gages, avec le titre de
» son Historiographe.

2. *Recueil de l'Origine de la lan-*
gue & Poësie Françoise, Ryme & Ro-
mans. Plus les noms & sommaires des
œuvres de 127 *Poëtes François, vivans*

avant l'an 1300. *Paris. Mamert Pa-* C. FAU-
tiſſon 1581. *in-*4°. Cet Ouvrage eſt CHET.
curieux & ſingulier. *Du Verdier* l'a
inſeré preſque tout entier dans ſa
Bibliotheque Françoiſe.

3. *Les Oeuvres de Cornelius Taci-*
tus, Chevalier Romain, traduits en
François. Paris. Abel l'Angelier 1582.
in-fol. Les cinq premiers livres ſont
de la traduction d'*Etienne de la Plan-*
che, & avoient déja été imprimez à
Paris l'an 1548. *in-*4°. Le reſte a été
traduit par *Fauchet.* Il y a eu pluſieurs éditions de cette traduction.

4. *De la ville de Paris, & pour-*
quoi les Rois l'ont choiſie pour leur Ca-
pitale. Ouvrage de 3 pages *in-*4°.

5. *Origines des Dignitez & Magi-*
ſtrats de France. Paris 1600. *in-*8°.
Cet Ouvrage, diviſé en deux livres,
fut preſenté au Roi *Henri III.* en
Fevrier 1584. comme il eſt marqué
à la fin.

6. *Origines des Chevaliers, Armoi-*
ries, & Heraux. Enſemble de l'Ordon-
nance, Armes & Inſtruments deſquels
les François ont anciennement uſé en
leurs guerres. Paris 1600. *in-*8°.

6. *Traité des Libertez de l'Egliſe*
Gallicane. Paris 1608. *in-*8°. » *Fau-*

C. FAU-
CHET.

» chet composa ce Traité, qui est
» fort court, l'an 1591. à l'occasion
» des Bulles Monitoriales decernées
» par le Pape *Gregoire XIV.* contre
» le Roi *Henri IV.* & les François
» qui le reconnoissoient. Il ne l'a
» point digeré : ce n'est qu'un tissu
» de faits rapportez sommairement,
» qui renferment néanmoins bien
» des particularitez, qui sont très-
» curieuses. (*Le Long. Bibl. Hist. de
la France. N°.* 2321.

8. *Les Oeuvres de feu M. Claude
Fauchet, revûes & corrigées en cette
derniere édition, supplées & augmentées sur la copie, memoires & papiers
de l'Auteur, de plusieurs passages &
additions en divers endroits. Paris
1610. in-4°.* Tous les Ouvrages dont
je viens de parler, à l'exception de la
traduction de *Tacite,* se trouvent
dans ce Recueil ; il y a de plus à la
fin une petite piece de quatre pages,
qui a pour titre : *Pour le Couronne-
ment du Roi Henri IV. & que pour
n'être Sacré, il ne laisse pas d'être Roi
& legitime Seigneur,* & qui finit par
ces mots : *Fait à Tours le 6 Janvier
1693. & presenté au Roi le 25 Fevrier
suivant,*

suivant, & une autre d'une page, C. FAU-
Des Armes & Baſtons des Cheva- CHET.
liers.

V. *Les Eloges de M. de Sainte
Marthe, Liv.* 5e. *Les Bibliotheques
Françoiſes de du Verdier & de la Croix
du Maine.*

PIERRE POMPONACE.

PIERRE *Pomponace* naquit à *Man-* P. POM-
toue le 16 Septembre 1462. com- PONACE.
me il paroît par ſa figure de Nativité
rapportée par *Louis Gaurie*, de *Jean
Nicolas Pomponace*, habitant de cette ville.

On l'appelloit vulgairement *Il
Peretto*, parce qu'il étoit extrémement petit ; mais il avoit un grand
eſprit, & il paſſa pour un des plus
grands Philoſophes de ſon ſiecle.

Il enſeigna la Philoſophie à *Padoue* avec beaucoup de réputation,
& y eut dans ce poſte pour antago-
niſte le celebre *Alexandre Achillini*, dont les objections embaraſſan-
tes l'auroient ſouvent demonté dans
la diſpute, s'il n'avoit eu l'adreſſe

Tome XXV. E e

P. Pom-de les éluder par des traits de plai-
PONACE. santerie lâchez à propos.

Pendant la guerre que les Veni-
tiens eurent à soutenir contre la
ligue de *Cambray*, il fut appellé à
Boulogne, pour succeder dans la
chaire de Philosophie à *Achillini*,
qui avoit quitté quelques années auparavant l'Université de *Padoue*,
pour aller professer à *Boulogne* sa
patrie, & qui y étoit mort en 1512.

Ce fut dans cette derniere ville
que *Pomponace* composa tous les Ouvrages que nous avons de sa façon, &
entre autres son Traité de l'immortalité de l'ame, qui lui fit tant d'affaires, comme je le marquerai plus
bas.

Ce qu'on lit dans le *Naudæana*
qu'*il n'étoit ni Prêtre, ni marié*, est
faux par rapport au dernier point;
car *Louis Gauric* nous apprend qu'il
fut marié trois fois, & qu'il n'eut
de ses trois femmes qu'une fille, à
qui il donna une dot de douze mille ducats. Cet dernier Auteur s'est
cependant trompé, quand il a dit
qu'il parvint à une extréme vieillesse, puisqu'il mourut dans sa 64e
année.

On lit dans *Morery* qu'il mourut P. Pom-
en 1512. mais c'eſt une faute groſſie- ponace.
re, qui a été cependant copiée par
George Matthias Konig dans ſa *Bibliotheca vetus & nova*, & par d'autres
ſemblables compilateurs. Ils l'auroient reconnue ſans peine, s'ils
avoient vû quelques-uns de ſes Ouvrages, à la fin deſquels il a toûjours eu ſoin de marquer l'année &
le jour auquel il avoit achevé d'y
mettre la derniere main, & qui ſont
tous poſterieurs à l'année 1512. le
premier étant de 1514. & le dernier de 1521.

La date préciſe de ſa mort nous
eſt marquée dans la 10ᵉ Lettre du
Livre 6ᵉ des Epitres familiaires Latines de *Pierre Bembo*; on y voit
qu'il étoit mort avant le 1 Avril
1526. & par conſequent le mois de
Mars précedent. Il étoit alors dans
ſa 64ᵉ année, & non pas dans ſa
63ᵉ. comme le dit *Paul Jove*, qui
ajoute qu'il mourut d'une retention
d'Urine.

Son corps fut tranſporté de *Boulogne* à *Mantoue*, ſa patrie, où il
fut enterré honorablement par les

E e ij

P. Pom- foins du Cardinal *Hercule de Gon-*
ronace. *zague.*

Il a eu plufieurs difciples d'un
merite diftingué, dont plufieurs ont
été elevés aux premieres dignitez de
l'Eglife. L'amitié qu'ils lui ont toûjours temoignée, eft un prejugé affez
fort pour s'en former des idées un
peu differentes de celles qu'on en a
communément. On eft accoutumé
à le regarder comme un impie &
un Athée, qui ne fongeoit qu'à de-
truire le Religion Chrétienne, en
tâchant d'en fapper les fondemens
par les coups qu'il a portés à l'immortalité de l'ame. Il fe peut faire
qu'il ait penfé un peu librement fur
plufieurs points de la Religion,
comme le faifoient plufieurs Savans
de fon temps, avec lefquels ce dé-
faut lui étoit commun: mais fes Ouvrages ne font rien voir de cet A-
théifme prétendu qu'on lui attribue,
comme je le montrerai plus bas; &
pourvû qu'on les life avec un efprit
defintereffé, on reviendra, du moins
en partie, de la prévention generale où l'on eft à fon égard.

P. PONACE.

1. *Tractatus , in quo diſputatur pe-* *nes quid intenſio & & remiſſio forma-* *rum attendantur ; nec minus Parvitas* *& Magnitudo.* Ce traité que *Pompo-* *nace* compoſa à la priere de ſes diſci- ples, & où il examine un livre de *Richard Suiſeth* ſur la même matie- re, finit par ces mots : *Ad laudem* *Dei omnipotentis , & Divi Auguſtini ,* *in cujus feſtivitate ego Petrus , filius* *Joannis Nicolai Pomponatii de Man-* *tua , finem impoſui dicto tractatui An-* *no Chriſtianorum* 1514. *in Civitate* *Bononiæ , annoque ſecundo Leonis X.* *ſummi Pontificis.* Il n'a rien d'intereſ- ſant pour nous, de même que plu- ſieurs autres Ouvrages de Pompo- nace, & il y a longtemps qu'on ne le connoît plus ; je ne ſçai s'il a été imprimé ailleurs que dans le Recueil de *Veniſe* de l'an 1525. dont je par- lerai plus bas.

2. *Tractatus de Reactione. Bononiæ* 1515. *in-fol.* Cet autre Traité, qui eſt ſuivi d'une queſtion *de Actione* *reali ,* fut achevé le 15 Août 1515.

3. *Tractatus de Immortalita-* *me. Bononiæ* 1516. *in-8°.* Cet

P. Pom-
ponace.

vrage qui a été imprimé plusieurs fois depuis, * finit par ces mots. *Finis impositus est huic tractatui per me Petrum, filium Joannis Nicolai Pomponatii de Mantua, die 24 Mensis Septembris 1516. Bononiæ anno 4. Pontificatus Leonis X. ad laudem individuæ Trinitatis.* Voilà le principal Ouvrage de *Pomponace*, dont il est necessaire de parler un peu au long. On voit dans une espece de Préface que le P. *Jerôme Natalis*, Jacobin, de *Raguse*, l'engagea à le composer, en lui tenant ce discours : *Dixisti D. Thomæ Aquinatis positionem de Animorum immortalitate, quanquam veram & in se firmissimam nullo pacto ambigeres, Aristotelis tamen dictis minime consonare censebas; ea propter, nisi tibi molestum esset, abs te duo intelligere maxime desiderarem; primum scilicet quid, revelationibus & miraculis semotis, consistendoque intra limites naturales, hac in re sentis; alterum vero, quamnam sententiam Aristotelis in eadem materia fuisse censes.*

*Pompon*ace s'étant rendu à ses desirs examine ici les Hypotheses d'A-
ote. Il reconnoît qu'en s'y tenant

riasson a deux exemplaires de ce livre.

attaché, on ne peut s'empêcher de P. POM-
dire que l'Ame meurt avec le corps; PONACE,
il rapporte ce qui se peut dire pour
& contre elles; il se propose les
raisons Philosophiques qu'on alle-
guoit en ce temps-là comme des
preuves ou de l'immortalité de notre
Ame, ou de sa mortalité, il en remarque de part & d'autre le fort &
le foible; d'où il conclut que n'y
ayant aucune raison qui prouve de-
monstrativement, ou que l'ame soit
mortelle, où qu'elle ne le soit pas,
on doit regarder cette question comme un problême. Or comme c'est à
Dieu, ajoute-t il, à decider les
Problêmes, sur lesquels les hommes
disputent, cherchons s'il décide pour
l'immortalité de notre Ame, & te-
nons-nous-en à sa decision, comme
à un Arrêt définitif & infaillible.
Ensuite il prouve par l'Ecriture qu'il
y a une autre vie après celle-ci, &
il declare qu'il fond sa foy là-des-
sus. Voici ses paroles, dans le 15ᶜ &
dernier chapitre de son Traité.

*His itaque sic se habentibus, mihi
(salva saniori sententia) in hâc materia dicendum videtur, quod quæstio de*

P. Pom-
ponace.

Immortalitate Animæ est neutrum Pro-
blema ; sicut etiam de Mundi æ-
ternitate. Mihi namque videtur,
quod nullæ rationes naturales adduci
possunt cogentes Animam esse immor-
talem, minusque probantes Animam
esse mortalem. . . . Quapropter dicemus,
sicut dixit Plato in primo de Legibus,
certificare de aliquo, cum multi ambi-
gunt, solius est Dei ; cum itaque tam il-
lustres viri inter se ambigant, nisi per
Deum hoc certificari posse existimo. . . .
Quapropter dico quod ante donum vel
adventum gratiæ, multifarie multisque
modis per Prophetas & signa superna-
turalia hanc quæstionem Deus termina-
vit, ut manifeste per Vetus Testamen-
tum est videre. Novissime autem per
filium, quem constituit hæredem uni-
versorum, per quem fecit & sæcula,
eam quæstionem dilucidavit, sicut scri-
bit Apostolus in Epistola ad Hebræos. . .
Quare si rationes probare videntur mor-
talitatem Animæ, sunt falsæ, & appa-
rentes ; cum prima lux & prima veri-
tas ostendant oppositum. Si quæ vero
videntur probare ejus immortalitatem,
veræ quidem sunt & lucidæ, sed non lux
& veritas. . . Quare indubie ipsam im-
mortalem esse asserendum est.   Rien

Rien n'eſt plus clair ni plus poſi-
tif que ces paroles ; cependant *Pomponace* ſe vit bientôt en bute à la
contradiction, à l'occaſion de cet
Ouvrage. C'étoit une choſe aſſez
indifferente qu'*Ariſtote* eût cru, ou
n'eût pas cru l'immortalité de l'ame ;
mais on ne regardoit pas alors les
choſes ſur ce pied-là. *Ariſtote* regnoit
ſouverainement dans les Ecoles, &
les Théologiens même ſe ſervoient
de ſon autorité juſques dans les choſes, où il auroit ſemblé qu'elle ne
dût point avoir de lieu. On s'ima-
ginoit que tous ſes ſentimens étoient
Orthodoxes, dans les articles de la
Religion, où il ne s'agiſſoit point
de revelation ; ainſi lui attribuer de
croire la Mortalité des ames, c'étoit
ſe faire ſoupçonner de la croire ſoi-
même. Il n'eſt donc pas étonnant
que *Pomponace*, qu'on ſavoit attaché entierement aux ſentimens d'*A-
riſtote*, rendit ſa foy ſuſpecte devant
ceux qui n'examinoient pas les choſes de ſi près, en attribuant à ce
Philoſophe un dogme ſi contraire à
la Religion. Cette demarche ſeule
rendoit inutile tout ce qu'il pou-

Tome XXV. F f

P. Pom-
ponace.

voit dire de plus plausible pour sa
justification.

Il nous apprend lui-même dans
le Prologue de son Apologie, que
son livre n'eut pas plûtôt été apporté à *Venise*, que deux sortes de
personnes s'éleverent contre lui.
D'abord les Inquisiteurs prévinrent
le Patriarche & les Senateurs, & firent défendre au Libraire de l'expo-
ser en vente, & les Moines com-
mencerent à declamer contre dans
leurs Sermons & à traiter même
l'Auteur d'Herétique & de Schisma-
tique. D'autres, c'est-à-dire quelques personnes savantes, l'attaque-
rent d'une autre façon, & sans toucher à la foy de l'Auteur, prirent
la défense d'*Aristote*, & prétendirent
que *Pomponace* n'avoit pas exposé
ses veritables sentimens. Tout cela
l'obligea à publier l'Ouvrage suivant.

4. *Apologia. Bononia* 1517. *in-*8°.
Cette Apologie, qui est divisée en
trois livres, fut achevée le 21 Decembre 1517. Le premier livre tend
à réfuter le principal écrit qu'on
eut publié contre lui, & qu'il a in-

feré à la fin de ſon Apologie avec ce
titre : *Tractatus iſte continet primam*
Contradictionem , de qua abunde in
primo Apologiæ noſtræ volumine diſpu-
tavimus. Verum cum contingere poteſt
nos aliqua addidiſſe , vel ſubtraxiſſe ,
contra Autoris intentionem ; ideo cura-
vi una cum Apologia imprimi , præſer-
tim cum hic Contradictor meâ ſententiâ
nihil reliquit , quod rationabiliter ad-
verſus nos adduci poſſit ; eſt enim Trac-
tatus iſte copioſus , doctus , gravis , acu-
tiſſimus , & divino artificio conflatus.
Ces paroles donnent une idée avantageuſe de la bonne foy & de la can-
deur de *Pomponace.*

Le ſecond livre eſt deſtiné à répondre au P. *Vincent de Vicence,*
Jacobin , Profeſſeur en Théologie
dans le Couvent de *Boulogne* , qui
expliquant la ſomme de *S. Thomas,*
& étant tombé ſur l'endroit où il eſt
parlé de l'immortalité de l'ame ,
avoit critiqué le Traité de *Pompo-*
nace. Celui-ci l'ayant appris de quelques-uns de ſes Auditeurs , qui ne
s'accordoient pas dans ce qu'ils lui
en rapportoient , les pria d'engager
leur Maître à mettre par écrit ſes

P. Pom-
ponace.

difficultés. Comme il negligeoit de le faire, *Pomponace*, qui souhaitoit fort les avoir, chargea *Louis Nogarola*, de *Verone*, leur ami commun, de les tirer de lui, du moins de bouche, & de les lui écrire; ce qu'il fit effectivement. Son écrit, qui est fort court, se trouve à la tête de la réponse de *Pomponace*. Ces deux premiers livres ne regardent proprement que le sentiment d'*Aristote*.

Le troisiéme regarde plus particulierement *Pomponace*, & tend à répondre à ceux qui l'avoient decrié personnellement. Un de ceux qui se declarerent le plus vivement contre lui, fut le P. *Ambroise de Naples*, Hermite de l'Ordre de *S. Augustin*, & depuis Evêque de *Zamora*, suffragant de *Mantoue*, qui prêchant le Carême dans la Cathedrale de cette derniere ville, & parlant de l'immortalité de l'ame, laissa échapper ces mots: *Nescio quis ex concivibus vestris, senio confectus, & mente delirans, scartabulum quoddam scripsit, in quo asserit animos esse mortales; verum cum quidquid ab ipso in eo scartabulo adducitur, erroneum est, nulliusque*

pretii ; ideo non opus eft aliud adverfus
eum adducere. Pomponace l'ayant appris, écrivit au P. *Ambroife*, qu'il
lui avoit attribué mal à propos de
croire que les ames étoient mortel-
les ; que bien loin d'être dans ce
fentiment, il étoit prêt de donner
fa vie pour la défenfe du dogme de
l'Immortalité de l'ame ; qu'il n'avoit
rien dit de femblable dans fon écrit,
où il avoit avancé feulement qu'*A-*
riftote avoit enfeigné que l'ame étoit
mortelle, & que l'on ne pouvoit
point prouver par la raifon fon immortalité, quoique la foy nous obli-
geât à la croire avec fincerité. Le P.
Ambroife ne répondit point à cette
Lettre, & *Pomponace* reçut feulement un Billet de *Marius Æquico-*
la, fon concitoyen, qui le pria d'ex-
cufer ce Pere ; ce que *Pomponace* lui
accorda, en le priant dans fa réponfe d'engager le Pere à lui faire connoître ce qu'il trouvoit de repre-
henfible dans fon livre.

Il attendoit ce qu'il pourroit lui
dire fur ce fujet, lorfqu'il apprit que
ce Moine foulevoit tout le monde
contre lui, le traitant publiquement

P. Pom- d'ignorant & d'herétique, & difant
PONACE. hautement qu'il ne craignoit point
ce bout d'homme. Il ne laiffa pas de
faire encore des tentatives pour le
faire parler plus nettement, mais il
ne pût jamais y réuffir. Enfin ce Pere ayant été nommé Evêque & ayant
paffé par *Boulogne* à fon retour de
Rome, *Pomponace* l'alla voir & voulut de nouveau l'engager à lui communiquer fes difficultez ; mais ce
Prélat qui ne fe fentoit pas affez fort
pour difputer avec lui, recourut aux
excufes, & lui fit entendre qu'on lui
avoit rapporté de lui des chofes qui
n'étoient pas exactement vraies, &
qu'*Auguftin Niphus* travaillant à le
réfuter, comme il l'avoit appris,
c'étoit entre eux deux que devoit
deformais rouler cette difpute. Ce
fut ainfi que finit cette affaire.

D'un autre côté les Inquifiteurs
de *Venife* avoient procedé contre fon
livre, en avoient faifi les exemplaires, & les avoient fait bruler par la
main du Bourreau. Ils voulurent
même aller plus loin, & en envoye-
rent un exemplaire à *Pierre Bembo*,
le priant d'engager le fouverain Pon-

tife à fraper d'Anathême le livre P. Pom-
avec ſon Auteur. Ce Savant ayant lû ponace.
le livre, & n'y ayant trouvé rien de
condamnable, l'envoya au Maître
du Sacré Palais, qui en porta le même jugement que lui, & ne put
s'empecher de rire de l'ignorance de
ceux qui l'avoient condamné. C'eſt
ainſi que *Pomponace* rapporte lui-
même ce qui ſe paſſa dans cette affaire.

5. *Petri Pomponatii Defenſorium,*
ſive reſponſiones ad ea quæ Auguſtinus
Niphus, Sueſſanus, adverſus ipſum
ſcripſit de Immortalitate animæ. Bono-
niæ 1519. *in-fol.* Cet Ouvrage fut
achevé le 5 Janvier de cette année.
Celui de *Niphus* avoit paru l'année
précedente, & ce Savant avoit prétendu y prouver que ſuivant la doctrine d'*Ariſtote* l'ame eſt immortelle.
Pomponace ſe propoſe ici de le réfuter, en mettant dans un nouveau
jour les raiſons qu'il avoit apportées
dans ſon premier Ouvrage. On y lit
ſur la fin ces paroles. *Si Chriſtus re-*
ſurrexit, nos reſurgemus. Si nos reſur-
gemus, anima eſt immortalis. At Chri-
ſtum vere à mortuis ſurrexiſſe ſcimus ex

P. Pom-
ponace.

tantorum santissimorum virorum testi-
monio, ex Ecclesia Militante. Ergo
vere anima est immortalis. Si cui vero
hæc ratio non satisfacit & existimat esse
insufficientem, fidem vilificat, neque
meretur appellari Christianus; nulla
est enim efficacior.

Quelque temps après le P. *Chry-*
sostome de Casal, Jacobin, Professeur
en Théologie à *Boulogne,* représenta
à *Pomponace* qu'il seroit à propos,
qu'il composât un Ouvrage, où il
repondît par des raisons Théologiques & tirées de la foy en faveur de
l'immortalité de l'ame, aux raisons
naturelles qui sembloient la combattre. *Pomponace* approuva ce dessein; mais ayant fait entendre à ce
Pere, qu'il n'y en avoit point qui
fussent plus capables de traiter une
matiere, que ceux qui l'enseignoient
aux autres, il l'engagea à se charger
de ce travail, qui lui convenoit
mieux, en qualité de Professeur en
Théologie, & le pria de lui obtenir
des Inquisiteurs la permission de
faire vendre son livre de l'Immortalité de l'ame avec cette réponse;
afin que personne ne prît occasion

de ſa lecture, pour donner dans
quelque erreur, & qu'on eût un
préſervatif contre tout ce qu'on y
pourroit trouver de dangereux.

Le P. *Chryſoſtome* travailla effectivement à cet Ouvrage, non ſeulement à la priere de *Pomponace*, mais
encore par les Ordres du Vice-Le-
gat de *Boulogne*, & du Vicaire de
l'Inquiſiteur; & on le trouve parmi
les œuvres de *Pomponace* ſous ce titre : *Solutiones Rationum animi Mor-*
talitatem probantium, quæ in Defenſo-
rio contra Niphum excellentiſſimi Do-
mini Petri Pomponatii formantur. La
lettre du P. *Chryſoſtome* à *Pompona-*
ce, qui eſt à la tête, renferme ces
paroles remarquables. *Antequam ſo-*
lutiones formarem, putavi non inutile
fore unum promittere in tui favorem,
& eſt, quod Fidelium nullus, doctus
aut imperitus, de te ſiniſtre opinari ha-
bet eo quod hujuſmodi Tractatus com-
poſueris. Novi ſi quidem te naturali-
ter ſimulationis & mendacii inimi-
cum; nec unum corde detines, alterum
vero ore depromis. Teſtis enim ſum
quanta benignitate & humanitate cor-
rectionem per nos factam in libro tuo

P. Pom- *susceperis , postulaverisque solutiones*
PONACE. *rationum tuarum , eas Catholice appro-*
baturus, sicut opere declarasti. Insuper si
quid inconsiderate , aut quadam licen-
tia dicendi in his tuis tractatibus inve-
nero , quo vererer infirmorum pias au-
res offendi , tibi complacuit ut totum
hujusmodi extraberem , ac seorsum in
calce libri imprimeretur , cum decenti
ac Catholica Interpretatione. Hortor
igitur & obsecro omnes Christi Fide-
les , ne temere de te judicent , qui post-
habitis omnium Philosophorum decep-
tionibus , unicam , veram , & inviola-
bilem fidem profiteris. Advertant quod
cordium scrutator est solùm Dominus.

On voit à la fin deux approba-
tions, l'une du Vicaire general de
l'Evêque de *Boulogne* , & l'autre du
Vicaire de l'Inquisiteur , qui sont
conçûes dans les mêmes termes.
Voici la seconde.

Nos Frater Joannes de Torfannis de
Bononia , Ordinis Prædicatorum , Apo-
-stolica auctoritate Vicarius Inquisitoris
Bononiensis Locumtenens , approbamus
solutiones Rationum pro Philosopho A-
ristotele deductarum , ad probandum
Animæ mortalitatem , datas per R. P.

Regentem S. Dominici Fr. Chryſoſto- **P. Pom-**
mum, Ord. Prædicatorum, Sacræ Theo- **PONACE**
logiæ Profeſſorem eximium, ut Catho-
licas & enervantes aſtutias Philoſo-
phorum ad illuminationem fidei. Quibus
ſtantibus & acceptatis à Magiſtro Pe-
tro Pomponatio contenti ſumus ut liber
ipſe imprimatur, & vendatur condi-
tionibus ut ſuprà. Nonobſtante inhibi-
toria per nos facta ſecundum ordina-
tionem factam in Sacro-Sancto Latera-
nenſi Concilio in decima ſeſſione, pro-
ut ipſe Magiſter Petrus nobiſcum con-
corditer remanſit ; & ita, ut ſuprà
ſcriptum eſt, licentiam imprimendi, &
ſic vendendi tibi Magiſtro Juſtiniano
de Ruberia concedimus, nec alteri, nec
aliter, nec alio modo. Die 4 Martii
1519.

Telle fut la fin de cette affaire,
dont toute la ſuite donne une idée
avantageuſe des ſentimens, & de la
conduite de Pomponace.

6. *P. Pomponatii de naturalium ef-*
fectuum admirandorum cauſis, ſive de
Incantationibus Opus, à Guilielmo
Gratarolo editum. Baſileæ 1556. in-8°.
Cet Ouvrage fut achevé le 16 Août
1520. mais il ne parut que long-

P. POM-
PONACE.

temps après la mort de l'Auteur.
L'habitude que l'on avoit de regarder *Pomponace* comme un Athée,
acquit bientôt à ce nouveau livre la
qualité de dangereux. Il y fait affez
entendre qu'il ne croit rien de ce
qu'on conte de la Magie & des for-
tileges; mais ce qu'il y a de fingu-
lier, c'eft qu'il releve extrémement
certaines vertus que quelques hommes ont eûes, à ce qu'on prétend,
de produire des effets merveilleux,
fans examiner fi ce qu'on en a dit
eft veritable. Au refte il donne
beaucoup à l'imagination, à laquelle il prétend qu'il faut attribuer bien
des chofes dont on ignore les caufes. On lit à la fin ces mots: *Quan-*
tum ad Religionem, fi quid in his dic-
tis noftris offendetur, quod Sanctæ Ec-
clefiæ Catholicæ adverfetur, vel ei mi-
nus placeat, illud totum revoco, &
humiliter ejus correctioni me fubjicio.

7. *Petri Pomponatii, Philofophi &*
Theologi Doctrina & ingenio præftan-
tiffimi, Opera. De naturalium effectuum
admirandorum caufis, feu de Incanta-
tionibus liber. Item de Fato, Libero
Arbitrio, Prædeftinatione, Providentia

Dei libri quinque. Baſilea 1567. *in-*8°. P. POM-
C'eſt encore *Guillaume Gratarol*, qui PONACE.
avoit été diſciple de *Pomponace*,
lequel a publié ce Recueil, où il
a joint le traité *de Incantationibus*,
qu'il avoit déja donné onze ans auparavant, avec un nouvel Ouvrage
qui n'avoit pas encore paru, & que
Pomponace avoit fini le 25 Novembre 1520.

8. *De Nutritione & augmentatione
libellus.* Cet Ouvrage, qui eſt diviſé en deux livres, fut achevé le 3
Septembre 1521. & n'a paru qu'après
ſa mort dans le Recueil ſuivant.

9. *Petri Pomponatii Mantuani Tractatus acutiſſimi, utiliſſimi, & mere Pé-
ripatetici. De Intenſione & remiſſione
formarum, ac de parvitate & magni-
tudine. De Reactione. De modo agendi
primarum qualitatum.* (C'eſt le petit
Ouvrage dont j'ai parlé ci-deſſus
ſous le titre de *Quaſtio de Actione
reali,* qu'il porte dans le corps du
Recueil) *De Immortalitate Anima.
Apologia libri tres. Contradictoris Tractatus doctiſſimus. Defenſorium Autoris.
Approbationes rationum defenſorii per
Fratrem Chryſoſtomum Theologum Or-*

P. POM-
TONACE.
dinis *Prædicatorii divinum.* (Ce titre
eſt très-mal exprimé & ne répond
point à ce que l'Ouvrage eſt veritablement, comme on l'a vû ci-deſſus.)
*De Nutritione & augmentatione. Vene-
tiis 1525. in-fol.*

10. *Dubitationes in* IV. *Meteorolo-
gicorum Ariſtotelis librum. Venetiis
1563. in-fol.* N'ayant point vû cet
Ouvrage, je ne puis donner la date
de ſa compoſition.

V. *Son Eloge par Paul Jove* N°.
71. *Bayle, Dictionnaire.* L'article qu'il
en donne eſt fort ſuperficiel, & ne
contient gueres que des raiſonnemens.

GUICHARD-JOSEPH
DU VERNEY.

G. J. DU
VERNEY.
GUICHARD-Joſeph *du Verney*
naquit à *Feurs* en Forez le 5e.
Août 1648. de *Jacques du Verney*,
Medecin de la même ville, & d'*An-
toinette Pitire.*

Ses Claſſes finies, il étudia en
Medecine à *Avignon* pendant cinq
ans, & ſe fit recevoir Docteur en

cette Faculté. Après quoi il vint en G. J. D*U*
1667. à *Paris*, dans le deſſein d'y V*ERNEY*.
cultiver ſes talens.

Arrivé dans cette ville, il eut
entrée chez l'Abbé *Bourdelot*, qui
tenoit des conférences de gens de
lettres de toute eſpece, & y fit une
Anatomie du Cerveau. Il en fit d'autres enſuite chez M. *Denys*, ſavant
Medecin, où l'on s'aſſembloit auſſi,
& y démontra ce qui avoit été dé-
couvert par *Stenon*, *Swammerdam*,
Graaf & d'autres grands Anatomi-
ſtes.

Il acquit bientôt par-là une réputation, qui fut d'autant plus grande,
que la Science étoit jointe en lui à l'E-
loquence; éloquence qui ne conſiſtoit
pas ſeulement dans la clarté, la juſteſſe, & l'ordre, qui accompagnoit
ſes diſcours, mais encore dans la
vivacité des expreſſions, dans les
tours heureux, & dans la prononciation.

A meſure qu'il parvenoit à être
plus à la mode, il y mettoit auſſi
l'Anatomie, qui renfermée juſques-
là dans les Ecoles de Medecine ou
à *S. Côme*, oſa alors ſe produire

G. J. DU VERNEY. fous fes aufpices dans le beau monde.

Il fut reçu en 1676. dans l'Academie des Sciences, & il commença auffi-tôt à travailler à l'Hiftoire
des Animaux, qui faifoit alors une
partie des occupations de cette Academie.

Quand ceux qui étoient chargés
de l'éducation de M. le Dauphin,
Ayeul du Roi *Louis XV*. fongerent
à lui donner quelques connoiffances
Phyfiques, on chargea l'Academie
des Sciences de nommer ceux qu'elle jugeroit les plus propres pour cet
employ, & ce furent M. *Roemer*
pour le Experiences generales, &
M. *du Verney* pour l'Anatomie. Ce
dernier préparoit à *Paris* les parties
qu'il devoit démontrer, & les portoit à *S. Germain*, ou à *Verfailles*,
où il faifoit fes demonftrations, d'a-
bord en préfence du Dauphin, &
enfuite plus en detail chez M. *Bof-
fuet*, en préfence de plufieurs perfonnes de confideration, que la cu-
riofité y attiroit. Il fut ainfi pendant près d'un an l'Anatomifte de la
Cour.

En 1672. il fut nommé Professeur G. J. DU
d'Anatomie au Jardin Royal, & il VERNEY.
fut envoyé en basse Bretagne, pour
y faire des dissections de Poissons,
de même que M. de *la Hire*, qui y
devoit avoir d'autres occupations.
L'année suivante ils furent envoyez
tous deux sur la côte de *Bayonne*
pour les mêmes sujets. *Du Verney*
s'occupa alors d'une Anatomie toute nouvelle, mais il ne put qu'ébau-
cher la matiere, & depuis son retour, l'examen de la seule structure
des Ouies de la Carpe lui coûta plus
de temps, que celui de tous les
Poissons, qu'il avoit étudiés dans ses
deux voyages.

Il mit les exercices Anatomiques
du Jardin Royal sur un pied, où ils
n'avoient point encore été. On vit
avec étonnement la foule d'Ecoliers,
qui s'y rendit, & on y compta en
une année jusqu'à 140 Etrangers.

Il publia en 1683. son *Traité de
l'Organe de l'Ouie*, qui est le seul livre qu'il ait publié; ce qui surpren-
dra, eu égard au longtemps qu'il a
vêcu; mais ce qui n'a jamais surpris
ceux qui l'ont connu : Car il ne se

G. J. DU
VERNEY.

contentoit jamais sur un sujet, il vouloit toûjours approfondir, & craignoit toûjours que quelque chose ne lui eût échappé.

Il fut assez longtemps le seul Anatomiste de l'Académie des Sciences, & ce ne fut qu'en 1684. qu'on lui joignit M. *Mery*. Ils n'avoient rien de commun qu'une extrême passion pour la même Science, & beaucoup de capacité; du reste ils étoient presque entierement opposés, sur-tout à l'égard des talens exterieurs, que *Mery* ne possedoit pas comme *du Verney*.

Dans les premiers temps de ses exercices au Jardin Royal, il faisoit les demonstrations des parties qu'il avoit preparées, & les discours qui expliquoient les usages, les Maladies, les Cures, & resolvoient les difficultez. Mais une foiblesse de Poitrine, qui l'attaquoit de temps en temps, ne lui permit pas de remplir longtemps les deux fonctions. Il choisit un habile Chirurgien, pour faire sous lui les demonstrations, & il ne lui restoit plus à faire que les discours. C'est lui qui a le premier enseigné en ce lieu-là l'Osteologie, & les Maladies des Os.

De son Cabinet, où il étudioit les Cadavres & les Squelettes, il passoit dans les Hôpitaux de *Paris*, où il étudioit les maux qui avoient rapport à l'Anatomie. C'étoit là qu'il appliquoit sa Theorie aux faits, & qu'il apprenoit même ce que la seule Théorie ne lui eût point appris. Au reste, quoiqu'il fût Docteur en Medecine, il évitoit de s'engager dans aucune pratique de Medecine ordinaire, quelque honorable & quelque utile qu'elle pût être ; regardant cela comme une distraction, qui l'auroit detourné de son objet principal, qui étoit l'Anatomie.

Ses occupations & ses infirmités l'empêchant de se trouver aux assemblées de l'Academie des Sciences, il demanda à être Veteran, & sa place fût remplie par M. *Petit*, Docteur en Medecine.

Après avoir beaucoup souffert pendant quelques années, il mourut le dix Septembre 1730. âgé de 82 ans. Il a laissé à l'Academie des Sciences par son Testament toutes ses prépa-

G. J. DU VERNEY.

Ggij

G. J. DU
VERNEY.

rations Anatomiques, qui étoient en grand nombre, & dans l'état de perfection qu'on pouvoit attendre d'un aussi grand Anatomiste.

Le seul Ouvrage qu'il ait publié a pour titre.

Traité de l'Organe de l'Ouye, contenant la structure, les usages, & les maladies de toutes les parties de l'Oreille. Paris 1683. *in*-12. Il travailloit, lorsqu'il mourut, à revoir cet Ouvrage, dont il vouloit donner une seconde édition, fort augmentée.

Il a aussi fourni quelques Memoires à l'Academie des Sciences, qui sont imprimés avec ceux de cette Academie. Il faut en donner ici la liste.

1. *Reflexions sur la situation des Conduits de la Bile & du Suc Pancreatique.* Année 1692.

2. *Reflexions sur la description Anatomique de trois Crocodiles.* Observations Physiques & Mathematiques.

3. *Observations sur la Circulation du sang dans le fœtus, & description du cœur de la Torue & de quelques autres Animaux.* Année 1699. Du Verney combat ici les sentimens de M. Mery.

4. *Des Vaiffeaux Omphalomefente-* G. J. DU
riques. Année 1700.   VERNEY.

5. *De la ftructure & de fentiment de la Moelle.* Ibid.

6. *Memoire fur la Circulation du fang des Poiffons qui ont des Ouies & fur leur refpiration.* Année 1701.

7. *Obfervations fur un fœtus trouvé dans une des Trompes de la Matrice.* Année 1702.

8. *Obfervations de deux Enfans joints enfemble.* Année 1706.

On trouve auffi dans le *Journal des Savans* les Pieces fuivantes de fa façon.

1. *Nouvelle decouverte touchant les Mufcles de la Paupiere interne faite & demontrée à Mr. le Dauphin.* Journ. du 8 Août 1678.

2. *Nouvelles obfervations touchant les parties, qui fervent à la Nutrition.* Journ. du 29 Août 1678.

3. *Obfervations fur l'Organe de l'Ouye.* Journ. du 23 Juin 1681.

4. *Obfervations fur l'Ofteologie.* Journ. du 23 May 1689.

V. *Son Eloge par M. de Fontenelle dans l'Hiftoire de l'Academie des Sciences.* Année 1730.

PAUL JOVE.

P. JOVE. **P**AUL *Jove*, naquit à *Come* en
Italie le 19 Avril 1483. Ayant
perdu son pere dans sa premiere
jeunesse, un de ses freres, nommé
Benoît, beaucoup plus âgé que lui,
prit soin de son éducation & le fit
instruire dans les Lettres.

Paul animé par l'exemple de son
frere, qui se distinguoit par sa Science, & dont on a quelques Ouvrages, fit bientôt de grands progrès
dans ses études.

Après le cours ordinaire des Humanités, qu'il fit à *Pavie*, il s'appliqua à la Medecine, dont il s'occupa pendant quelques années. Il y
acquit même de la réputation, & *Cæ-
lio Calcagnini* lui donne dans une de
ses lettres le nom de *primi nominis
Medicus.* Cependant *van der Linden*
s'est trop hasardé en disant dans son
Catalogue des Auteurs de Medecine, apparemment après *Wolfgang
Juste*, qu'il cite, que *Jove* avoit été
Medecin du Pape *Clement VII.* Ima-

gination, qui n'a aucun fondement, P. Jove,
& qui cependant lui a fait trouver
place dans l'Ouvrage, que *Prosper*
Mandosio, qui n'y regardoit pas de
si près, & qui étoit bien aise d'avoir
de quoi grossir son livre, a publié
à *Rome* en 1696. sur les Medecins
des Papes.

Jove étant allé à *Rome*, y eut l'a-
vantage de s'introduire à la Cour
du Pape *Leon X.* à qui il sçut se
rendre agréable, en lui lisant quelques endroits de l'Histoire de son
temps, qu'il avoit commencé un
peu auparavant.

Adrien VI. qui succeda à *Leon* en
1522. le nomma à un Canonicat de
l'Eglise Cathedrale de *Come*, & *Cle-*
ment VII. qui le suivit, le fit Prélat
Assistant, & lui donna un appartement dans le Vatican.

Quelque temps après ce Pontife
le nomma Prieur de la Commande-
rie de *S. Antoine* à *Come*, & enfin
Evêque de *Nocera*; dignité dans laquelle il succeda à *Dominique Jaco-*
batius le 13. Janvier 1528. suivant
Ughelli.

Il souhaita dans la suite être trans-

P. JOVE. feré à l'Evêché de *Come*, sa patrie;
& fit pour cela beaucoup de démar-
ches auprès du Pape *Paul III.* mais
elles furent inutiles, & il ne put parvenir à cet objet de ses desirs; c'est
de quoi il se plaint amerement dans
une lettre dont je parlerai plus bas.
M. *de Thou* a avancé que ce fut *Clement VII.* qui refusa à *Paul Jove*
l'Evêché de *Come*; mais il se trompe en cela, & est dementi par la
lettre même de *Jove*.

Son mecontentement lui fit abandonner en 1549. la ville de *Rome*,
où il avoit toûjours demeuré depuis
37 ans, & il se retira à *Florence*. Ce
fut dans cette ville qu'il mourut le
11 Decembre 1552. dans sa 69 année. Il y fut enterré dans l'Eglise
Ducale de *S. Laurent* avec cette Epitaphe.

*Pauli Jovii, Novocomensis, Episco-
pi Nucerini, historiarum scriptoris ce-
leberrimi hic deposita sunt ossa, donec
eximia ejus virtute dignum erigatur
sepulchrum. Vixit annis 68. Mens. 7.
Dies 22. Obiit 3. Id. Decembris
1552.*

Hic

Hic jacet heu! Jovius, Romana glo- P. JOVE.
 ria linguæ,
 Par cui non Crispus, non Pata-
 vinus erat.

On lui érigea depuis dans le Cloî-
tre de cette Eglise un Mausolée,
avec sa statue en marbre, & cette
inscription.

Paulo Jovio, Novocomensi, Episco-
po Nucerino, Historiarum sui tempo-
ris scriptori, sepulchrum, quod sibi de-
creverat, posteri ejus integra fide posue-
runt, indulgentia Maximorum Opti-
morumque Cosmi & Francisci Hetru-
ria Ducum, anno 1574.

Imperiali, grand Panegyriste de
Jove, ne peut s'empêcher de dire
qu'on l'avoit accusé de mener une
vie peu reglée & même licentieuse,
quoiqu'il regarde ces accusations
comme des effets de l'envie que de
petits genies avoient conçue contre
lui. *Cardan* va plus loin, & dit sans
hesiter : (a) *Hic noster Historicus, ad-*
mirandus profecto magis aliis (il en-
tend les Historiens, dont il venoit

(a) *Encomium Neronis.*
Tome XXV. H h

P. Jove. de parler) *qui tametsi senex, parum abfuit quin pepererit (quippe Hermaphroditus) sed & id detestabilius, quod cum esset etiam Antistes, gaudebat numerari (inter) procos adolescentulos.*

Ce terme d'*Hermaphroditus* doit apparemment s'entendre dans le sens de l'Epitaphe, que l'*Aretin* lui fit en ces termes.

> *Qui giace Paulo Giovio Ermaphrodito,*
> *Che vuol dire in vólgar moglie e marito.*

Epitaphe par laquelle celui-ci voulut se venger de cette autre, que *Jove* lui avoit composée.

> *Qui giace l'Aretin, Poëta Tosco,*
> *Che d'ogn' un disse malo, fuor di Dio,*
> *Scusandosi col dir, io no'l conosco.*

On ne peut nier que ce ne fût un historien venal, qui loüoit ou blâmoit, suivant qu'on avoit eu soin, ou qu'on avoit negligé d'acquerir ses bonnes graces par des liberalités.

On prétend même qu'il fe vantoit P. Jove. d'avoir une plume d'Or pour les Princes, dont il recevoit des faveurs, & une plume de fer pour ceux qui le negligeoient. Que cela foit ou non, il eft toûjours fûr, qu'il n'étoit pas moins avide d'argent que de gloire, & que l'intereft avoit beaucoup d'influence fur tout ce qu'il écrivoit; ce qui fait qu'on ne peut gueres ajouter foy à fes hiftoires, ou que du moins il faut toûjours être en défiance, par rapport à ce qu'il dit.

Catalogue de fes Ouvrages.

1. *De Romanis Pifcibus libellus, ad Ludovicum Borbonium Cardinalem. Romæ* 1524. *in-fol.* It. *Ibid.* 1527. *in-*8°. It. *Bafileæ* 1531. *in-*8°. A la fuite de quelques autres Ouvrages de *Jove.* It. dans le Recueil de fes Oeuvres. *Ibid.* 1678. *in-fol.* It. dans le premier tome du *Novus Thefaurus Antiquitatum Romanarum de Sallengre.* It. traduit en Italien : *Libro del Giovio de' Pefci Romani, tradotto per Carlo Guancarolo. In Venetia* 1560. *in-*8°. L'Epitre dedicatoire de *Jove* eft datée du Vatican le 29 Mars 1524.

P. JOVE. *Jove* decrit ici les Poiſſons, que l'on mangeoit le plus parmi les Romains, traite de leurs noms anciens & modernes, de leur bonté, des lieux où l'on trouve les meilleurs de chaque eſpece, & quelquefois même n'oublie pas la maniere de les aprêter. *Mandoſio* cite comme un livre different de celui dont je viens de parler, celui qui a pour titre : *De Piſcibus Marinis, Lacuſtribus, & Fluviatilibus ; item de Teſtaceis ac Salſamentis liber.* Mais ce n'eſt qu'un ſeul & même Ouvrage, qui a effectivement cô titre dans une édition faite à *Rome* en 1527, *in-8°.*

2. *Hiſtoriarum ſui temporis ab anno* 1494. *ad annum* 1547. *libri* XLV. *Florentia. in fol.* Deux volumes, le 1ᵉʳ en 1550. & le 2ᵉ en 1552. It. *Venetiis* 1552. *in-8°.* trois vol. It. *Paris Vaſcoſan* 1553. *in-fol.* deux vol. It. *Baſilea* 1567. *in-8°.* trois vol. It. *Ibid.* 1678. *in-fol.* Avec ſes autres Ouvrages. *Jove* forma le deſſein de cette hiſtoire l'an 1515. & y travailla pendant toute ſa vie. Il jugea à propos de la commencer à l'année 1494. qui fut celle où les François conquit

fent le Royaume de *Naples* fous le P. JOVE.
Roi *Charles VIII.* Il la diftribua en
45 livres ; mais il y a une lacune
confiderable depuis le 19e jufqu'au
24e inclufivement. Ces fix livres
dont nous n'avons plus que les fom-
maires, s'étendoient depuis la mort
de *Leon X.* jufqu'à la prife de *Rome*
en 1527. *Jove* perdit au fac de cette
ville ce qu'il avoit compofé fur cette
partie de fon Hiftoire, & il ne voulut ni le refaire, ni achever ce qui
y manquoit. Deux raifons principales l'en détournerent, à ce qu'il affure dans la Préface de fon Ouvrage,
l'une qu'il auroit fallu encourir l'indignation de certaines gens, & l'autre qu'il ne vouloit pas exercer fa
plume fur une matiere ignominieufe
à l'Italie ; il ajoute cependant peu
après qu'il pourroit dans la fuite fuppléer à ce qui manquoit à fon hiftoire, fi Dieu lui confervoit la vie ;
mais cela n'a pas eu d'exécution.
Quoique fon Hiftoire foit fort par-
tiale, & qu'il faille s'en défier, il
y a cependant des faits affez bien
racontés & des chofes fingulieres. Le
ftile en eft brillant, mais il eft trop

P. Jove. diffus & trop ampoullé. D'ailleurs les Harangues froides & ridicules, qu'on y trouve, ont de quoi rebuter un Lecteur fensé. *Jove* a mis à la têtê une lettre, qu'il fuppofe qu'*André Alciat* lui écrivit de *Pavie* le 7ᵉ. Octobre 1549. en réponfe à une des fiennes, par laquelle il lui avoit fait part de fon mecontentement par rapport au Pape qui lui avoit refufé l'Evêché de *Come*, & du deffein qu'il avoit formé de fortir de *Rome*, & de fe retirer à *Florence*. Mais le ftile ampoullé de cette lettre fait connoître fans peine que c'eft *Jove* lui-même qui l'a écrite, pour fatisfaire fon reffentiment d'une maniere detournée. Auffi a-t'il eu la prudence de ne la publier qu'après la mort d'*Alciat*, & celle de *Paul III.* à la memoire duquel il infulte en ces termes, fous le nom d'*Alciat. Mirum profecto videri poteft, quod tibi doctrinæ ac ætatis honore majora promerito, in petitione Pontificatus Patriæ Paulus Pontifex quemdam prætulerit. At quem hominem? qui Comi neque natus, neque unquam vifus fit, & qui (ficut à multis audio) ex arcanis cubiculi fer-*

dibus in lucem repente sit productus. P. JOVE!
Quis in hoc Pontificem ἀμφότερον non
judicet? non enim hostis bonarum lit-
terarum & plane ferreus esse potest,
qui te gravissimarum rerum scriptorem
intempestive contempserit? . . Dices te
indigne deceptum ab inveterati astus
sene principe, qui blandis promissis vo-
ta tua honeste concepta inique fefelle-
rit.

Nous avons une traduction Françoise de l'Histoire de Jove, qui a
pour titre: *Histoires de Paolo Jovio*
sur les choses faictes & advenues de
son temps, en toutes les parties du mon-
de ; traduites du Latin par Denys Sau-
vage, Seigneur du Parc. Lyon 1552.
in-fol. It. *Paris* 1579. *in-fol.* deux
vol.

Les Harangues, qui se trouvent
dans l'Histoire de *Jove*, ont été aussi
traduites en François par *Belleforest*,
qui les a inserées dans ses *Haran-*
gues Militaires, & Concions des Prin-
ces, Capitaines &c. Paris 1573. *in-*
fol.

Il en avoit paru de bonne heure
une traduction Italienne: *Istorie del*
suo tempo di Paolo Giovio tradotte per

P. Jove. *Lodovico Domenichi. Parte* 1ª. *In Fi-*
renze 1551. *in*-4°. It. *Venetia* 1560.
in-4°. *Parte* 1ª. & 2ª. *Venetia* 1568.
in-8°. trois vol.

Vincent Cartari en a donné un
abregé: *Compendio dell' Iftoria di*
Paolo Giovio fatto per Vincenzo Càr-
tari, da Reggio. In Venetia 1562. *in.*
8°.

3. *Elogia Virorum illuftrium. Vene-*
tiis 1546. *in-fol.* C'eft la premiere
édition It. *Florentiæ* 1551. *in-fol.* It.
Bafileæ 1567. *in*-8°. deux tomes. Ces
éditions ont été augmentées à differentes reprifes. Les pieces qui com-
pofent ce Récueil dans les dernieres, font les fuivantes.

De vita & rebus geftis XII. *Vice-*
comitum Mediolani Principum libri
XII. Ces douze livres ont été imprimés feparément à *Paris* l'an 1549.
in-8°. On en a fait auffi une traduction Italienne: *Le Vite de' i do-*
deci Vifconti, Principi di Milano,
tradotte per il Domenichi. In Venetia
1558. *in*-8°.

De Vita & rebus geftis Magni
Sfortiæ. Liber. J'en trouve une édition faite, s'il n'y a faute dans les

chiffres, l'an 1542. *in-8°.* à *Bafle.* It. P. Jove traduite en Italien : *La vita di Sfor-za, Valoriffimo Capitano. In Venetia in-8°.*

Vita Alfonfi Ateftini, Ferrariæ Du-cis. Imprimée à *Florence* l'an 1550. *in-fol.* It. trad. en Italien. *Vita di Alfonfo da Efte Duca di Ferrara, trad. in lingua Tofcana, da Gio. Bat-tifta Gelli. In Firenze* 1553. *in-8°.*

De vita & rebus geftis Confalvi Fer-dinandi Cordubæ, cognomento Magni, libri tres. Cette vie a été traduite en Italien fous ce titre : *La vita di Con-falvo Ferrando di Cordoua, detto il Gran Capitano, fcritta da Paolo Gio-vio, e tradotta per Lodovico Domeni-chi. In Firenze* 1550. *in-8°.*

De vita & rebus geftis Francifci Ferdinandi Davali, Marchionis Pifca-riæ libri feptem. On a auffi une tra-duction Italienne de cette vie. *La Vita di Ferrando Davalo Marchefe di Pefcara, tradotta per Lodovico Do-menichi. In Firenze* 1551. *in-8°.*

Vita Leonis X. Pontificis Maximi, Libris IV.

Hadriani V. P. M. vita.

Pompeii Columnæ Cardinalis vita.

P. Jove. Ces trois vies ont paru en Italien:
Le Vite di Leone X. e di Adriano VI.
Pontifici, e del Cardinal Pompeo Co-
lonna, tradotte da Lodovico Domeni-
chi. In Venetia 1557. *in*-8°. Celle de
Leon X. a été traduite en François
par *Michel de Pure*, & imprimée
en cette langue à *Paris* en 1675. *in*-
12.

4. *Elogia virorum bellica virtute*
illuſtrium. Je ne ſçai, quand ont paru pour la premiere fois ces Eloges,
qui ont été traduits en Italien ſous
ce titre: *Gli Elogi e vite brevemente*
ſcritte d'Uomini illuſtri di Guerra
Antichi e Moderni, tradotti da Lodo-
vico Domenichi. In Firenze 1554. *in*-
4°. It. *In Venetia* 1560. *in*-8°.

5. *Elogia Doctorum virorum ab A-*
vorum Memoria publicatis ingenii Mo-
numentis illuſtrium. Venetiis 1546. *in*-
fol. Ces Eloges, qui ont été imprimés pluſieurs fois depuis, & quelquefois avec des Portraits, qui ſont
pour la plûpart de fantaiſie, ſont
l'Ouvrage le plus intereſſant & le
plus utile de *Jove.* On y trouve en
effet des particularitez ſur pluſieurs
Savans, qu'on n'a point ailleurs,

quoique l'exactitude y marque en P. Jove
pluſieurs endroits.

6. *Commentarii delle Coſe de' Turci.*
In Venetia 1541. *in-*8°. L'Epitre dédicatoire de cet Ouvrage à l'Empereur *Charles-Quint* eſt datée du 22
Janvier 1531. C'eſt une hiſtoire fort
abregée des Turcs & de leur maniere de faire la Guerre. Jove l'a compoſée en Italien ; elle a été enſuite
traduite en Latin ſous ce titre : *Tur-*
cicarum rerum Commentarius Pauli
Jovii ex Italico Latinus factus, Fran-
ciſco Nigro Baſſianete Interprete. Pariſ.
1538. *in-*8°. & elle ſe trouve en cette derniere langue à la ſuite des *Vi-*
tæ virorum illuſtrium dans pluſieurs
éditions. On en a auſſi une traduction Angloiſe, imprimée à *Londres*
en 1546. *in-*8°.

7. *Pauli Jovii Deſcriptiones, quot-*
quot extant, Regionum atque locorum.
Baſileæ 1571. *in-*8°. Les Ouvrages
contenus dans ce Recueil, ſont les
ſuivans.

Deſcriptio Britanniæ, Scotiæ, Hi-
berniæ & Orchadum. L'Editeur y a
joint deux écrits ; l'un intitulé : *Ad*
Paulum Jovium, Virorum aliquot in

P. JOVE. *Britannia, qui noſtro ſæculo eruditionē*
& doctrina clari memorabileſque fue-
runt, Elogia, per Georgium Lilium
Britannum exarata. Il y eſt parlé fort
en abregé de neuf ſçavans Anglois.
L'autre écrit, qui ſuit, a pour titre:
A Bruto Britannicæ Gentis Authore,
omnium, in quos variante fortuna Bri-
tanniæ imperium tranſlatum, brevis
enumeratio; per Georgium Lilium Bri-
tannum.

Moſcovia, in qua ſitus Regionis,
antiquis incognitus, religio gentis, mo-
res &c. fideliſſime referuntur. Jove dit
avoir appris ce qu'il rapporte ici,
de *Demetrius*, que le Czar avoit envoyé en Ambaſſade au Pape *Clement*
VII.

Deſcriptio Larii Lacus. L'Epitre
dedicatoire de cette deſcription eſt
datée de *Milan* le 1 Juin 1558.
Elle fut imprimée ſeparément à *Ve-*
niſe en 1559. *in-*4°.

De Romanis Piſcibus libellus. J'en
ay parlé plus haut.

8. *Lettere volgari di M. Paolo Gio-*
vio, raccolte per Lodovico Domenichi.
In Venetia 1560. *in-*8°.

2. *Ragionamento di Paolo Giovio*

Jopra i Motti & Difegni d'Arme e d'A- P. JOVE-
more, volgarmente chiamati Imprefe,
con un difcorfo di Girolamo Rufcelli,
interno allo ftefso Soggetto. In Venetia
1560. in-8°. It. fous cet autre titre :
Dialogo dell' Imprefe Militari & A-
morofe di P. Giovio, e di Gabriel Si-
meoni, con un Ragionamento di Lodo-
vico Domenichi. In Lione 1574. in-8°.
On prétend que *Jove* a enseigné le
premier l'art des devifes.

10. *Epiftola ad Joannem Frideri-*
cum, Saxoniæ Electorem, & Philip-
pum Haffiæ Landgravium de Bella
Smalcaldico. Cette lettre anecdote,
qui eft du 29 Août 1547. a été publiée par *Burcard Gotthelff Struve*
dans fes *Acta litteraria ex MSS. eru-*
ta. Tom. 2. Fafcic. 1. p. 85.

V. *Les Eloges de M. de Thou &*
les additions de Teiffier. Ghilini, Tea-
tro d'Huomini Letterati. Mandofti
Theatrum Pontificum Archiatrorum.
Ughelli, Italia Sacra. Bayle, Diction-
naire.

PHILIPPE BEROALDE.

PHILIPPE *Beroalde* naquit à *Bou-logne* en Italie, le 7 Novembre 1453. de *Philippe Beroalde*, & de *Castorea* sa femme.

Ayant perdu son pere à l'âge de quatre ans, il fut élevé par les soins de sa mere, aussi bien qu'*Antoine* son frere aîné, qui donna dans le commerce, & gagna de grands biens, & *Jean*, dont elle étoit grosse, lors-qu'elle perdit son Mari, & qui dans la suite devint un celebre Archi-tecte.

Dès qu'il fut en âge de s'appli-quer à l'étude, on lui donna pour Maîtres *Marianus*, & ensuite *Mat-thieu*, fameux Grammairiens de ce temps-là. L'ardeur qu'il avoit d'ap-prendre, lui fit faire des progrès d'autant plus considerables & plus prompts, qu'elle étoit secondée par une Memoire prodigieuse, qui lui faisoit retenir tout ce qu'il lisoit, & qu'il eut toujours soin de cultiver. On le mit ensuite sous la discipline de *François Puteolanus*, homme savant, & grand Poëte, sous lequel il acheva de se perfectionner dans la connoissance des langues Gréque & Latine.

Ses parens qui l'avoient tant poussé dans ses études, ne furent pas long-temps sans s'en repentir ; ils vouloient que les Belles-Lettres ne lui servissent que pour passer plus aisement à d'autres Sciences plus utiles pour l'avancer dans les voyes de la fortune. Mais son goût particulier le fixa aux Belles-Lettres, outre que des études plus serieuses ne lui paroissoient pas convenir à son temperament delicat, auquel trop d'application pouvoit être nuisible.

Lorsqu'il vit qu'il ne pouvoit plus gueres rien apprendre de son Maître, il crut que le meilleur moyen de faire de nouveaux progrès dans ses études, étoit de se donner à l'instruction des autres; & ce fut ce qu'il commença à faire à l'âge de 19 ans vers l'an 1472. d'abord à *Parme*, & ensuite à *Milan*.

La réputation de l'Université de *Paris* lui fit alors naître l'envie de la

P. BE-
ROALDE.
voir, & s'étant rendu dans cette
ville, il y enfeigna plufieurs mois
avec beaucoup d'applaudiffement,
& un grand concours d'Auditeurs.
Il y auroit apparemment demeuré
encore davantage ; mais la ville de
Boulogne l'eftimoit trop, pour le
perdre fi long-temps de vûe ; elle
le rappella avec empreffement, & il
ne put s'empêcher de répondre à fes
defirs.

Il fe mit donc en devoir de retourner à *Boulogne* ; mais fon voyage
fut retardé par quelque féjour qu'il
fit à *Milan*, où il avoit été bien aife
de revoir en paffant fes amis, & où
on l'engagea à faire encore du moins
une leçon.

S'étant enfuite rendu à *Boulogne*,
il y fut reçu avec beaucoup de fatis-
faction, & on le chargea auffitôt
d'enfeigner les Belles-Lettres ; emploi qu'il a rempli jufqu'à la fin de
fa vie, d'une maniere qui lui a fait
honneur.

Les Auteurs de fa vie avoüent
qu'il aimoit la bonne chere & la table, où fa gayeté naturelle le rendoit très-agréable, & répandoit la
joye

joye parmi les Convives ; qu'il avoit
la paſſion du jeu, & que quoiqu'il
n'y fût pas heureux, il lui ſuffiſoit
d'avoir de l'argent, pour le lui ſacrifier ; & que pour les femmes, il
ſe livroit avec un tel emportement
à l'amour qu'il avoit pour elles, qu'il
ne craignoit point de s'attaquer à
celles, qui étoient les plus conſiderables par leur naiſſance & par leurs
richeſſes ; que rien ne lui coûtoit
pour parvenir au but de ſes deſirs,
& que ſa magnificence & ſes largeſ-
ſes lui procuroient quelquefois la
jouiſſance qu'il pourſuivoit. Il eſt
étonnant qu'après cela ils s'accordent
à dire que c'étoit d'ailleurs un homme ſage & rangé. J'aimerois autant
le valet de *Marot*, qui avoit tous
les vices imaginables, & étoit *au
demeurant le meilleur fils du monde.*

Au reſte il ne vêcut ainſi, que tant
qu'il ne fut point engagé dans le
mariage. La vie libertine qu'il me-
noit ſans femme lui plaiſoit, & il
fut long-temps à ſe réſoudre à en
prendre une, craignant d'ailleurs d'en
trouver quelqu'une dont l'eſprit peu
accommodant & acariâtre troublât

Tome XXV. Ii

P. BE-
ROALDE. sa tranquillité, & fît de la peine à sa mere, qu'il avoit avec lui, & pour laquelle il conserva toûjours beaucoup de tendresse & de respect. Mais enfin ses amis le déterminerent à se marier, & il épousa à l'âge de 44 ans, c'est-à-dire en 1498. Camille Paleoti, fille de *Vincent Paleoti*, fameux Jurisconsulte, dont il eut quatre enfans, deux garçons & deux filles, qui moururent avant lui, à l'exception d'un garçon, nommé *Vincent*.

Ce Mariage produisit en lui un grand changement. Le feu de sa jeunesse étoit passé, & il se voyoit alors dans la necessité d'amasser du bien pour les enfans qu'il pourroit avoir; cette consideration le fit renoncer au jeu & à la bonne chere, & il ne songea plus qu'à accumuler. D'ailleurs il eut l'avantage de posseder une femme, qui par ses manieres douces & engageantes sçut si bien captiver son cœur, qu'il ne jetta plus les yeux sur aucune autre; ils vêcurent dans une union parfaite, & *Beroalde* l'assura en mourant, qu'il lui avoit exactement gardé la fidélité conjugale qu'il lui avoit promise.

Il ne joüiſſoit pas d'une ſanté parfaite, il étoit toûjours en certains
temps de l'année attaqué de la fievre, & la bile le tourmentoit ſouvent. Son remede étoit alors l'abſti-
nence, & il tâchoit de prévenir ces
maux par l'exercice & la promenade.

Il mourut le 17 Juillet 1505. âgé
de 51 ans, huit mois, & dix jours.
On lui fit des funerailles magnifi-
ques, auſquelles aſſiſterent les perſonnes les plus conſiderables de la
ville de Boulogne, & tous ſes diſci-
ples, & il fut porté en terre, revê-
tu de la Robbe de Damas, qu'il
avoit ordinairement, & la tête cou-
ronnée de laurier. On l'enterra dans
l'Egliſe de l'Annonciade, mais il
fut tranſporté depuis dans celle de
S. Martin, où l'on lui dreſſa cette
inſcription.

D. O. M.

*Philippo Beroaldo Seniori, Civi Bo-
nonienſi, viro omnium quos ætas tulit
eruditiſſimo, eidemque Humaniores
Litteras Parmæ, Lutetiæ, atque in
Patria ſumma cum ingenii laude atque*

P. BE-
ROALDE.

*Audientium admiratione professo Vin-
centii filii hæredes ex ipsius testamento
PP. Vixit ann. 51. Mens. 8. Obiit
anno 1504.*

L'année de la mort de *Beroalde* est
dans cette Epitaphe mal marquée
1504. au lieu de 1505. Ce qui vient
apparemment de ce que cette date
ayant été mise après coup, ceux qui
l'ont mise, voyant que les Auteurs
varioient sur ce point & peu in-
struits de la verité, ont preferé au
hasard l'année 1504. Ils auroient connu sans peine la veritable date, s'ils
avoient consulté le petit livre *de
Vita Philippi Beroaldi*, imprimé le
22 Septembre 1505. à *Boulogne*, où
Jean de Pins, ou *Pinus*, qui en est
l'Auteur, atteste que sa mort étoit arrivée le 17 du mois de Juillet precedent. Il est vrai que parmi les Epîtres
Latines de *Bembo*, il s'en trouve une
du 13 Janvier 1505. à *Philippe Beroalde* le jeune, pour le consoler de la
mort de *Beroalde* l'ancien, qui peut-
être aura servi à causer l'erreur de
l'Epitaphe; mais la plûpart de ces
Epitres sont mal datées, & l'on peut
croire que celle-ci est du nombre;

& qu'au lieu de 1505. il faut, conformément à la date de l'Epitre suivante, y lire 1506.

Independamment des défauts qui
sont attribués à *Beroalde* par les Auteurs de sa vie, c'étoit un homme
doux, poli, bien-faisant, qui ne
portoit envie à personne, & ne disoit jamais du mal des autres, qui
rendoit avec plaisir justice au merite, qui n'ambitionnoit point les
honneurs, & se contentoit de recevoir modestement ceux qu'on lui
offroit. Ce ne fut qu'à la sollicitation de ses amis qu'il accepta la
place de Secretaire du Senat de *Boulogne*, qu'il remplit pendant quelques mois; & il ne rechercha point
l'honneur que le même Senat lui fit
de le deputer avec *Galeace Bentivo-
glio* au Pape *Alexandre VI.*

Catalogue de ses Ouvrages.

1. C. *Plinii Secundi Historiæ Na-
turalis libri* XXVII. *cum brevibus notis Philippi Beroaldi. Parmæ. Stepha-
nus Corallus* 1476. *in-fol.* Les notes
de *Beroalde* ne tiennent pas l'espace
de trois pages, au rapport de *Fabricius* dans sa Bibliotheque *Latin.*
ne.

P. BE-
ROALDE.

Bianchini nous apprend qu'il les fit à *Parme*, pendant qu'il y enseignoit, n'ayant pas encore accompli sa 19e année.

2. *Propertii Opera, cum Commentariis Philippi Beroaldi. Bononiæ. Philippus Hector* 1487. *in-fol.*

3. *Annotationes in Commentarios Servii Virgilianos. Florentiæ* 1489. *in-4°.* Ce sont les corrections de quelques fautes de *Servius*, que *Beroalde* avoit remarquées dans cet Auteur. On les trouve aussi dans un Recueil sans date, qui a pour titre : *Antonii Sabellici emendationes seu annotationes in Plinium & alios Autores celeberrimos; Philippi Beroaldi annotationes in Servium & Plinium: Angeli Politiani Miscellaneorum Centuria prima, & Domitii Calderini observationes. In-fol. Beroalde* composa cet Ouvrage dans sa 26e année, & il s'y excuse sur sa jeunesse de ce qu'il peut y avoir de trop vif, lorsqu'il dit : *Quod si aliquando Servii Commentarios videor inculpare vehementius, danda est venia ætatis juvenilis, cum sexto & vigesimo ætatis anno num exacto, longius fortassis*

quam par erat ſpiritus ferociores me
provexerint.

4. *Orationes & Appendiculæ verſuum.*
Bononiæ 1491. *in*-4°. Je ne ſçai ce
que c'eſt que cet Ouvrage, qui eſt
rapporté par *Maittaire.*

5. *Opera Agricolationum Columel-*
læ, Varronis, Catoniſque, nec non
Palladii, cum annotationibus Philippi
Beroaldi & aliis Commentariis. Bono-
niæ. Benedictus Hector. 1494. *in-fol.*
It. *Regii. Bertochi* 1496. *in-fol.* It.
Bononiæ. Ben. Hector 1504. *in-fol.*
Maittaire remarque qu'il y a des
exemplaires de cette derniere édition, où il manque un feuillet, parce que le Chiffre 233. a été repeté,
& que quelques-uns ont crû que le
feuillet, où il ſe trouvoit pour la
ſeconde fois, étoit inutile, & l'en
ont retranché.

6. *Declamatio Philoſophi, Medici*
& Oratoris, de excellentia diſceptan-
tium; & Libellus de optimo ſtatu &
Principe. Bononiæ 1497. *in*-4°. It. *Pa-*
ris 1514. *in*-4°.

7. *Heptalogos, ſive ſeptem Sapien-*
tum Dicta. Bononiæ 1498. *in*-8°. It.
Paris 1506. *in*-4°. It. *Baſileæ* 153.
in-8°.

P. BE-
ROALDE.

8. *Plinii Epistolæ, per Beroaldum corretæ, & ejusdem Panegyricus. Bononiæ* 1498. *in*-4°. It. *Venetiis* 1501. *in*-4°.

9. *Orationes M. Tullii Ciceronis per Ph. Beroaldum recognitæ. Addita in Calce Oratione adversus Valerium, quæ hactenus incognita fuit. Bononiæ* 1499. *in-fol.*

10. *Ciceronis Tusculanæ Quæstiones, cum Commentariis Ph. Beroaldi & aliorum. Venetiis* 1499. *in-fol.* It. *Impressæ in Bellovisu pro Joanne Petit. Paris. Anno D.* M. CCCCC. IX. *Mensis Januarii. in*-4°. Cette édition est de l'an 1500. & non pas de l'an 1509. comme quelques-uns le veulent, le Chiffre IX. marquant le jour du mois.

11. *De Felicitate Opusculum. Bononiæ* 1499. *in*-4°. It. traduit en François par *Calvy de la Fontaine*, Parisien. *La Felicité Humaine de Ph. Beroalde. Paris* 1543. *in*-8°. *& Lyon. in*-16.

12. *Declamatio Ebriosi, Scortatoris, Aleatoris. Bononiæ* 1499. *in*-4°. It. Avec la declamation marquée au N°. 6. *Lovanii* 1612. *in*-8°. Et quel-

ques

ques autres fois. Voici le ſujet de
cette declamation. Un pere, qui
avoit trois enfans, l'un yvrogne,
l'autre adonné aux femmes, & le
troiſiéme joüeur, desherite le plus
vicieux. En conſequence de quoi,
chacun de ces trois freres plaide contre les deux autres ſa cauſe devant
le Magiſtrat. *Beroalde* n'a point donné d'autre titre à ces trois diſcours
que celui de Declamation; mais après
diverſes éditions, ils furent pour la
premiere fois intitulés : *Anticatego-*
riæ, id eſt, Mutuæ accuſationes ſcor-
tatoris, Aleatoris, & Ebrii, dans
une édition, qui en fut faite à *Co-*
logne chez *Gymnicus.* Nous en avons
une ancienne traduction Françoiſe
faite par *Calvy de la Fontaine,* &
imprimée ſous ce titre : *Trois De-*
clamations, èſquelles l'Yvrogne, le
Putier, & le Joüeur de Dez, freres,
débatent lequel d'eux trois, comme le
plus vicieux, ſera privé de la ſucceſſion
de leur pere. Invention Latine de Phi-
lippe Beroalde, pourſuivie & ampli-
fiée par le Traducteur. Avec un Dia-
logue de Lucian, intitulé : Mercure &
Vertu. Paris. Vincent Sertenas 1556.

Tome XXV. K k

P. BE-
ROALDE. *in-16.* Cette traduction eſt en proſe, mais il y en a une autre en vers faite par *Gilbert d'Amalis* ſous le titre de *Procès des trois freres*, Lyon 1558. in-8°. *Du Verdier*, qui en parle dans ſa *Bibliotheque Françoiſe*, s'eſt trompé en diſant qu'elle eſt faite de l'Italien, puiſqu'elle l'eſt du Latin de *Beroalde*.

13. *Oratio Proverbialis. Bononiæ* 1499. *in-*4°. It. *Argentorati* 1505. *in-*4°.

14. *C. Suetonii Tranquilli duodecim Cæſares, cum Philippi Beroaldi Bononienſis, Marcique item Antonii Sabellici Commentariis. Venetiis. Barth. de Zanis.* 1500. *in-fol.* It. *Ibid.* 1508. *& 1510. in-fol.* It. *Paris* 1512. *in-fol.* It. *cum Bapt. Egnatii, aliorumque doctorum Virorum annotationibus. Lugd.* 1548. *in-fol.* On voit à la tête des dernieres éditions de ce commentaire, qui a été imprimé pluſieurs autres fois, la vie de *Beroalde* par *Bianchini.*

15. *L. Apuleii Aſinus Aureus, cum Commentariis Phil. Beroaldi. Venetiis. Per Simonem Papienſem, dictum Bevilaqua* 1501. *in-fol.* It. *Ibid. Bar-*

thol. *de Zanis* , *de Porteſio* 1504. *in-
fol.* It. *Paris* 1512. *in-fol.* It. *Venetiis*
1516. *in-fol. Beroalde* prenoit plaiſir,
ſelon *Paul Jove* , à éclaircir les Auteurs les plus obſcurs de l'Antiquité , & à redonner la vie & l'uſage à
quantité de vieux mots, rejettés depuis long-temps par les bons Ecrivains; comme il paroît par ſes Commentaires ſur *Apulée* , dont il ſe rendit le ſtile ſi familier , qu'il s'accou-
tuma à ſe ſervir continuellement de
ſes expreſſions & de ſes manieres de
parler , dont la dureté & l'obſcuri-
té choquerent d'abord , mais auſquelles on ſe fit dans la ſuite , par
la prévention favorable où l'on étoit
à l'égard de ſon habileté.

16. *Plautus diligenter recognitus* ;
per Philippum Beroaldum. Bononiæ
1503. *in-fol.*

17. *Commentarii Cæſaris recogniti*
per Ph. Beroaldum. Bononiæ 1504. *in-*
fol.

18. *Vita M. Catonis : Sextus Au-*
relius de Vitis Cæſarum ; Benevenutus
de iiſdem ; Philippi Beroaldi & Tho-
mæ Wolphii junioris diſputatio de no-
mine Imperatorio. Epitoma rerum Ger-

P. BE-
ROALDE.

manicarum *usque ad nostra tempora.*
Argentinæ 1505. *in-*4°. Il n'y a de
Beroalde dans ce Recueil que la Dif-
fertation *de Nomine Imperatorio.*

19. *Orationes, Præfationes, Præ-
lectiones, & quædam Mythicæ historiæ
Phil. Beroaldi. Item plusculæ Angeli
Politiani, Hermolai Barbari, & Ja-
fonis Maini Orationes, quibus addi
possunt varia ejusdem Phil. Beroaldi
Opuscula, cum Epigrammatis. Parif.*
1507. *in-*4°. It. *Ibid.* 1509. & 1511.
*in-*4°. Gefner met une édition plus
ancienne faite en 1499. *in-*4°. Il faut
marquer ici en détail ce qui est contenu dans ce Recueil. Les pieces en
profe, qui précedent, font les suivantes.

*Oratio habita in enarratione Geor-
gici Carminis, atque Tranquilli, qua
laus Rei rusticæ continetur.*

*Oratio in principio enarrationis Pro-
pertii, continens laudes Amoris.*

*Oratio in enarratione Titi-Livii, ac
Silii Italici, continens Historiæ laudationem.*

*Oratio in enarratione Epistolarum
Ciceronis & Lucani, continens laudem Poëtices.*

Oratio in enarratione Rhetoricorum P. BE-
ad Herennium, continens laudationem ROALDE.
Eloquentiæ atque Ciceronis.

Oratio in enarratione Juvenalis at-
que Saluſtii.

In enarratione Quæſtionum Tuſcula-
narum & Horatii Flacci Oratio, con-
tinens laudem Muſices.

In enarratione Perſii Poëtæ Oratio.

Oratio habita apud Rectorem Scho-
laſtici conventus, ineuntem Scholaſti-
cam Præfecturam.

Oratio habita, dum Rector Schola-
ſticus accepit Magiſtratus inſignia.

Ad Tribunos Plebis Oratio.

Epiſtola & Panegyricus ad Ludovi-
cum Sphortiam.

Ad Bartholomæum Chalcum Epi-
ſtola.

In Nuptias Bentivolorum Oratio.

Oratio alia Nuptialis.

Epiſtola ad Minum Roſcium, Se-
natorem Bononienſem ; cum duabus
Hiſtoriis lectu jucundiſſimis, una Gi-
ſippi & Titi, altera Galeſi, Cymonis,
& Iphigeniæ e vernaculo in Latinum
converſa. François Habert a traduit.
en vers François l'*Hiſtoire de Titus &*
de Giſippus ſur le Latin de *Beroalde ;*

K k iij

P. BE-
ROALDE. & cette traduction a été imprimée à *Paris* l'an 1551. *in-8°.*

Oratio in enarratione Verrinarum Ciceronis.

On trouve ensuite les Poësies suivantes.

Elegia Lasciva de Osculo Panthiæ. Fortuna.

Diræ in Maledicam.

Cupido, de suo amore in Panthiam.

Pæanes Beatæ Virginis ex Francisci Petrarchæ Poëmate vernaculo in Latinum conversi.

Carmen lugubre de Dominica passionis die. On en a deux traductions en vers François, l'une par *Clement Marot,* & l'autre par *Claude de Pontoux,* qui se trouvent parmi leurs Oeuvres. Celles du dernier ont été imprimées à *Lyon* l'an 1579. *in-16.*

Elegia de fabula Tancredi ex Boccatio in Latinum conversa. C'est une traduction de la 1ͬ Nouvelle de la 4ᵉ Journée du Decameron de *Bocace.* *François Habert* d'*Yssoudun* en a donné une traduction en vers François faite sur le Latin de *Beroalde,* qu'il a crû mal à propos l'inventeur de cette histoire, avec quelques au-

tres traductions qu'il avoit faites du
même Auteur. Le tout a paru fous
ce titre. *L'Hiftoire de Titus & Gifip-*
pus, traduite du Latin de Philippe Be-
roalde. L'Hiftoire de Tancredus Roi de
Salerne, contenant les pitoyables a-
mours de Guichard & de Gifmonde
fille du dict Tancredus, invention du
même Beroalde. L'Homme prudent du
dit Beroalde. Le tout en vers Fran-
çois. Paris, 1551. in-8°. Richard le
Blanc a auffi traduit en vers François cette Nouvelle, dont il a de
même attribué l'invention à *Beroal-*
de, & fa traduction a été imprimée
à *Paris* en 1553. *in-16.*

Carmina de officio fcriba.

Vir prudens. Cette pièce a été traduite en vers François par *François*
Habert, comme on l'a vû ci-deffus.

Epitaphia quædam.

Beroalde étoit un fort mauvais
Poëte, & fa Poëfie n'a rien que de
bas & de rampant.

20. *Opufculum Phil. Beroaldi de*
Terræ motu, & Peftilentia, cum An-
notamentis Galeni. Parif. 1511. in-
4°.

21. On trouve quelques remar-

P. BE-
ROALDE.
ques de sa façon, dans un livre intitulé: *Enarrationes Doctorum viro-*
rum in Grammaticos, Oratores, Poë-
tas, Philosophos, Theologos ac Leges.
Parif. 1511. *in-*4°. Ces Savans sont
Ange Politien, Antoine Sabellicus,
Beroalde, & d'autres.

22. *Varia Philippi Beroaldi Opuf-*
cula. Parif. in Ædibus Afcenfianis
1513. *in-*4°. *Afcenfius* a accompagné
dans cette édition les Poësies de
Beroalde de ses Commentaires.

23. *Lucani Pharfalia diligentiffime*
per G. Verfellanum recognita; cum
Commentariis Joannis Sulpitii, Phi-
lippi Beroaldi, & Joannis Badii Af-
cenfii cumque adnotationibus ab An-
tonio Sabellico, Jacobo Bononienfi,
Batifta Pio, & quibufdam aliis. Parif.
1514. *in-fol.*

24. *Juvenalis, cum Commentariis*
Joannis Britannici, Angeli Politiani,
Philippi Beroaldi, & Joannis Baptifta
Egnatii. Mediolani 1514. *in-fol.*

25. *Opera Virgiliana à Servio,*
Donato, Mancinello & Probo illuftra-
ta, cum adnotationibus Beroaldinis,
Auguftini Dathi, Calderini, Badii
&c. Lugduni 1517. *in-fol.* deux tom.

Les Notes de *Beroalde* ne regardent   P. BE-
que les Bucoliques & les Georgi- ROALDE.
ques.

26. *Symbola Pythagoræ moraliter ex-*
plicata. Pariſ. 1509. *in*-4°.

26. *De ſcribendis Epiſtolis libellus.*
Inſeré dans l'Appendix de la *Mar-*
garita Philoſophica , imprimée à *Ba-*
ſle.

27. On trouve quelques-unes de
ſes Lettres parmi celles d'*Ange Po-*
litien , à qui elles ſont adreſſées ; une
dans le ſecond livre, ſans date ; une
autre dans le 6e datée du 12 Avril
1494. une 3e dans le 11e ſans date.
Il y en a auſſi dans le ſecond livre
des Epitres de *Jean-François Pic.*

V. *Philippi Beroaldi vita per Joan-*
nem Pinum Toloſanum. Bononiæ 1505.
die 22 *Septembris in*-4°. Cette vie fut
compoſée auſſitôt après la mort de
Beroalde par *Jean de Pins* , ſon diſciple. Elle eſt curieuſe & faite avec
ſoin. Il y manque cependant des da-
tes , qu'on trouve dans une autre
faite quelques années après par *Bar-*
thelemi Bianchini ; *Ph. Beroaldi vita*
per Bartholomæum Blanchinum Bono-
nienſem ad Camillum Palæottum. A la

tête de l'Edition de *Suetone* de *Beroalde*. *Notes de M. de la Monnoye sur les Jugemens des Savans de Baillet. Pauli Jovii Elogia.*

PHILIPPE BEROALDE
LE JEUNE.

PHILIPPE *Beroalde*, furnommé le jeune, pour le diftinguer de celui dont je viens de parler, qui eft ordinairement appellé l'ancien, naquit comme lui à *Boulogne*.

Baillet & *Morery* le difent fils de *Beroalde* l'ancien, mais c'eft une chofe abfolument fauffe. Car il eft fûr par les deux vies que nous avons de ce dernier, qu'il n'a laiffé qu'un fils nommé *Vincent*. D'ailleurs *Urceus Codrus* dans une Lettre datée du 15 Avril 1498. marque en même temps le mariage de *Beroalde* l'ancien, au repas duquel il avoit affifté, & l'Elevation de *Beroalde* le jeune à la qualité de Profeffeur, ce qui fait voir qu'il devoit avoir alors au moins vingt ans. Enfin lorfqu'ils parlent l'un de l'autre, ils ne fe donnent

point d'autre nom que celui de parent, *Gentilis.* Auffi *Paul Jove* s'eft-
il contenté d'appeller *Beroalde* le
jeune, Neveu de l'ancien. Il n'eft
pas cependant trop certain qu'il
l'ait été non plus, n'y ayant rien
dans leurs Ecrits, qui donne lieu
de le croire.

Marchant fur les traces de *Beroal-*
de l'ancien, il fit de grands progrès
dans les Belles-Lettres, & furpaffa
même fon parent, qui lui avoit fervi d'abord de modele.

Il fut en 1498. choifi pour enfeigner à *Boulogne*; & il ne quitta
cette ville, que pour aller à *Rome*
remplir un femblable emploi.

Le Cardinal *Jean de Medicis* ayant
conçu de l'amitié pour lui, le prit
à fon fervice, en qualité de Secré-
taire, & lorfqu'il eut été elevé au
Pontificat en 1513. fous le nom de
Leon X. il lui donna la place de Bi-
bliothecaire du Vatican, vacante
par la mort de *Thomas Phædrus.*

Cependant *Beroalde* eut tant de
defagrémens, & fe vit refufer fi
durement les commodités dont il
avoit befoin, & qui étoient attachées

P. BE-
ROALDE.

à cette place, ſans qu'on en ſache
la raiſon, qu'il en conçut un chagrin mortel, qui lui cauſa la maladie, dont il mourut l'an 1518. âgé
au moins de 40 ans.

Catalogue de ſes Ouvrages.

1. *Iſocratis ad Dæmonicum Oratio,*
e Græco in Latinum converſa per Phi-
lippum Beroaldum Juniorem. in-4°.
ſans date. Jean *Albert Fabricius* a
oublié cette verſion dans le premier
volume de ſa Bibliotheque Gréque.

2. *C. Taciti Annalium libri* v. *prio-*
res. Romæ 1515. *in-fol.* It. *Lugd. Se-*
baſt. Gryphius 1542. *in-8°. Beroalde*
le jeune dédia ces livres, qui pa-
roiſſoient pour la premiere fois, au
Pape *Leon X.* & y joignit des notes,
qui meritent fort d'être lûes, auſſi
bien que l'Epitre dedicatoire.

3. On voit une Epitre de lui au-
devant des Oeuvres d'*Urceus Codrus,*
imprimées à *Paris* l'an 1515. *in-4°.*
& une autre à la fin.

4. Il y en a auſſi deux, parmi celles
qui ont été publiées ſous ce titre: *Cla-*
rorum Virorum Epiſtolæ Latinæ, Græ-
cæ & Hebraicæ, variis temporibus miſſæ
ad Joannem Reuchlin Phorcenſem. Ti-
guri 1558. *in-8°.*

5. L'Ouvrage le plus confiderable P. BE-
qu'on ait de lui confifte en trois li- ROALDE.
vres d'Odes & un d'Epigrammes
Latines, qui bien qu'il n'y ait pas
mis la derniere main, fe font pourtant lire avec plaifir, & marquent
du genie & de la vivacité. L'Edition, qui en eft très-belle & très-
rare, en parut à *Rome* l'an 1530.
douze ans après la mort de l'Auteur.

V. *Pierius Valerianus de Infelicitate*
litteratorum. Pauli Jovii Elogia. Les
Notes de M. de la Monnoye fur les
Jugemens des Savans de Baillet.

NICOLAS RAPIN.

NICOLAS *Rapin* naquit à *Fon-* N. RA-
tenay-le-Comte en Poitou vers PIN.
l'an 1535. On fait dire à *Joseph Sca-*
liger dans le *Scaligerana*, qu'il étoit
fils d'un Prêtre, mais c'eft une chofe dont aucun autre Auteur ne fait
mention, & qu'on peut mettre au
nombre des fauffetés dont ce livre
eft rempli.

Il fut d'abord Maire de *Fontenay*,
& il l'étoit en 1570. lorfque les Hu-

N. RA-
PIN.

guenots affiegerent & prirent cette
ville. Ils avoient pour lui une fi grande averfion, à caufe des maux qu'ils
prétendoient en avoir reçus, qu'ils
ne voulurent point le comprendre
dans la capitulation; ils n'empêcherent pas cependant qu'il n'échappât.
Il fut enfuite en 1576. Prévôt des
Maréchaux, ou comme dit *la Croix-
du-Maine*, Vice-Senechal dans le
bas Poitou.

Il s'acquita des devoirs de cette
charge avec beaucoup d'ardeur &
de feverité. *Joseph Scaliger* affure
encore dans le *Scaligerana* qu'il fut
pourfuivi, tant par les Catholiques
que par les Reformés aux Grands
Jours de *Poitiers*, pour avoir fait
mourir quelques perfonnes de la Religion, & qu'il lui fauva la vie par
fon crédit. Mais c'eft une fanfarona-
de de cet Auteur, qui n'a nul fondement. Il fe peut faire qu'on ait fait
quelques plaintes de *Rapin*; mais il
faut qu'elles ayent été jugées peu
juftes, puifque *Scevole de Sainte-
Marthe* dit pofitivement dans l'E-
loge de *Rapin*, qu'*Achille de Har-
lay*, Préfident de ces Grands Jours,

qui fe tinrent en 1579. fut fi charmé de fon efprit, & de la probité
avec laquelle il avoit rempli les devoirs de fa Charge, qu'il fit connoître fon merite au Roi *Henri III.* qui
à fa follicitation le fit venir à *Paris,*
où il eut d'abord une fimple Charge
de Prévôt des Maréchaux, & enfuite celle de Prévôt de la Conné-
tablie.

Depuis ce temps-là *Rapin* fut toûjours attaché au fervice du Roi *Hen-*
ri III. dont tous les efforts des Li-
gueurs ne purent le détacher. Nous
lifons dans les *Memoires pour l'Hi-*
ftoire de France de M. *de l'Eftoile,*
qu'en 1588. *il fut chaffé de Paris,*
pour être bon Serviteur du Roi, &
depoüillé de fon Etat. Il préfenta à ce
fujet une Requefte au Confeil du
Roi, qui apparemment le rétablit,
puifqu'il conferva fa Charge, & qu'il
accompagna toûjours le Roi *Henri*
IV. jufqu'à ce que la paix ayant été
faite en 1598. fe fentant vieux, &
laffé d'un pofte fi affujettiffant & fi
penible, il fe démit lui-même, &
fe retira dans fa patrie.

Il avoit une maifon fort jolie

N. RA-
FIN.
dans un des fauxbourgs de Fontenay,
& ce fut là qu'il paſſa le reſte de ſa
vie, occupé uniquement de l'étude
& des Muſes.

Le ſouvenir des grands hommes
qu'il avoit laiſſés à *Paris*, & le deſir
de les revoir, lui ayant fait naître
l'envie de faire un tour dans cette
ville, il ſe mit en chemin pendant le
fort de l'Hyver ; mais une maladie
qui le ſurprit à *Poitiers*, l'empêcha
d'aller plus loin, & y termina ſes
jours.

Il eſt bon de rapporter ici ce que
le P. *Garaſſe* Jeſuite dit ſur ce ſujet
dans ſa Doctrine Curieuſe, Liv. 2.
p. 124. » L'an 1608. en Decembre,
» dit-il, je me trouvay dans *Poitiers*
» à la mort de feu M. *Rapin*, lequel
» ayant vêcu l'eſpace de 74 ans avec
» un aſſez grand libertinage, ſuivant
» la fougue du ſiecle & de ſes pre-
» mieres humeurs, qui l'engage-
» rent en des cognoiſſances aſſez
» dangereuſes, après avoir langui
» quelques ſemaines, mourut entre
» les mains de quatre Peres de nôtre
» Compagnie, avec un reſſentiment
» merveilleux de ce qu'il rendoit ſi
» heureu-

» heureufement fon ame entre les N. RA-
» mains de ceux qu'il avoit perfe- PIN.
» cutez toute fa vie fans les connoî-
» tre. Or s'étant confeffé, ce qu'il
» fit avec un très-vif reffentiment de
» fes fautes, devant que de recevoir
» le S. Sacrement, la Chambre du
» petit More, où il deceda, toute
» pleine des plus apparens de la vil-
» le, il fit cette confeffion generale
» de toute fa vie paffée en trois ar-
» ticles. 1°. Que jamais il n'avoit
» été Huguenot, ni branflant dans
» fa croyance, quoiqu'il eût vêcu
» familierement parmi eux, & gran-
» dement haï les Jefuites. 2°. Qu'il
» avoit vêcu très-licentieufement,
» & qu'il ne penfoit pas que Dieu
» l'eût pû prendre en autre moment
» de fa vie, qui l'eût trouvé dans
» fa grace. 3°. Que tout le bien qu'il
» fe fouvenoit d'avoir fait depuis fes
» jeunes ans, c'avoit été d'empêcher
» que l'Athéifme ne s'enfeignât pu;
» bliquement dans *Paris*.

Plus bas liv. 7. p. 922. le même
Pere parle ainfi. » Feu Maître *Gau-*
» *cher de Sainéte-Marthe* honora feu
» Maître *Rapin*, fon bon ami, d'un

Tome XXV. L l

N. RA-
PIN.

» éloge très-honorable & plein de
» verité, auquel il dit que *Delatus*
» *est Fontenaium, & modico funeris*
» *apparatu, quemadmodum Testamen-*
» *to præscripserat, sepultus.* Mais il
» importe pour l'honneur de *Rapin,*
» de savoir ponctuellement l'histoi-
» re, ainsi qu'elle se passa, & que
» j'en puis être témoin oculaire. Il
» est donc vrai que feu Maître *Ni-*
» *colas Rapin,* étant au lit de la mort
» l'an 1608. durant les froidures du
» grand Hyver, avoit fait son Te-
» stament, devant que de se con-
» fesser au P. *Jacques de Moucy,* par
» lequel il avoit ordonné que son
» corps seroit porté depuis *Poitiers*
» jusques à *Fontenay,* à la même fa-
» çon que celui de *Budé* fut porté
» depuis la ruë de *Sainte Avoye* jus-
» ques aux Celestins, c'est à savoir,
» sans torche, sans pompe, sans
» compagnie, sur un chariot harna-
» ché de noir, un garçon marchant
» devant avec une cloche, & une
» lanterne seulement : mais comme
» on lui eut fait entendre, que cet-
» te façon de faire pourroit être de
» mauvaise odeur, & confirmer l'o-

» pinion que plufieurs avoient eu
» de fon libertinage en fait de Reli-
» gion, il changea d'avis, & fit un
» Codicille, par lequel il révoquoit
» fa premiere volonté, & au lieu de
» fon cuifinier, lequel il avoit fait
» fon Exécuteur Teftamentaire, il
» pria le Pere *François Solier*, là
» prefent, qui devoit prêcher le Ca-
» rême de l'an 1609. à *Fontenay*, de
» faire enforte que fon corps fût en-
» feveli honorablement, à la Ca-
» tholique, avec les prieres & fuffra-
» ges ordinaires, aufquels il té-
» moigna avoir une grande & parti-
» culiere confiance : il eft vrai que
» par la faute de fes heritiers, fon
» codicille ne fut pas executé préci-
» fement, comme il l'avoit ordon-
» né; mais fa fin, fa confeffion, fes
» larmes, témoignent qu'il mourut
» en bon Chrétien.

Suivant ce récit, il s'enfuivroit
que *Rapin* feroit mort au mois de
Decembre 1608. Mais tous les Auteurs ne conviennent pas de cette
date. *Scevole de Sainte Marthe*, qui
le connoiffoit particulierement, &
qui compofa fon éloge auffitôt après

L l ij

N. RA-
PIN.

sa mort, la met vers le 13 Fevrier 1608. *Morery* la recule au 15 Fevrier de la même année, mais il est à présumer que c'est par erreur de chiffres. *Raoul Bouthrays* dans le 16e livre de ses *Commentarii de Rebus in Gallia Gestis*, le *Mercure François*, Tom. I. p. 408. & le continuateur de M. *de Thou* le font mourir en 1609. & cette derniere date est suivie par M. de *la Monnoye* dans ses Notes sur les *Jugemens des Savans de Baillet*, & par M. *le Clerc* dans sa *Bibliotheque du Richelet*. Tout cela est assez difficile à accorder. Il paroît juste de s'en rapporter au P. *Garasse*, qui étoit présent à sa mort; mais comme on sait que c'étoit un Auteur peu exact, il ne faut pas prendre ses paroles à la rigueur; & on peut le concilier avec ceux qui mettent la mort de *Rapin* en 1609. en disant, qu'il tomba malade au mois de Decembre 1608. mais qu'ayant langui quelques semaines, il mourut l'année suivante. Peut-être y a-t'il faute dans les chiffres de son Eloge par M. *de Sainte-Marthe*, & qu'au lieu de 1608. il faut lire 1609. auquel cas on pourroit dire que *Rapin* mourut vers le 13 Fevrier 1609. Une chofe cependant fait encore de la difficulté, c'eft que dans les *Memoires pour l'Hiftoire de France* de M. *de L'Eftoile*, on lit ces mots.

» Le Mardy 18 Mars 1608. on
» m'a donné les vers fuivans, que
» M. *Rapin* fit trois heures avant
» que de mourir : car fon fils lui de-
» mandant comment il fe portoit,
» *prenez la plume*, lui répondit-il,
» *& écrivés*.

Qui digitis floccos legit , & fua com-
   plicat in fe
Lintea , miraturque manus fpectator
   ocellis ,
Cui fummi digiti frigent , manibus,
   pedibufve ,
Et nafi fupremus apex ; cui tempora
   pauco
Tempore labuntur , nares fimæque &
   aperta ,
Dirigiturque pilus velut horrens ,
   lumina fenfim
Hebefcunt , & fingultu vox hæret
   acuto :
Qui matula oblitus , læfi dat figna
   cerebri ,

*Et linguæ titubans non se regit ordi-
ne sermo :*

*Ejus spes nulla est, animumque vi-
debis ovantem*

*Scandere supremas multo cum gau-
dio ad arces.*

» Il mourut dans le mois de Fé-
» vrier, & tança son fils le Reli-
» gieux, d'avoir appellé les Jesuites
» à sa mort.

On pourroit dire encore que ce
fait qui appartient à l'année 1609. a
été rapporté par erreur dans ces Memoires, lors qu'on les a rédigés,
à l'année 1608. Quoiqu'il en soit,
en attendant que quelqu'un éclair-
cisse parfaitement ce fait, je crois
qu'on peut s'arrêter à la date du
mois de Fevrier 1609.

Sainte-Marthe lui donne à sa mort
68 ans, je crois cependant qu'il en
avoit davantage, puisque dans une
de ses pieces de Poësie *de Die Nata-
litio ad Amicos,* qui ne paroît pas
être des dernieres qu'il ait faites,
il marque qu'il avoit déja 67 ans.
Ainsi je m'arrête au P. *Garasse,* qui
dit qu'il étoit âgé de 74 ans.

Quelques éditions de *Morery* l'ont

fait mourir à *Tours* , faute qui a été N. RA-
corrigée dans les poſterieures, & qui PIN.
néanmoins a été copiée par quelques
Auteurs.

On grava ſur ſon tombeau à *Fon-*
tenay , conformement à ſes ordres ,
cette Epitaphe qu'il s'étoit faite lui-
même.

Tandem Rapinus hic quieſcit ille ,
    qui

Numquam quievit, ut quies eſſet
    bonis.

Impune nunc graſſentur & fur &
    latro ;

Muſa ad ſepulchrum Gallica & La-
    tia gemant.

Il laiſſa en mourant le ſoin de faire imprimer ſes Poëſies à M. *Gillot*
Conſeiller au Parlement, & à *Sce-*
vole de Sainte-Marthe.

Ses vers Latins ont merité l'eſtime des Savans ; mais on a eſtimé
particulierement ſes Epigrammes à
cauſe de leur ſel, & du tour aiſé
qu'il a ſçu leur donner.

Sa Poëſie Françoiſe n'a pas le même merite ; il affecta même une ſin-
gularité, qui n'a pas fait fortune ;
car ayant negligé la rime , il entre-

N. RA-
PIN.
prit de faire des vers mesurez par pieds, à la maniere des Grecs & des Latins; ce qu'on a reconnu être entierement opposé au genie de la Poësie Françoise.

Les œuvres Latines & Françoises de Nicolas Rapin ont été imprimées ensemble après sa mort à *Paris* en 1610. *in-*4°. par les soins de Messieurs *Gillot* & *de Sainte-Marthe*. Voici ce qui est contenu dans ce Recueil.

Epigrammatum libri duo.

Elegiæ.

Carmina diversi generis.

Les Traductions du Latin d'Horace en vers.

Discours de M. le Chancelier de l'Hôpital à ses Amis, mis en vers François. Imprimé separément à *Poitiers* 1601. *in-*4°.

Les deux livres du Remede d'Amour, traduction d'Ovide, en vers.

Oeuvres diverses, de l'invention de N. Rapin. Ce sont differentes sortes de Poësies.

Les sept Pseaumes Penitentiels. En vers François. Ils avoient été imprimés separément à *Paris* en 1588. *in-*8°.

Les

Les Vers Meſurez. C'eſt ce qu'il a N. RA-
fait de moindre.   PIN.

*Traduction de l'Epitre liminaire de
l'Hiſtoire de M. le Preſident de Thou.*
En proſe.

*Harangue de Ciceron , prononcée au
Senat en preſence de Jules Cæſar, après
ſa Victoire contre Pompée , pour le re-
mercier du rétabliſſement de Marcus
Marcellus ,* Traduite en François.
En proſe.

Ces Ouvrages de *Rapin* ſont ſui-
vis de ſon Eloge en Latin par M. *de
Sainte Marthe ,* & de diverſes pieces de Poëſies Latines & Françoiſes
à ſa loüange. Il en a fait encore quelques autres qui ne ſont pas dans ce
Recueil , & dont il faut parler.

*Les plaiſirs du Gentilhomme Cham-
pêtre. Paris* 1581. *in-*12. Dans un Recueil de diverſes Poëſies , qui a pour
titre : *Les Plaiſirs de la vie Ruſtique.*

Chant 28. *du Roland furieux d'A-
rioſte , monſtrant quelle aſſurance on
doit avoir aux femmes , traduit en
François par Nicolas Rapin. Paris*
1572. *in-*12.

Il a fait pluſieurs vers ſur la Puce
de Mademoiſelle *des Roches ,* qui ſe

Tome XXV.   M m

N. RA-
PIN.
trouvent dans le Recueil des pieces composées sur ce sujet, imprimé à *Paris* l'an 1582. *in-*4°.

Il a eu encore beaucoup de part à l'ingenieuse Satyre intitulée : *Satyre Menippée de la Vertu du Catholicon d'Espagne*, il en a fait les vers avec *Jean Passerat*; & il est de plus l'Auteur de la *Harangue de Monsieur le Recteur Rose*, jadis Evêque de Senlis, & de celle de l'Archevêque de *Lyon*.

V. *Son Eloge par Scevole de Sainte-Marthe. M. l'Abbé le Clerc, Bibliothéque du Richelet. Les Bibliotheques Françoises de la Croix du Maine & de du Verdier. Bayle, Dictionnaire.*

Fin du Vingt-cinquième Volume.

TABLE NECROLOGIQUE
des Auteurs contenus dans ce Volume.

MANDEVILLE (Jean de) m. le 17 Novembre 1372.

ARETIN (Leonard) m. l'an 1444.

ARETIN (Charles) m. en Avril 1453.

ARETIN (Jean) m. vers l'an 1466.

BEROALDE (Philippe) m. le 17 Juillet 1505.

BEROALDE le jeune (Philippe) m. en 1518.

REUCHLIN (Jean) m. le 30 Juin 1522.

POMPONACE (Pierre) m. en Mars 1526.

BUSCHIUS (Herman) m. l'an 1534.

MORUS (Thomas) m. le 6 Juillet 1535.

JOVE (Paul) m. le 11 Decembre 1552.

TASSO (Torquato) m. le 25 Avril 1595.

FAUCHET (Claude) m. en 1601.

PORTES (Philippe des) m. le 5 Octobre 1606.

TABLE NECROLOGIQUE.

MORIN (Pierre) m. en 1608.

RAPIN (Nicolas) m. en Fevrier 1609.

VIPERANI (Jean-Antoine) m. en Mars 1610.

GUARINI (Baptifte) m. en Octobre 1612.

CATEL (Guillaume) m. le 5 Octobre 1626.

BOVERIUS (Zacharie) m. le 31 Mars 1638.

RHOE (Thomas) m. le 6 Novembre 1644.

CAJETAN (Conftantin) m. le 17 Septembre 1650.

CHIFFLET (Jean-Jacques) m. en 1660.

MAIRET (Jean) m. vers l'an 1660.

MADELENET (Gabriël) m. le 20 Novembre 1661.

CHIFFLET (Philippe) m. après l'an 1663.

ROSSOTTI (André) m. l'an 1667.

LABBE (Philippe) m. le 25 Mars 1667.

HERBINIUS (Jean) m. le 14 Fevrier 1676.

CHIFFLET (Pierre-François) m. le 11 May 1682.

TABLE NECROLOGIQUE.

MACKENSIE (George) m. le 8
  May 1691.
CAMPISTRON (Jean-Galbert de)
  m. le 11 May 1723.
VERNEY. (Guichard Joseph du)
  m. le 10 Septembre 1730.

Fin de la Table Necrologique.

TABLE

Des Auteurs contenus dans ce Volume,
selon l'ordre des matieres qu'ils ont
traitées dans leurs Ouvrages.

TABLE DES MATIERES.

M m iiij

TABLE

DES MATIERES:

TABLE

DES MATIERES.

Poësie Latine.

Poësies Françoises.

Poësies Italiennes.

R.

Romans.

S.

Sermons.

TABLE DES MATIERES.

T.

Theologie.

V.

Voyages.

Fin de la Table des Matieres.

qualité & condition qu'elles soient, d'en introduire d'impreſſion étrangére dans aucun lieu de
notre obéïſſance ; comme auſſi à tous Libraires,
Imprimeurs & autres, d'imprimer, faire imprimer, vendre, faire vendre, débiter, ni contre-
faire leſdits Mémoires & Catalogue ci-deſſus ex-
poſé, en tout ni en partie, ni d'en faire aucuns
Extraits, ſous quelque prétexte que ce ſoit, d'aug-
mentation, correction, changement de Titre, ou
autrement, ſans la permiſſion expreſſe & par écrit
dudit Expoſant ou de ceux qui auront droit de lui,
à peine de confiſcation des Exemplaires contre-
faits, de trois mille livres d'amende contre chacun
des contrevenans, dont un tiers à Nous, un tiers
à l'Hôtel-Dieu de Paris, l'autre tiers audit Expoſant, & de tous dépens, dommages & interêts.
A la charge que ces Préſentes ſeront enregiſtrées
tout au long ſur le Regiſtre de la Communauté
des Libraires & Imprimeurs de Paris, & ce dans
trois mois de la date d'icelles, que l'impreſſion de
ce Livre ſera faite dans notre Royaume & non ailleurs, & que l'Impetrant ſe conformera en tout aux
Réglemens de la Librairie, & notamment à celui
du 10. Avril 1725. & qu'avant de l'expoſer en
vente, le manuſcrit ou imprimé qui aura ſervi de
copie à l'impreſſion dudit Livre ſera remis dans le
même état où l'Approbation y aura été donnée,
és mains de notre très-cher & feal Chevalier
Garde des Sceaux de France le ſieur Chauvelin,
Commandeur de nos Ordres ; & qu'il en ſera
remis deux exemplaires dans notre Bibliotheque
publique, un dans celle de notre Château du Louvre, & un dans celle de notre très-cher & feal
Chevalier Garde des Sceaux de France le Sr.
Chauvelin, Commandeur de nos Ordres ; le
tout à peine de nullité des Préſentes ; du contenu deſquelles vous mandons & enjoignons
de faire jouir l'Expoſant ou ſes ayans cauſe
pleinement & paiſiblement, ſans ſouffrir qu'il
leur ſoit fait aucun trouble ou empêchement.
Voulons que la copie deſdites Préſentes qui
ſera imprimée tout au long au commencement
ou à la fin dudit Livre ſoit tenue pour dûëmens
ſignifiée, & qu'aux copies collationnées par l'un

de nos âmez & féaux Confeillers & Secretaires; foi foit ajoutée comme à l'original. COMMAN-DONS au premier notre Huiffier ou Sergent de faire pour l'exécution d'icelles, tous Actes requis & néceffaires, fans demander autre permiffion, & nonobftant Clameur de Haro, Charte Norman-de, & Lettres à ce contraires: CAR tel eft notre plaifir. DONNE' à Paris le 28 Novembre l'an de Grace mil fept cens vingt fix, & de notre Regne le douziéme, Par le Roi en fon Confeil.

DE S. HILAIRE.

Regiftré fur le Regiftre VI. de la Chambre Royale des Libraires & Imprimeurs de Paris, No. 530. Fo. 421. conformément aux anciens Réglemens confir-mez par celui du 28. Février 1723. A Paris le 2. Decembre 1726.

Signé, VINCENT, Adjoint.

De l'Imprimerie de GISSEY.